Benito Pérez Galdós

Episodios nacionales II
La segunda casaca

Barcelona **2024**
Linkgua-ediciones.com

Créditos

Título original: Episodios nacionales II. La segunda casaca.

© 2024, Red ediciones S.L.

e-mail: info@linkgua-ediciones.com

Diseño de cubierta: Michel Mallard.

ISBN tapa dura: 978-84-1126-408-2.
ISBN rústica: 978-84-9007-290-5.
ISBN ebook: 978-84-9007-252-3.

Sumario

Brevísima presentación

La obra

La segunda casaca es la tercera novela de la segunda serie de los *Episodios Nacionales* de Benito Pérez Galdós.

Galdós nos retrata con gran precisión en este episodio nacional uno de los vicios políticos más antiguos, el transfuguismo o lo que se llama comúnmente «cambiar de chaqueta.» Juan de Pipaón, protagonista del anterior episodio, continua narrándonos sus correrías, iniciadas en el anterior relato *Memorias de un cortesano de 1815*. Leyendo sus ficticios recuerdos somos espectadores de primerísima fila de los tejemanejes con los que se quitaban y ponían consejeros, ministros y cualquier cargo del estado. Por su parte, Salvador Monsalud, también protagonista de esta segunda serie de los episodios de Galdós, ha regresado a España y se presenta a su viejo amigo Pipaón, a quien solicita su mediación para liberar a su anciana madre, que se halla presa y está siendo torturada por la Inquisición en Logroño.

I

¡Qué infames eran los liberales de mi tiempo! En vez de conformarse a vivir pacífica y dulcemente gobernados por el paternal absolutismo que habíamos establecido, no cesaban en sus maquinaciones y viles proyectos, para derrocar las sabias leyes con que diariamente se atendía al sosiego del Reino y a hundir a todos los hombres eminentes que describí en la primera parte de mis *Memorias*.

¡Miserables, bullangueros! ¿Qué volcán os escupió de su pecho sulfúreo, qué infierno os vomitó, qué hidra venenosa os llevó en sus entrañas? No os contentabais con aullar en los presidios, clamando contra nosotros y contra la augusta majestad soberana del mejor de los Reyes, sino que también, ¡oh, vileza!, agitasteis con nefandas conspiraciones la Península toda, amenazándonos con un nuevo triunfo de la aborrecida revolución. Después de insultarnos a todos los que componíamos aquel admirable conjunto y oligarquía poderosa, para mangonear en lo pequeño y lo grande, con el Reino en un puño y el Trono en otro, os atrevisteis a conjuraros con militares descontentos y paisanos inquietos para cambiar el Gobierno. ¡Trece veces, trece veces alzó su horrible cabeza y clavó en nosotros sus sanguinolentos ojos el monstruo de la revolución! Trece veces temblaron nuestras pobres carnes, cubriéndose del sudor de la congoja y susto que tales tentativas de desorden nos producían. Así es que, en medio de la privanza y regalo en que vivíamos, se nos podía ahorcar con un cabello, y al despertar cada mañana, nos preguntábamos si había llegado ya la hora de bajar del machito.

¡Trece veces, trece conspiraciones! Al ver tal insistencia y la endemoniada tenacidad de aquella gente, que al pie de los cadalsos donde expiraba una conjuración, comenzaba a tender los hilos de otra nueva, cualquiera hubiera creído que el despotismo era la peor cosa del mundo y que el afligido Reino no se consideraba con vida hasta no sacudírselo de encima. ¡Embrollones, farsantes, que así desdoraban una institución tan buena!

No quiero seguir adelante sin contar las abortadas conspiraciones que yo recuerdo:

1.ª Conspiración para asesinar a Elío y a La Bisbal (1814). Fue una intriga misteriosa que unos atribuyeron a los masones y otros a la corte.

2.ª Conspiración de Cádiz (1814). Tenía por objeto proclamar la Constitución del 12 y restablecer en el Trono a Carlos IV, que en sus buenos tiempos había dado pruebas de muy entendido en aquello del *reinar y no gobernar*.

3.ª Sublevación de Mina en Navarra (1814). Abortó a los pocos días.

4.ª Conspiración del *café de Levante* en Madrid (1815). Andaban en esto varios afrancesados. Dejáronse coger tontamente, y casi todos fueron condenados a presidio.

5.ª Conspiración de Porlier en la Coruña (1815). Esto ya fue un poco más formal. Frustrose el plan y ahorcaron al *Marquesito*.

6.ª Conspiración de Richard en Madrid (1815). Fue misteriosa, grave, atrevida, y la condujeron con destreza sus autores, que eran lo más perdido de todo el Reino, un comisario de guerra y un sargento de marina, un soldado y un fraile, diversa gente animada de brutales deseos. Los angelitos querían asesinar al mejor de los reyes durante su paseo a las Ventas del Espíritu santo o en casa de Juana la Naranjera. La cabeza de Richard estuvo mucho tiempo clavada en un palo en la carretera de Aragón. Funcionó la horca, y algunos sufrieron un tormento muy simpático y persuasivo, que se llamaba *los grillos a salto de trucha*.

7.ª Conspiración del conde de Montijo en Granada (1816). El *tío Pedro* del 19 de marzo en Aranjuez, había sido después afrancesado en Bayona, agitador en Cádiz más tarde, y luego absolutista acérrimo en la Junta de Daroca. Hallándose de capitán general en Granada, dicen que preparó, ayudado del *Grande Oriente*, las sublevaciones militares que estallaron más tarde.

8.ª Gran conspiración de Lacy en Cataluña (1817). Compañías sublevadas, gritos, entusiasmo, soborno, audacia, traición; y por fin mucha sangre y un bravo general arcabuceado en Mallorca.

9.ª Conspiración de Torrijos en Alicante (1817). Proyecto de alzamiento militar en varias plazas de Levante. La Inquisición se encargó de castigar a los culpables; pero lo hizo tan mal, que desde entonces se dijo: *inquisidores y masones todos son unos*.

10. Conspiración de Polo en Madrid (1818). Se dijo que Polo y sus amigos deseaban poner en el Trono al venerable Carlos IV. Enviose un emisario a Roma, y como el solitario Rey no tenía qué comer, no le pareció mal el

proyecto. Militares muy altos anduvieron en estos enredos, pero descubierto todo, hubo muchas prisiones...

11. Conspiración de Vidal en Valencia (1819). Trama espantosa contra el tirano Elío. Dios amparó a este y Valencia presenció una horrible tragedia. La horca y los fusiles la desenlazaron entre lágrimas y crujido de dientes. En las cárceles no cabían los presos. Para desahogarlas, fusilaban. La tierra, sedienta, pedía sangre que beber. Cruzaba los aires pavoroso hálito de odio. Oíanse pasos de gigante. Algo muy terrible se acercaba.

12. Conspiración del conde de La Bisbal en el Palmar (1819). Durante su vida política y militar, el conde encendió siempre una vela al santo y otra al demonio. En 1814, cuando se dirigía a felicitar al Rey por su vuelta, llevaba dos discursos escritos, uno en sentido liberal y otro en sentido absolutista, para espetarle aquel que mejor cuadrase a las circunstancias. En 1819, después de merendar con los conspiradores de Cádiz y los oficiales del ejército expedicionario de América, los arrestó de súbito, haciendo una escena de farsa y bulla, que le valió la gran cruz de Carlos III. El ejército estaba furioso. Tenía la fiebre devoradora de la insurrección. Desde Madrid oíamos su resoplido calenturiento, y temblábamos. En las logias no había más que militares, infinitas hechuras de aquellos cinco años de guerra, los cuales habían de emplear en algo su bravura y sus sables. Todo indicaba tormenta. Cruzaban el negro cielo relámpagos de amenaza. Nos sentíamos en el cráter de la revolución, y nuestros pies se quemaban. A cada bufido de la subterránea lava creíamos ver la erupción.

13. Conspiración de los provinciales en Galicia (1819). Órdenes falsificadas pusieron sobre las armas las milicias gallegas. ¡Qué escándalo!... ¡hasta las milicias gallegas!... Unos echaron la culpa a los empleados de la Inspección, otros a la Capitanía general de Galicia. Ello es que hasta los escribientes se creían autorizados para hacer revoluciones. Cada oficina era un infierno, y un ordenanza habilidoso, falsificando un sello, ponía con el alma en un hilo al Trono y al Gobierno. ¡Qué país!

La 14 se verá más adelante.

II

¡Qué hombre tan completo era el señor don Miguel de Baraona! Su gran patriotismo, su caballerosidad, su fervor religioso, su rectitud, su entereza, le hacían tan respetable, que era imposible oírle sin subordinarse con filial sumisión a su voluntad y a su pensamiento. Merecía muy bien el remoquete de *Patriarca del Zadorra* y yo se lo daba con frecuencia, para tenerle contento y parecer amable ante él. Pues ¿y aquella energía moral que desplegaba a los setenta y tantos años, cuando no podía ni empuñar la espada, ni alzar la voz sin peligro de estar tosiendo tres horas? Su cuerpo caduco participaba también de aquel vigor nervioso, más semejante a los tempranos ardores de la juventud que a las voluntariedades caprichosas de los viejos, y siempre que se enfadaba o se le contradecía, daba con la trémula mano tan fuertes bastonazos, que la casa se estremecía.

Otro más celoso por la causa del Rey y por la monarquía absoluta no nació de madre. En su amor inmenso, en su fervor entusiasta y en su religiosa devoción por la patria inmutable, no había sutilezas, ni distingos, ni cabían transacción ni arreglo alguno. Para él la templanza era traición. Miraba al liberalismo como una especie de horrenda herejía, más digna aún del fuego que las de Lutero y Calvino. Juntaba la religión con la política, haciendo de todas las creencias una fe sola o un solo pecado, y había amalgamado dogmas y opiniones, haciendo un Evangelio, en el cual Elío no era menos que un apóstol. Comprendía que el Sol se ennegreciera; pero no que sus principios pudieran variar. Según él, la sociedad estaba perfectamente arreglada tal como entonces la conocíamos, y constituida por leyes tan inmutables como las del mundo físico. Discutiendo, no cedía ni una pulgada de su terreno.

—Mis principios —decía—, estos principios que sustento, no son míos, son de Dios, y no se puede ceder ni un ápice de lo ajeno. La maldad de los hombres no puede nada contra mis principios. Me vencerá la violencia; pero no me convencerá el sofisma. La infame revolución podrá triunfar un día por expreso consentimiento de Dios; pero no porque triunfe dejará de ser alcázar de pecados fundado sobre la arena de la traición.

Había venido don Miguel a la corte a varios asuntos privados y del común. Era hombre que no se acobardaba ante los desaires de las oficinas; ni ante la tiesura y desdén de los personajes más envanecidos. Tuvo la dicha de encontrarme después de dar los primeros pasos en la corte, y nos entendimos perfectamente. Todo aquello que podía resolverse con facilidad, fue arreglado entre los dos, sin que jamás frunciéramos el ceño por palabra ni por peseta de más o de menos. Don Miguel había traído un bolsón de cuero lleno de onzas de oro, y siempre que echábamos bendiciones, frotadas las manos con el dorado unto milagroso, se abrían de par en par las puertas de las oficinas y con ellas el corazón de los más cerrados covachuelos. Baraona había venido también a estar a la mira de un pleito de tenuta que no tenía trazas de acabarse en medio siglo.

Acompañaba en Madrid a Baraona su nieta, una tal Jenarita, muy hermosa e interesante mujer, a quien yo había conocido en mis verdes abriles en la Puebla de Arganzón. Era rubia, callada, grave, pensativa, poco franca, de carácter velado. Su tranquilidad y calma eran como la tenue oscuridad de los días bochornosos. Ya se sabe que detrás de las nubes está el Sol. ¡Aquella hermosura, cuán distinta era de la de mi funesta Presentacioncita, la risueña asesina, que me ponía ante los ojos las frescas rosas de su cara para que no viera las aleves manos con que me empujaba a la muerte! Presentacioncita sin ser hermosa, era lindísima. Tenía toda la gracia de Dios en sus ojos flecheros, y burlándose de uno, daba idea de las bromas que deben de gastar los ángeles en el cielo. Jenara era hermosa como una ideal figura, antes soñada que vista; hermosa como las creaciones del arte que ha sabido escoger todas las perfecciones, desechando lo feo. No se burlaba nunca; hablaba seriamente, como habla la discreción pura, la prudencia suma, la cortesanía y la urbanidad. Su gracia (pues también la tenía), no era la desenvoltura picante y alegre de una muchacha juguetona; consistía en lo que llaman gracia los artistas clásicos, en la perfecta nobleza de los ademanes y de las palabras, en la armonía sin discrepancias, en el misterioso ritmo que se desprende de toda la persona y es don rarísimo acordado a pocos sobre la tierra. Distinguíase además por una expresión magnífica, tan llena de elegancia como de soberbia. Su fisonomía era pura, delicada, sin la más ligera incorrección, y su mirar de una diafanidad celeste. Hermosa hasta no más, se envolvía en una capa de nieve, bajo la forma de un silencio sistemático, de miradas castas, de indiferencia hacia la mayor parte de los asuntos y las personas.

En 1815, como dije en la primera parte de mis *Memorias*, vinieron a Madrid el señor de Baraona y su nieta. Poco después se casó esta con un joven guerrillero, del cual no puedo menos de ocuparme para disipar las dudas que acerca de su persona puedan haber corrido. Carlos Navarro, hijo del nunca bien ponderado don Fernando Garrote, fue gravemente herido en un duelo al día siguiente de la batalla de Vitoria. Dejole el fiero matador sobre el campo, del cual fue al poco rato recogido con más señales de muerte que de vida, pues la existencia se le iba a borbotones por la descomunal hendidura que su contrario le había abierto en el pecho. Largo tiempo estuvo el infeliz héroe suspenso de un hilo sobre el negro abismo del morir. Los médicos de Vitoria le sentenciaban todos los días para la mañana del siguiente. Pero la enérgica naturaleza del enfermo, ayudada por cuidados asiduos, le sostuvieron, hasta que al fin la aplanada y caída existencia se fue enderezando poco a poco. El convalecer fue tan largo como la enfermedad, y un año después del suceso, Carlos Garrote, reconocido coronel del ejército, apenas podía tener el sable en la mano.

A principios de 1816 vino a Madrid y se casó con Jenara. Vivieron algún tiempo acompañados de Baraona en la calle de Cosme de Médicis. Pero en Setiembre del 18, Navarro tuvo precisión de ir a Treviño a asuntos de interés, y en los días a que me refiero no había vuelto todavía, aunque le esperaban todas las semanas. No podía haber ocurrido desavenencia en el matrimonio, porque ambos cónyuges se escribían con frecuencia. Repetidas veces oí a Carlos renegar de la corte y de los cortesanos, asegurando que Madrid era para él destierro espantoso más bien que agradable residencia.

Yo vivía en una hermosa casa de la calle de la Inquisición, esquina a la Flor Baja, cerca del edificio de la Inquisición de corte y a poca distancia de los Premostratenses. Mis servicios a determinado prócer diéronme aquella habitación demasiado grande para un soltero, mas tan suntuosa, que me acomodé con gusto en ella para aparentar grandeza ante el vulgo y dar en los hocicos con mi magnificencia a los pobres petates paisanos míos, que tanto me habían despreciado en mis tiempos de miseria y nulidad. No me envanecí poco con don Miguel de Baraona, infanzón y ricacho alavés, mostrándole mi vivienda; y enamorose tanto de ella mi venerable paisano, que algunos meses después de la partida de su yerno, me dijo:

—Pipaón, en esta gran casa vives tú como garbanzo en olla. ¿No te ha acontecido algún día perderte en sus cuadras y corredores y no poderte encontrar? En cambio yo estoy muy estrecho en aquella fría y triste casa de la calle de Cosme de Médicis. ¿Por qué no he de venirme a vivir contigo mientras llega el día en que, terminado ese maldito pleito, pueda volverme a la Puebla? Aquí hay espacio para todos, y sin que tú nos molestes ni molestarte nosotros a ti, podemos acomodarnos. Yo pagaré lo que me corresponda, y si no lo llevas a mal ocuparemos mi nieta y yo estas hermosas piezas asoleadas que se abren al Mediodía y caen a ese patio, lindante con el jardín vecino. Aquí estamos muy bien guardados; por un lado la Inquisición; por otro el Santo Rosario.

Acepté sin vacilar. Lejos de molestarme, me agradaba la compañía, y como me habían dado la casa sin otro gravamen que algunos censillos y costas de poco precio, nada más confortativo para mí que sacarle algún jugo, arrendando una parte de ella. Instalose enseguida Baraona, ocupando una deliciosa y alegre crujía solana que daba a lugar abierto, y desde la cual se veían los árboles de un jardín de la vecindad. Yo seguí en las mismas piezas que antes ocupaba, sin más novedad que la mejor compañía y algunos gastos menos. Cada cual tenía su servidumbre, y aunque comíamos juntos contribuíamos separadamente al plato común.

Por las noches, después de la cena, nos reuníamos todos en amena tertulia, a la cual solía concurrir algún amigo, tal como don Blas Arriaga, capellán de monjas, y don Pedro Retolaza, secretario de la Inquisición de Logroño, ambos personajes establecidos accidentalmente en Madrid por motivo de pretensiones y otras cosillas. También nos honraba alguna vez don Juan Esteban Lozano de Torres, que era entonces ministro de Gracia y Justicia, y mi antiguo protector don Buenaventura, que era ya marqués.

Allí no se hablaba más que de las conspiraciones descubiertas, de las que se iban a descubrir y de las que por todas partes descaradamente se fraguaban. Esta era entonces la comidilla habitual de las gentes en todo Madrid. Luego que cada cual expresaba su opinión sobre los peligros que amenazaban a la desdichada monarquía y sobre las probabilidades de que desapareciese arrastrado por huracanes de traición, pecado y osadía, el gallardo edificio del gobierno absoluto, se iban retirando los tertulios y quedábamos solos los de casa, charlando otro ratito, más ocupados de asuntos domésticos que de la revuelta política. Una noche, luego que Arriaga y don Buenaventura se retiraron, Baraona, que había estado harto pensativo durante todo el tiempo de la tertulia, pronunció, en coloquio consigo mismo, no sé qué balbucientes expresiones, y golpeando repetidas veces el brazo del sillón en que se sentaba, se encaró conmigo y me dijo:

—¡Vive Dios, que si ahora se nos escapa, estos justicias de Madrid merecerían ser ahorcados al lado de los ladrones a quienes ayudan y protegen!

Yo le miré interrogándole con los ojos.

—Querido Pipaón —añadió cuando las toses le dieron algún respiro—, tengo que comunicarte un asunto importante, y espero tu parecer y con tu parecer, tu ayuda.

—¿Qué ocurre?

—El infame asesino de mi hijo Carlos, del esposo de Jenara, está en España.

—¡Salvador Monsalud en España! —exclamé—. No lo creo. Por don Pedro Ceballos, con quien solía cartearse antes de que este fuera a Viena... (tratos de masonería, señor don Miguel), por don Pedro Ceballos, digo, que es un *hermanuco* de tomo y lomo, supe hace tiempo que Salvadorillo seguía en París.

—¡Hace tiempo! No se trata de hace tiempo; se trata de ahora —dijo con impaciencia—. Es indudable que ese vil trabaja dentro de España en las tenebrosas conspiraciones que Dios está permitiendo para fines solo conocidos de la Sabiduría infinita.

—Puede ser.

—No puede ser, sino que es —dijo repentina y enérgicamente Jenara, que hasta entonces había permanecido silenciosa—. Yo le he visto.

—¿Le ha visto usted? ¿Luego está en Madrid?

—¡En Madrid, en la corte, en donde está el Trono, el Gobierno, el Rey, los Consejos, la suprema Justicia! —exclamó Baraona con aquella furia senil que se desbordaba de su pecho en las contrariedades graves—. ¡Esto es escandaloso!... No sé de qué valen las medidas adoptadas contra los afrancesados... ¿Es esto gobierno?... ¿es esto justicia?... ¡Ah, Pipaón, aquí están poseídos de necedad! No persiguen más que a los mentecatos inofensivos y dejan en libertad a los perversos. ¡Ahorcan a los sargentos y permiten que todos los oficiales del ejército se vendan a la masonería!

—Monsalud no es oficial del ejército.

—Pero es malo, rematadamente malo, y listo... Ahí tienes el secreto de su impunidad... ¡Dios soberano! Ese Rey, esos ministros, esos consejeros, ¿en qué piensan?

—Descuide usted, señor don Miguel —dije agitando en mis manos la badila, después de acariciar la ya moribunda lumbre del brasero—. Si Salvador está en Madrid, no se escapara.

—Muy pronto lo has dicho... Me parece que he de renunciar al más grande regocijo que ha soñado últimamente mi imaginación desconsolada. Me moriré sin ver el castigo de un miserable, convicto de los siguientes crímenes: asesinato, infidencia, herejía, afrancesamiento y traición. La idea de que ese monstruo naciera en aquella honrada tierra de Álava, que no ha sabido ser madre sino de hombres eminentes, de caballeros piadosos y ejemplares campesinos, me enardece la sangre Pipaón amigo. Según todos los indicios, él dio muerte a nuestro insigne compatriota, a aquel espejo de la caballería alavesa, e gran don Fernando Garrote; también hirió gravemente al hijo de este y mío por los lazos del corazón, Carlos...

—En duelo... —dijo Jenara interrumpiéndole—. Un duelo temerario y horroroso.

—No fue duelo —afirmó Baraona resueltamente, enojado de la interrupción—. Aunque Carlos, impulsado por su noble generosidad lo diga así, y aun sostenga que él le provocó, es mentira, mentira, mentira... Hiriole a traición Monsalud. Cuando el pobre mártir cayó, apoderáronse del asesino algunos guerrilleros que a la sazón pasaban. Confesó él mismo su crimen con hipócritas palabras; hizo la farsa de que deseaba morir conformándose con su destino, y hubiera perecido, en efecto, al siguiente día, si la diligente protección de una señora afrancesada no comprara su libertad, primero con ruegos, después con dádivas; pues todas sus alhajas (que eran muchas y habían sido ocultadas en el momento de la derrota) las dio por ponerle en salvo. El criminal se refugió en Francia. Nosotros, deseosos de hacer pronta justicia, trabajamos porque el Gobierno español lo reclamase al Gobierno francés; pero nada se pudo conseguir. Allá están tan embobados como aquí. Respondieron que se ignoraba su paradero. Para averiguarlo, aprehendimos a la madre del delincuente. Diole tormento la Inquisición de Logroño, en cuyas cárceles está todavía; pero de los labios de la infeliz no ha salido una sola palabra que sea luz de nuestra oscuridad, certeza de nuestra ignorancia. ¡Ah!, Pipaón, mientras no se haga pronta justicia, mientras no desaparezca este espectáculo de los bribones, que se pasean impunes por la Península, insultando con sus miradas a la gente honrada, no tendréis Gobierno firme y respetable. Os ocupáis de tonterías: de crear cruces, de mudar los ministros todos los meses, de dictar leyes que no se cumplen. Esto es hacer pajaritas de papel, mientras el suelo se estremece, mientras la tempestad se prepara y el volcán ruge. Vendrá la revolución y os encontrará disputando sobre el color de una venera, o sobre si la reina está o no está embarazada... En verdad, no sé dónde volveremos nuestras miradas los partidarios del Gobierno de Cristo, de la verdadera política cristiana, que tiene por base la justicia. ¡Desgraciado de mí! Cerraré para siempre los ojos, sin que en la postrera mirada de ellos pueda ver otra cosa que miseria y debilidades, los buenos patricios olvidados, los criminales libres, la revolución amenazando o quizás triunfante, los mayores delitos impunes o quizás premiados, y Salvadorcillo Monsalud paseándose tranquilo por las calles de Madrid.

Hundió la barba en el pecho y permaneció en silencio largo rato.

—Si está aquí —dije yo, por decir algo—, y mucho lo dudo... pero en fin, si está, es cosa muy fácil averiguar su domicilio y llevarle a la cárcel. Ya sabe usted que ahora estoy en desgracia y no puedo nada; pero, sin embargo, intentaré...

—Harías la obra más meritoria y más patriótica de tu brillante carrera, Pipaón —manifestó Baraona con semblante adusto—. Mi nieta y yo te lo agradeceríamos mucho más que esos mil favores de oficina que nos hiciste. ¡La justicia! ¡El castigo del crimen, de la traición, de la herejía, del engaño!... Yo deliro por esto. La justicia sin aplicación no es ni será más que un ideal vago e inútil. No hay que decir que se encargue Dios de castigar al criminal, no. Aparte de esto, a nosotros, hombres, nos corresponde no dar paz a la cuchilla, para que los díscolos aprendan, para que los buenos teman y los extraviados se corrijan... ¿Por ventura habría llegado a la Tierra de Promisión el pueblo elegido, si Moisés, por orden de Dios, no hubiera aplicado tremendos y merecidos castigos? ¡Oh! ¡Cuán hermoso espectáculo dio aquí Su Majestad dictando a poco de su llegada rigurosas leyes contra los francmasones y liberales! Yo creí que el pueblo elegido llegaría a la Tierra de Canaán; pero no, ya veo que se quedará en mitad del camino. Todo es debilidad; las leyes no se cumplen; cada cual hace lo que más le agrada; son presos los pequeñuelos, mientras los grandes conspiran; alrededor del Trono alzan su cabeza enmascarada de sonrisas la traición y la sedición; todos los militares trabajan sordamente en la masonería. Es esto un constante hervidero de inquietud, de amenaza, de ambiciones locas que surgen, como los insectos en el muladar, de la gran escoria del Reino; los magnates se ocupan de convites y cenas, mientras los masones proyectan comerse a la Nación; son cogidos algunos criminales conspiradores, y a poco se les suelta; reina una confabulación espantosa entre los conspiradores y la policía, entre presos y carceleros, entre alguaciles y alguacilados para taparse sus respectivas infamias, y hasta la Inquisición, volviéndose tibia y complaciente, es un cuchillo que se ha hecho alfiler; apenas pincha... Todo es flojedad, enervación, raquitismo, pequeñez. La Nación que tan enérgica, varonil y potente ha sido contra el extranjero, es en su vida interior un juego de chiquillos, que juegan en el fango, y con el fango hacen bolas que se arrojan unos a otros, no para matarse, sino para mancharse... ¡Quiero morirme de una vez, si no he de vivir más que para ver esto! ¡Los hombres como yo estamos de más en reuniones de muchachos! El papel de Herodes es difícil, y el de maestro de escuela, ridículo.

III

Dijo, y siguió accionando en silencio durante un rato. Estaba desasosegado y colérico. La enorme desproporción entre su energía intelectual y su fuerza física, entre sus ideas y su posición, le ponían en aquel estado de frenesí, tan semejante a una monomanía furiosa.

—En algunas cosas tiene usted razón, señor don Miguel —dije—. No se castiga todo lo que debiera castigarse; pero si ese humor endiablado que usted tiene se ha de aplacar con la prisión y escarmiento de Salvador Monsalud, dese usted por curado... Hablaremos a Lozano de Torres... Aunque sigo en mis trece, y sostengo que ese desgraciado no está en Madrid. Debe de haber error en esto.

—Está, está en Madrid —afirmó Jenara, clavando en mí sus ojos azules, cuya serenidad se alteró visiblemente—. Yo le he visto.

Al decir *yo le he visto*, se puso pálida. Su semblante expresaba más bien miedo que cólera.

—¿Le ha visto usted? —pregunté con incredulidad.

—Hace seis días —dijo poniéndose más pálida aún—, fui a misa a la iglesia del Rosario, que está aquí cerca. Después de oír misa y de rezar, me dirigí a la puerta. Estaba oscura la iglesia. Pasaba yo junto a la entrada de una capilla, cuando sentí más bien que observé la proximidad de un bulto, de una figura, de un hombre. Llegó hasta mí una corriente de aire frío, cual si una capa se agitara a mi lado; yo temblé. Al mismo tiempo, llevadas por aquel aire glacial, sonaron en mis oídos estas palabras, dichas con marcado tono de burla e ironía: «Adiós, Generosa...» Me estremecí toda; tropecé en una estera, y ya tocaban mis rodillas el suelo, cuando una mano me levantó con energía. En el mismo instante, como levantaron la cortina del cancel de la puerta, entró alguna luz, y vi a mi lado una cara muy morena, la misma cara. ¡Jesús!

Jenara daba a su relación un interés inmenso. La patética emoción del drama se pintaba en su semblante.

—Nunca he tenido —añadió— tan fuerte impresión, no sé si de miedo, no sé si de ira, no sé si de lástima... En término muy breve experimenté sensaciones diversas, traídas la una por la otra. Temblé, como si sintiera la mano del Demonio agarrando la mía... Me pareció que iba a ser asesinada en aquel mismo instante... Me pareció que aquel hombre no era un diablo ni un asesino, sino simplemente un pobre que me pedía limosna... Se me representaron uno tras otro los crímenes de Monsalud, desde su traición a la causa nacional hasta su duelo con Carlos... No vi luego más que desgracia, mendicidad, hambre... ¡y qué cara, Santo Dios!

—¿Le observó usted bien?

—Está más moreno, mucho más moreno que antes. Sus ojos queman; su boca, al sonreírse con ironía, no sé si sanguinaria o hambrienta, muestra unos dientes más blancos que el marfil; su aspecto infunde miedo y dolor. Viste de un modo extraño, anda deprisa, pasa y mira.

—¿Pero le ha visto usted una sola vez? —pregunté, asombrado de tantos detalles.

Jenara estuvo un rato sin contestar. Luego, mirando al suelo, dijo:

—Una sola vez. Yo corrí para salir de la iglesia. Desde la puerta miré hacia dentro, y vi que un fraile se le acercó.

—¡Un fraile!... —murmuró sordamente Baraona—. ¡Buenos están también!

—¿Y dice usted que desde ese día no ha vuelto a verle? —pregunté a Jenara.

Después de vacilar, me contestó:

—No... No puedo asegurar que le haya vuelto a ver... Ni tampoco que no le haya visto...

—¿Cómo es eso?

—Quiero decir que la impresión que en mí produjo aquel encuentro ha sido tan duradera, que a veces se reproduce ella misma, sin causa real... La imaginación...

—Diga usted los nervios. Cuidado con creer en duendes y apariciones —afirmé riendo.

Después callamos todos, contemplando las menudas ascuas de la copa de bronce, que mezclándose con la blanca ceniza, lanzaban su último brillo; existencias que próximas a expirar, dirigían a los vivos su postrer mirada.

Baraona, Jenara y yo, mirábamos en silencio la moribunda lumbre. Todo callaba en derredor nuestro. Era la hora en que los espíritus pusilánimes y los niños suelen tener miedo, y al ir a acostarse atraviesan corriendo y cantando para ahuyentarlo, los largos pasillos y las oscuras piezas. Era la hora en que las puertas de algún ventanejo alto y lejano suelen dar porrazos, estremeciendo la casa y el corazón de sus habitantes. Era la hora en que el gato trasnochador suele lanzar lastimeros ayes, que parecen llanto de criaturas o algazara de voladoras brujas que van por los aires a sus repugnantes asambleas. Era la hora en que el viento suele ponerse en la boca el tubo de la chimenea, como un gigante que sopla su bocina, y cantar o decir o refunfuñar alguna horripilante estrofa, que hiela la sangre en las venas del inquieto durmiente... Los tres nos hallábamos profundamente pensativos, cuando sonó de improviso en lo interior de la casa inusitado estrépito, una puerta que se cerró, un mueble que vino al suelo, un golpe, un tiro, qué sé yo... una nada, una tontería, un fútil accidente; pero que sin duda a causa de la hora y de cierta predisposición de espíritu, nos estremeció a todos.

—¿Qué es eso? —exclamamos a una vez.

Miré a Jenara. Estaba blanca como el papel, y sus dientes chocaban.

—Es la puerta de mi cuarto que ha dado un golpe. Quedó abierta la ventana de la calle... —dije yo, tranquilizándome por completo.

Al cabo de un instante me sentaba de nuevo junto al brasero, después de cerciorarme de la insignificante causa de nuestro pueril miedo. Jenara seguía temblando; yo me reí, y ella, arropándose en su mantón, dijo:

—Tengo frío.

—Vamos a acostarnos —dijo Baraona levantándose.

Les acompañé a sus habitaciones. Al pasar por la larga galería que las separaba de las mías y del comedor, observé que Jenara dirigía miradas inquietas a un lado y otro. La sombra de nuestros cuerpos sobre la pared atraía sus miradas con más fijeza de lo que una vana sombra merece. Yo iba tras ellos. Cuando les despedí en la puerta, Jenara me dijo: «Entre usted.» Seguía temblando, y como yo le interpelase sobre aquella injustificada desazón, no contestaba sino:

—Tengo frío.

Obligome a que registrase su habitación, a que asegurase las puertas, las cerraduras de las ventanas, y cuando me retiré al fin después de tranquilizarla respecto a lo innecesario de tales precauciones, echó llaves y cerrojos por dentro, quedándose acompañada de su criada.

Dirigime a mis habitaciones, sin dar importancia a las voluntariedades de mi hermosa huéspeda; pero al llegar a mi alcoba y lecho, y cuando me disponía a acostarme, recibí una sorpresa, una impresión tan fuerte, que mis carnes temblaron, dieron unos contra otros mis dientes, y me quedé frío, absorto, mudo, petrificado. Sobre mi lecho y en la misma vuelta de las sábanas, había un papel escrito. Con trémula mano lo tomé; recorriéronlo mis ojos en un instante; decía así:

«Infame Bragas: Tú que eres amigo y compinche del Tigre y del Zorro, podrás conseguir que manden poner en libertad a Fermina Monsalud, presa y atormentada en la Inquisición de Logroño por supuesto delito de infidencia. El Elefante trabaja en pro de la mujer inocente. Ha asegurado que la Culebra, es decir, tú, podrás ayudarle con éxito seguro.

»Infame Bragas: Si dentro de quince días está libre mi madre, no te pesará; si no lo estuviere, te acordarás de

SALVADOR MONSALUD.»

IV

Juzgad ¡oh amigos!, de mi asombro, de mi anonadamiento. Largo rato estuve con el papel en las manos sin saber qué partido tomar, sin poder concretar mis ideas, sin resolverme a dar un paso, ni poder formar un juicio claro sobre aquel hecho. En mi cerebro bullía el caos. Ocupaba mi espíritu un miedo horroroso, un miedo cual nunca lo he tenido.

Pasé algún tiempo en dolorosa incertidumbre. Como si tuviera la conciencia de que mi cuerpo era una masa de apretada aunque suelta arena, que se iba a desmoronar al menor movimiento; no me atrevía a dar un paso ni a menear un dedo. Poco a poco fuime recobrando, empecé a discurrir; me esforcé en atenuar la gravedad del caso, y la curiosidad se abrió paso en mi espíritu. ¿Quién había traído aquella hoja amenazadora? El hombre que me escribía, mi camarada antaño, ¿por qué había ideado tan singular modo de comunicarse conmigo? ¿Era él realmente o algún chusco desocupado? Y quien quiera que fuese, ¿de qué medios se había valido para dirigirme tan atroz apercibimiento?

Mi casa no era casa de duendes, aunque muy antigua y grande, propia por lo tanto para que se pasearan por ella los invisibles habitantes de la sombra, si el miedo les permitía la entrada. Felizmente yo no creía en brujerías, ni en chuscadas de duendes, ni en fabulosas correrías de almas en penas. Ni por un instante pensé en tales puerilidades. Pero al mismo tiempo yo tenía la seguridad, gracias a un reconocimiento prolijo que a poco de mi mudanza hice, de que mi casa, con ser de dos puertas, no tenía comunicaciones novelescas, ni sótanos, ni compuertas, ni armarios maravillosos, ni escotillones, ni ninguna tramoya de esas que en el teatro y en los libros dan materia para un sorprendente enredo. No teniendo, pues, mi casa secreto alguno, era evidente que alguno de los criados había sido mensajero del extraño mensaje.

Eran tres: el primero, que tenía por nombre Farrancho, servíame de mandadero, ayuda de cámara y también de amanuense en casos de mucha urgencia, y era hombre de honradísimos antecedentes, por su cacumen casi incapaz de Sacramento, pues discurría como una acémila, por su carácter moral apreciabilísimo al parecer. Jamás le cogí en mentira, ni en hurto, ni en falta alguna.

La segunda persona de mi servidumbre era una mujer, una venerable matrona bastante vieja y fea para no incurrir en deslices amorosos, bastante joven y aseada para servir bien y guisar mejor; Marta por lo diligente y entendida en cosas domésticas, Magdalena por lo piadosa. Había servido a monjas durante veinte años, con lo cual dicho se está que era la prudencia misma, la santidad personificada, la honradez en efigie. Jamás se ocupó de chismes domésticos, y parecía carecer del uso de la palabra, como no fuera para emplear ciertas fórmulas piadosas, pues nunca entraba en mi cuarto sin decir lúgubremente el estribillo cartujo de *morir tenemos*. Su obediencia era ciega, su solicitud extremada, su cariño firme y mudo como el de los buenos esclavos, su arte culinario de plata, su silencio de oro. Hasta su nombre era admirable de concisión y santidad. Se llamaba Doña Fe.

Había además en la casa otra hembra; pero no me servía a mí (aunque bien lo quisiera yo), sino a Jenara, de quien era doncella. Paquita, guapa moza, estaba desde poco antes en casa, y no me eran conocidas las prendas de su carácter. Parecía excelente muchacha. Mis sospechas recaían principalmente en ella, después en Farrancho. Doña Fe estaba libre de toda suposición desfavorable, porque además de tener un carácter formalísimo, incapaz de toda farsa o enredo, hallábase a la sazón en cama, molestada de horribles dolores en la cara y oídos.

Después que mentalmente repasé las cualidades de aquel doméstico triunvirato, recayó mi atención en el asunto principal, en la extraña hoja que tan a deshora había venido a turbar la tranquilidad de un hombre de bien, servidor diligente de su Rey y de su patria. Lo más singular del singularísimo documento era que el autor de él, ya fuese en realidad Monsalud u otro cualquier pelanduscas de su propio estambre, al mismo tiempo que solicitaba mi auxilio, me ofrecía su protección, como parecía indicarlo el *no te pesará*. Pero a renglón seguido me amenazaba de un modo insolente. El *te acor-*

darás de mí me ponía en gran cuidado... ¿Sería aquello una farsa ridícula? El que ofrece protección o castigo es porque tiene poder; y si Monsalud tenía poder, ¿por qué solicitaba mi auxilio?... ¿Debía yo despreciar el escrito o fijar en él toda mi atención?

Pensando en esto, venían a mi memoria recuerdos del ardiente carácter de mi antiguo amigo; surgía ante los ojos de mi imaginación su figura, representándomela desmelenada, horrible, teñida de la palidez siniestra del jacobinismo; volviendo a contemplar el escrito en cuyos caracteres se conocía la mano de Salvador, y dueño de mi espíritu, el miedo me sumergía de nuevo en vacilaciones sin fin.

Las palabras del escrito indicaban una resolución firme. Lo que a mis lectores podrá parecer oscuro y enigmático, para mí no lo era entonces, por ser común y aun popular el tiznar con viles apodos la persona de hombres esclarecidos y respetabilísimos, que consagraban su vida al servicio del Reino. Así el *Zorro*, era don Juan Esteban Lozano de Torres, ministro de Gracia y Justicia; el *Tigre*, mi amigo y protector don Buenaventura, recientemente convertido en marqués de M•••, y el *Elefante*, don Ignacio Martínez Villela, consejero de Castilla y hombre muy metido en Palacio, aunque por entonces corrían voces de que era masón.

Después de mucho meditar, no repuesto del mortal susto, juzgué que para requerir a los criados convenía esperar al siguiente día. Acosteme; pero el sueño huía de mis ojos. No se apartaban de mi mente las anécdotas que acerca de los masones y su audacia había oído contar últimamente sin darles importancia; recordé lo que por entonces se decía de connivencias misteriosas, de sobornos de criados, con otras artimañas atrevidas que establecían una verdadera mina dentro y debajo de la sociedad.

Yo procuraba determinar algo; pero ninguna resolución definitiva lograba echar su raíz en mi vacilante y perturbada voluntad. Mi entendimiento excitado por la vigilia, iba de aquí para allí, entre las revueltas olas de un mar de ideas, empujado, ya de un lado, ya de otro, sin poder llegar a ninguna orilla, ni sumergirse en el silencioso y quieto fondo, que era el dormir y lo que yo más deseaba.

Pero la luz del día ¡bendita sea mil veces!, disipó aquel delirio caliginoso en que mi pensamiento con angustia se revolvía como un loco en su jaula.

Se me presentó el hecho en proporciones muy pequeñas, y libre ya del miedo, si no del recelo, tomé dos resoluciones: no hacer caso del escrito, e interrogar a mis criados para despedir de mi honrado hogar al delincuente.

Cuando conté el caso a Doña Fe llenose de miedo, trajo al punto de la iglesia un cantarillo de agua bendita, y roció toda la casa, recitando exorcismos. La piadosa mujer, hecha un mar de lágrimas al ver el peligro que mi persona había corrido, me dijo haber visto a Farrancho en la calle el día anterior, secreteándose con individuos de aspecto tan revolucionario como heterodoxo, y aunque el tunante protestó y lloró, y me mojó las manos con la baba de sus hipócritas besos, le despedí. Su culpabilidad era evidente. Jenara me respondió de la inocencia de su doncella, y antes hubiera dudado yo de mí propio que de la venerable matrona a quien tan bien sentaba el nombre de Fe. Baraona quiso levantarse a deshora del lecho para dar dos palos al infame y desleal muchacho; pero le contuvimos, y durante un rato Jenara y yo hablamos vagamente del asunto.

—Yo tampoco he dormido nada en toda la noche —me dijo.

Le pregunté si también había recibido papelito; pero no se dignó contestarme.

V

El incidente que he referido dejó de preocuparme al siguiente día, y poco a poco fue olvidado por completo. Salgamos ahora de mi casa y veamos cómo andaban las cosas públicas en aquellos días, que eran los últimos de octubre de 1819, a los once meses de la sangrienta conspiración de Vidal en Valencia y a los cuatro de los sucesos del Palmar.

Grandes mudanzas habían ocurrido en la corte desde 1815 a 1819. En tan breve tiempo Fernando se había casado dos veces, la primera, con Isabel de Braganza (cuyas bodas concertó en el Brasil fray Cirilo de Alameda y Brea, enviado secreto de Su Majestad Católica), la segunda, con María Amalia de Sajonia, hermosa y desabrida, humilde y bondadosísima, devota y también algo poetisa. Mientras reinó Isabel, la influencia política de los criados mermó mucho en Palacio, y este fue lo que debía ser, una vivienda de Reyes; pero desde diciembre del 18, en que Dios se llevó de la tierra a la insigne princesa, las culebras de la camarilla empezaron a recobrar su imperio. Sin embargo, ni Alagón ni Chamorro fueron tan poderosos. Ramírez de Arellano y un tal Villar Frontín, antiguo escribano del resguardo, eran los que se comían el Reino crudo.

Nueva gente se encontraba en las oficinas, en los Consejos, en Palacio, y los ministros variaban a menudo; que no es la inconstancia don peculiar de los poderes constitucionales. En seis años vi bajar y subir tantos, que casi se pierde la cuenta de ellos. Ceballos se hundió en octubre de 1816. Don Tomás Moyano había desaparecido también del escenario, cayendo en la oscuridad, de donde jamás volvió a salir, quedando tan solo, cual muestra de su paternal administración, los mil y un parientes que en su breve poltronazgo sacó de la miseria y soledad del campo; don Francisco Eguía también dejó por algún tiempo al ejército huérfano de su protección. Hubo un divertido minueto de señores ministros de la Guerra durante corto plazo, porque a Eguía sucedió Ballesteros, a Ballesteros el marqués de Campo Sagrado, y al marqués de Campo Sagrado otra vez el señor Eguía, sin cuya coleta parecía no poder existir la atribulada Nación. La Marina había perdido a Cisneros, y era gobernada por Figueroa. Desgraciada andaba la marina en aquellos tiempos, pues para que su orfandad fuera completa, también perdió en abril de 1817 a aquel imponderable terror de los mares, el Infante don Antonio Pascual, de quien dijo el poeta:

¡Neptuno, Tetis, Céfiro y Favonio,
Eterno mostrarán llanto abundante,
Pues falleció el Infante don Antonio!!!

Así terminaba el soneto que al triste suceso dedicó don Diego Rabadán, el primero de los poetas de aquel tiempo, Rioja de los líricos y Herrera de los heroicos, hombre de esclarecido ingenio, gloria de su época, y al cual la envidiosa posteridad ha tratado injustamente, equiparándolo al don Hermógenes de Moratín... ¡Como si no fuera la mejor pieza del mundo aquel célebre soneto en que, para decir que don Antonio había muerto de pulmonía, se manifestaba *que el cierzo quiso dar testimonio de su aridez, arruinando a la España su Almirante!*

No puede darse imagen más hermosa ni entonación más robusta que la de aquel comienzo:

Ya vencidos de Acuario los rigores
que aprisionan a líquidos cristales...

Pero llevado de mi afición a la poesía y a los buenos poetas de mi tiempo, me he apartado de lo que estaba tratando, y era, si no recuerdo mal, los cambios de ministros. Don Felipe González Vallejo, a quien pusimos en Hacienda, salió como había entrado, es decir, que se lo llevó un viento cortesano, y el pobrecito con ser tan inocentón y tan para poco, no se libró del destierro. Entonces era común que a todos los caídos les recetaran un paseo higiénico para recobrar las fuerzas gastadas en el servicio de la patria. Sucediole Ibarra, luego López Araujo, que apenas sabía leer y escribir, y al fin entró el célebre don Martín Garay, que más que hombre era una escuela, pues trajo al Ministerio todo un plan e idea completa para reformar la Hacienda pública, tarea equivalente a beberse el mar o a ponerse por montera el Moncayo. Gozaba aquel señor de mucha fama, que aún conserva su nombre; pero todos los hombres de mi tiempo, desde el Rey y los ministros y el clero hasta el último zascandil, se pusieron en contra suya, y tuvo que salir del Ministerio y marcharse con la música y el sistema a otra parte. Por fortuna no tuvo tiempo de hacer nada de provecho; que si le dejáramos, capaz hubiera sido de volver la Hacienda del revés, elevando los ingresos y mermando los gastos. Su sucesor Imas era un bendito.

En Estado, el célebre León Pizarro, amigo y compinche de don Antonio Ugarte, no duró mucho tiempo, ni tampoco Irujo, que empezó su carrera por paje de bolsa de un consejero y la acabó marqués y millonario. El duque de San Fernando, su sucesor, no fue menos afortunado, porque al principio de la guerra era soldado raso y en 1818 teniente general, duque, grande de España y no sé qué más.

En Gracia y Justicia, después del obispo de Michoacán, que fue ministro veinticuatro horas *(¡tanto se emprende en término de un día!)* entró y duraba aún en la época de mi relación, don Juan Esteban Lozano de Torres, la gran figura de aquellos tiempos, y no porque la tuviera gallarda ni aun digna de ser vista, sino porque con su hermosura moral tenía cautivados a todos, empezando por el Rey. Había sido Lozano de Torres en su mocedad relojero. No había hecho estudios de ninguna clase, siendo el primero y el único ministro de Gracia y Justicia lego en jurisprudencia. Ni siquiera sabía latín, cosa rara y chocante en aquellos tiempos.

La carrera de este benemérito español había sido el comisariato del ejército. ¡Y qué herejías dijeron de él a propósito de la administración del hospital militar de la Isla! Con ser tan fuertes, sin embargo, las especies que acerca del comisario dijo el vulgo, no llegaban, ni con mucho, a lo que decían los enfermos, un atajo de tunantes que ponían el grito en el cielo desde que les faltaba caldo. ¡Qué tal fama de abastecedor y despensero tendría el niño, cuando, destinado a la Intendencia de Castilla la Vieja, no quiso darle posesión el gran Wellington, jefe del ejército aliado!

La causa de su elevación a la silla de Gracia y Justicia fue el desmedido y loco amor que a Fernando tenía, el cual era de tal naturaleza que raras veces se presentaba ante Su Majestad sin derramar lágrimas de ternura, y para besarle la real mano hincaba la rodilla en tierra. Había en el alma de Lozano un sentimiento parecido a la dulce fibra del misticismo, que le llevaba a la identificación con el objeto amado, haciéndole partícipe no solo de las impresiones morales de este, sino también de sus sensaciones físicas. Cuando Fernando estaba enfermo, Lozano de Torres se quejaba de la misma dolencia, y si a Su Majestad le dolía un pie, al punto cojeaba el amigo; tal era la fuerza de simpatía entre los dos.

Pero cuando el ministro de Gracia y Justicia desplegaba toda la vehemencia de su alma fervorosa, era cuando la reina Isabel estaba embarazada. En cierta ocasión mi hombre celebró en San Isidro por su cuenta solemne función religiosa y Manifiesto, que había de durar hasta que Su Majestad saliese de cuidado; y queriendo dar pública muestra de su amor a la Monarquía, hizo en medio de la iglesia tales aspavientos de devoción, golpeándose el pecho y desollándose las rodillas ante el altar, que los fieles no pudieron contener la risa. No quedó sin premio lealtad tan ardiente... ¡pues no faltaba más! Según puede verse en la *Gaceta*, Fernando VII dio a Lozano de Torres la gran cruz de Carlos III, *por haber publicado el embarazo de la reina*.

Desde 1815 éramos muy amigos don Juan Esteban y yo. El pobrecito no recibía recomendación mía sin que al punto la despachase, y en la camarilla partíamos un confite, según éramos de tolerantes y condescendientes el uno con el otro, sin estorbarnos ni quitarnos de la boca el hueso, como hacían algunos, más semejantes a perros hambrientos que a cortesanos hartos. Yo no dejaba de prestarle servicios menudos, a más de los grandes, bien desempeñando ante Su Majestad un papel, entre Lozano y yo convenido, bien llevándole secretitos y noticias, sabiamente pescados al vuelo detrás de una cortina.

Conste, ante todo, que yo estaba cesante desde el verano, pues una cuestión de delicadeza (yo siempre fui muy delicado), obligome a ceder mi plaza a un sobrino del ministro de Estado; pero se me había ofrecido el primer puesto que vacase en el Real Consejo. Como la ambición y el dorado sueño de mi vida eran esta canonjía, la esperaba con viva ansiedad.

¡Crítico y solemne momento! A fines de octubre estaba vacante una de las canonjías del Consejo. Yo tenía derecho a esperar que se cumpliría la oferta, no solo por mis méritos personales, que eran muchos, dicho sea sin modestia, sino porque en repetidas ocasiones y por mediaciones de ambos sexos, me había prometido la plaza Su Majestad.

Verdad es que las promesas de Fernando eran como los cien pájaros volando del viejo refrán; ¡pero tenía yo tantos amigos! Como el viajero que después de larga travesía divisa la ansiada orilla, así estaba yo cuando divisé la tal vacante. No cabía en mi pellejo de puro angustiado, inquieto y caviloso. Estudiaba hasta las más insignificantes palabras de los íntimos de Fernando; atendía a los gestos y a las miradas, porque no había accidente alguno en que no viese esperanzas de obtener mi prebenda.

Andaba tan desasosegado que apenas comía. ¡Ay!, si hubieran provisto la vacante en individuo distinto del que está dentro de esta casaca, me habría muerto de pena... Y verdaderamente, había motivos para que no estuviese tranquilo, por ser España la tierra de la injusticia y de la ingratitud. ¿El sin par Colón no murió en el olvido? ¿No acabó sus días Hernán-Cortés oscurecido en una aldea? ¿Y qué diré de Cervantes?... ¡Vive Dios, que si no me daban la plaza, yo había de hacer algo sonado; rey y cortesanos y ministros se habían de acordar de mí!

Pero últimamente yo tenía en la corte el favor a que me hacían acreedor mis servicios y adhesión al Monarca. Tocome a mí también un poco de aquel hálito de desgracia que a tantos había matado y aunque no me persiguieron ni me desterraron, hallábame en situación bastante equívoca, ni elevado ni caído, lejos de Palacio, a pesar de que Su Majestad me enviaba hipócritas recadillos. Yo no podía tragar al señor Ramírez de Arellano, ni este me tragaba a mí. Supe que se hacían esfuerzos para desprestigiarme; pero como yo tenía tantos amigos, como conservaba excelentes relaciones con los hombres más eminentes, no solo esperaba defenderme de los que me querían empujar hacia abajo, sino también recobrar el terreno perdido. Alagón, Ugarte, don Buenaventura, Imas, Villela, San Fernando, Lozano de Torres, me tenían en gran aprecio y me halagaban con fastuosas promesas.

Yo no descansaba. Comprendiendo, como groseramente dice el refrán, *que el que no llora no mama*, vivía sobre un pie, de visita en visita, de conferencia en conferencia, de lamento en lamento, pidiendo a todos, ya en desnudas ya en artificiosas razones; exponiendo mis méritos, como se exponían entonces; desacreditando a todo el que estuviese en olor de candidato; trabajando a lo topo y a lo castor, en la oscuridad y a la luz del día; armando muchos enredillos y ganando voluntades y levantando polvaredas de intriga y humaredas de adulación; en fin, practicando todo lo que un hombre listo practicaba entonces y practica hoy en circunstancias análogas, que estas viejas mañas son de hoy como ayer, y primero faltarán garbanzos que Pipaones en España. Oí decir un día que la vacante se proveería al siguiente. Corrí a ver al señor Lozano en su despacho del ministerio, y cuando me vio puso cara agridulce, como de quien sonríe para disimular disgusto. Temblando aguardé mi sentencia.

Lozano de Torres era pequeño y cari-fruncido, con un airoso moñito de pelo rubio sobre la frente, graciosamente arremolinado. Iba ya para viejo; sus movimientos eran tardos, sus pasos meditados, y al andar, colocaba en el suelo con una especie de estudio el blando pie, calzado con zapato de paño. Poníase ordinariamente muy serio, queriendo de este modo tomar la máscara de los hombres de saber; pero con los amigos de confianza, y cuando no se trataban asuntos graves del ramo, era francote y risueño, mostrando a las claras su alma sencilla y su rústico entendimiento. Tan declaradamente manifestaba su índole al hablar, que solo le faltaba decir: «¡Dios mío, cuán bobo soy!»

Hízome sentar a su lado; ofreciome un polvo, que rehusé; diome después un cigarrillo, y tras un par de toses, habló de esta manera:

—Querido Pipaón, anoche me habló largamente de usted Su Majestad. Conviene en la precisión de dar a usted un puesto correspondiente a sus dilatados... A sus dilatados servicios.

—En efecto —repuse—; la última vez que tuve el honor de entrar en la cámara real Su Majestad me dijo que la plaza vacante del Consejo Real sería para mí.

El ministro cerró fuertemente un ojo, torciendo con extraño mohín la boca.

—¿La vacante del Consejo?... —balbuceó—. Sí... En efecto; yo mismo prometí a usted... Si de mí solo dependiese; pero...

—¿Pero qué... pero qué? —dije remedando la perplejidad de Lozano—. ¿Es esto formal? ¿Se puede decir hoy una cosa y mañana otra? Si se me cree indigno de formar parte de una corporación en la cual han entrado peluqueros, boticarios y mozos de caballerizas, díganlo de una vez... ¿Por ventura la he pretendido yo?

—No, ya sé que es usted modesto.

—Yo no he pedido la plaza... han venido a ofrecérmela, empezando por el Rey; me han estado pinchando mucho tiempo; me han sacado de mis casillas... Si yo no quiero ser consejero, si no quiero figurar... Por todo el oro del mundo no sacrificaría mi dignidad en cambio de una posición.

—Vaya, señor de Pipaón, no se amosque por tan poca cosa —dijo el buen Torres—. ¿Por qué no espera usted ocasión más favorable? Siendo usted quien es, no tardará en ser consejero. Pronto habrá más vacantes. Aguarde usted unos meses... Su Majestad la reina Doña Amalia estará embarazada bien pronto. Cuando venga lo que ha de venir, se repartirán muchas mercedes, sobre todo si es príncipe...

—Señor ministro —repuse, sin poder contener mi sofocación—; se han burlado ustedes de mí. Esto no se hace con un hombre que ha prestado tantos y tan difíciles servicios al Reino, al Rey, a los amigos, a usted mismo.

—Es verdad, por eso dije que anoche acordamos darle a usted una recompensa magnífica —afirmó su excelencia melifluamente.

—¿Cuál?

—Puede usted escoger. La Superintendencia de la Moneda en México, la...

—¿Indias, señor Lozano? —exclamé con el mayor desdén—. Ya sabe usted que no me gusta viajar por mar. Puesto que se me trata de ese modo, renunciaré a servir en la Administración. Para ir a América y labrarme en cinco años una fortuna, no necesito que el Gobierno me dé un destino con visos de destierro.

—Entonces, amiguito... Debo advertirle que Su Majestad fue quien manifestó deseos de que marchase usted a América.

—Es raro —respondí—. La última vez que nos vimos, Su Majestad no me dio un canastillo de cerezas como a Campo Sagrado, ni un mazo de cigarros como a Villamil. Yo no pretendí la plaza de consejero; yo no la quería; yo no di paso alguno para que se me diera; pero me la ofrecieron: se ha dicho que yo iba a entrar en el Consejo; he recibido ya las felicitaciones y aun algunos regalos anticipados como previa acción de gracias por beneficios que no he hecho todavía... por consiguiente, si ahora salimos con que no hay nada, mi situación no puede ser más grotesca. Mi dignidad, mi honor, indúcenme a no admitir otro destino que el de Consejero.

—Pues hijo —repuso Lozano, dando un suspiro—. Lo que es eso... La vacante está ya provista.

Y me alargó un papel que tomó de la próxima mesa.

VI

—¡Me lo figuraba! —exclamé con indignación, devolviendo la minuta después de leerla—. El nuevo consejero es el sobrino del marqués de M•••. ¡Bonito nombramiento!

La ira apenas me permitía articular las palabras. Pegajosa saliva entorpecía mi lengua, y con los crispados dedos arañaba los brazos del sillón en que me sentaba.

—¡El sobrino del marqués de M•••! —repetí—. ¡Me lo temía!...

—Mañana aparecerá en la *Gaceta*.

—Y mañana sabrá España, ¿qué digo?, sabrá la Europa entera, sí señor, la Europa entera, cuáles son las prendas, cuáles los antecedentes que se necesitan aquí para escalar los puestos del Consejo. En primer lugar, ser jugador, borracho, calavera, no pagar las deudas contraídas, deber más de tres mil reales en Canosa; y en segundo lugar, no saber más que un poco de latín, echársela de traductor de Horacio, decir mil pedanterías a propósito de leyes antiguas, defender malamente algún pleito de tenuta, criticar en todo, fantasear en la Sala de alcaldes, hablar mal de los funcionarios honrados y respetables como usted, y también tener de brevas a higos algún tratadillo con los masones de Granada y de Madrid.

Don Juan Esteban alzó los hombros.

—¡Qué personajes, Santo Dios! —proseguí sin que con tanto hablar se desfogara mi cólera—. Tal sobrino para tal tío...

—Silencio —dijo vivamente Lozano—. El marqués de M••• está aquí.

En efecto, sin previo anuncio, porque a causa de su intimidad con el ministro no lo necesitaba, apareció en el despacho el marqués de M•••, el cual no era otro que aquel famoso personaje a quien puse el nombre de don Buenaventura, tapando con esta especie de benevolencia el suyo propio, para que la posteridad no le mortificase. Fue mi protector, mi amigo, mi Providencia en los primeros años de mi carrera[1]. Por esta razón infundíame siempre mucho respeto, y aunque últimamente solía mostrar cierta envidia de mi rápido encumbramiento y me molestaba cuanto podía, yo, hombre agradecido, le ponía generosamente a él como a sus sobrinos, fuera del alcance de mis artimañas y de mi lengua.

Don Buenaventura, a quien solían llamar el *Tigre*, se había hecho marqués de la manera más sencilla. Nombrado consejero de Hacienda en 1814, hizo en poco tiempo una gran fortuna, comprando fincas que estaban adjudicadas al crédito público. Por aquellos tiempos, necesitando los padres de Atocha algún dinerillo para reparar su templo, dioles Fernando dos títulos de nobleza para que los vendiesen. Don Buenaventura compró en veinte mil duros el de marqués de M•••. Era familiar de la Inquisición, hombre cruel, y absolutista tan fanático, que se pasaba la vida buscando masones por todos lados y averiguando picardías de liberales para contárselas al Rey. Tenía

---

1   *Memorias de un Cortesano de 1815.* (N. del A.)

en 1819 gran privanza en Palacio; pero le hacía sombra Villela, de quien se contaban no sé qué masónicas liviandades. Conmigo sostenía buenas relaciones, pero a pesar de eso, solapadamente y sin dejar de halagarme, bebió los vientos para quitarme la plaza de consejero; y a pesar de lo mucho que me moví, ganome la partida, como se ha visto.

—¿Se murmura, eh? —dijo amistosamente, después de saludarnos—. Este diablo de Pipaón no está nunca contento.

—Ya le he dicho que puede esperar mejor ocasión —añadió don Juan Esteban, ofreciendo un cigarrillo a su amigo—. Grandes acontecimientos van a venir... Puede que nazca un príncipe...

—Es claro —dijo el marqués, mirándome con sorna—. Pero ¿tú qué crees? ¿se hacen consejeros a los treinta y seis años? Estos sietemesinos, apenas dejan el biberón, ya ambicionan los primeros puestos del Estado... ¡qué tiempos, señores!, no sé a dónde vamos a parar. He aquí un chiquilicuatro a quien saqué de las covachuelas hace seis años. Le hemos visto subir como la espuma, le hemos ayudado como buenos amigos, y ahora, ingrato y desconsiderado, todo lo quiere para sí. Paciencia, amiguito, paciencia y aguardar. Felizmente no estamos en los tiempos en que el señor Chamorro y Paquito Córdova disponían de los destinos y sueldos del Reino. Ya los caprichos de una bella no conmueven la monarquía: ya no caen y se levantan los ministros al compás de la escoba de los mozos de retrete: estamos en tiempos mejores.

—Las personas han variado, convengo en ello —respondí con malicia—, pero las cosas no. Entre las ruinas de la antigua camarilla, eleva su majestuosa frente la negra del señor Villela.

—Silencio —dijo Lozano de Torres—. Le espero de un momento a otro, y puede venir.

—¿Quién gobierna? ¿Quién aconseja a Su Majestad? ¿Quién empuña el timón de la nave como generalmente se dice? —proseguí—. Todos sabemos que si Artieda no tiene el poder que tenía, lo tienen Ramírez de Arellano y Villar Frontín, pues los ayudas de cámara también caen y se levantan, como los ministros, aunque sin canastillos de cerezas ni mazos de cigarros.

—Bueno —dijo don Buenaventura, riendo—. Sigue tú en la agencia universal y diplomática de don Antonio Ugarte. Sigue comprando barcos rusos y contratando empréstitos. ¿Qué más quieres, pelafustán? ¿Aspiras también a comprar a los rusos sus barbas, para ponérnoslas a nosotros después de hacérnoslas pagar?

Don Juan Esteban se reía como un bendito.

—¿Quieres ser consejero? —añadió el marqués—. ¿Y para qué? ¿Qué vas tú a hacer en el Consejo? Sepámoslo. ¿Meditas algún informe luminoso sobre cualquier materia? ¿Vas a poner en olvido las dotes eminentes de Jovellanos, Campomanes, don Arias Mon y demás notabilidades? Para traer y llevar los recados de don Antonio Ugarte, para ayudarle en sus negocios, ¿no estás mejor en cualquier oficina que en el Consejo? A pesar de ello, yo te prometo que te apoyaré decididamente en la primera vacante, ¿qué más quieres?

—Sé lo que es el Consejo —respondí breve y sentenciosamente—; sé lo que son las oficinas; todo lo conozco y aprecio en su justo valor, menos las influencias que imperan hoy, las cuales son de tal naturaleza, que no sabe uno a qué atenerse.

Me levanté para marcharme. En el mismo instante un portero anunció a don Ignacio Martínez de Villela, que no tardó en entrar. Me quedé.

Este venerable señor, uno de los que más trabajaron en 1814 cuando la persecución de los diputados, era entonces muy influyente en Palacio. Él y Lozano de Torres y otros que no menciono, formaban a la sazón la pequeña corte del Monarca, sustituyendo a la antigua, que con gran trabajo desbancaron y de la cual tuve la gloria de formar parte. Era Villela, además de corpulento como un elefante, hombre muy vividor, y en la apariencia grave y respetable, con grandes humos de probo y justiciero. Oyéndole, parecía que por su boca hablaba el derecho público y privado. Poseía bastantes conocimientos jurídicos, lo cual le daba respetabilidad, poniéndole en situación muy favorable; porque desde 1816 y desde la venida de la reina (que coincidió con el eclipse de nuestra camarilla), comenzaron a estar en alza los llamados sabios, los jovellanistas, y los de la escuela de Garay, verificándose un descenso rápido en el influjo de toda la gente lega y romancista.

Pero la mayor notoriedad del magistrado en cuestión no era su sabiduría, sino su *negra*, una tal Doña Inés, ama de llaves y gobernadora de la casa, de cuya intervención en los negocios públicos se habló durante mucho tiempo.

Habíase captado de tal modo la voluntad de su dueño, que teniendo este la clave de muchos nombramientos, túvola ella también. Especialmente las mitras, que se concedían siempre a propuesta del Consejo, fueron de tal modo monopolizadas por Doña Inés, que esta no abría la mano sin que saliera de ella un obispo. Había previo convenio y eclesiástico arreglo antes de que una mitra fuese provista, y era cosa sabida: ni el más pintado, aunque fuera el mismo San Pedro, empuñaba el báculo, si antes no se ponía a bien con la tal negra, impetrando y consiguiendo su soberana gracia. Con este motivo ocurrió más adelante un suceso curioso que no quiero callar.

Vacó la diócesis de Astorga, y siguiendo los trámites ordinarios, fue presentado para la silla un sujeto, cuyo nombre no hace al caso. Llevose el decreto al Rey para que lo firmara, y Fernando, que tenía felicísimas salidas de aticismo cómico, leyó detenidamente el pliego, sonriendo con la socarronería que le era habitual. Estaba verdaderamente cargado, como ahora se dice, de aquella ambición desmedida de la negra de su amigo, y decidiendo emplear su iniciativa y usar sus prerrogativas con tanta insolencia usurpadas, no colérico, sino con mucha calma y gravedad, tomó la pluma y al margen de la propuesta puso estas sencillas palabras, que constan en un archivo: «Será obispo de Astorga don X... X... *y perdone por esta vez Doña Inés.*»

Pues bien, aquel que acababa de entrar en el despacho del venerable Magistrado era el venerable magistrado, el celoso juez de 1814, el Consejero de la Sala de Justicia del Consejo Real, con honores del de la de Cámara; era el amo de su negra, en fin.

VII

—Señores —dijo sin responder a nuestro saludo—. Ocurre una cosa muy importante. El señor Requena acaba de morir de un ataque de apoplejía fulminante. ¡Pobre señor, pobre amigo mío! ¡Nos queríamos tanto!... Pero, en fin, puesto que Dios ha querido llamarle a su seno... Ello es que con esta muerte hay ya otra vacante en el Consejo.

Yo di un salto en mi sillón.

—¡Una vacante en el Consejo! —repitieron el marqués de M••• y Lozano de Torres.

—Sí, señores —añadió Villela sentándose—; una vacante en la Sala de Provincia.

—No podía venir más a propósito —dijo Lozano de Torres mirándome.

—Ahí tienes, Pipaón, ahí tienes... —dijo el marqués de M•••—. La Providencia no abandona jamás a quien confía en ella. He aquí que cae del cielo una vacante y te toca en la punta de la nariz.

—Poco a poco, señores —dijo el señor Villela de muy mal talante, mirándome por encima de sus gafas verdes—. No me toquen a esa vacante, que es para mi primo.

Toda la hiel de mi cuerpo vino a mis labios al oír esto, y era tanto lo que se me ocurría decir, que no dije nada.

—Tengo promesa de Su Majestad para la primera vacante —añadió Villela—, y además, amigo Lozano, ¿no hablamos de esto la otra noche?

—Sí, es cierto... —repuso con turbación el ministro—; pero a la verdad, no sé cómo contentar a todos. Pasan ya de media docena las personas a quienes Su Majestad ha prometido la primera vacante. Creo que lo mejor será echar suertes.

—¡Bah! —exclamó Villela con su impaciencia habitual y mirándome de hito en hito—; ¿lo dice usted por Pipaón, que nos está oyendo? Amiguito, usted es joven aún y puede esperar. En mis tiempos no se entraba en el Consejo antes de los sesenta años. En los que vivo no he visto un mozo más favorecido por la fortuna que usted... Cuando mucho se sube, más peligrosa puede ser la caída. Usted se ha encaramado con excesiva prontitud, y me temo que si no se detiene un tantico, vamos a ver pronto el batacazo... Un polvito, señor marqués; un polvito, señor Lozano; amigo Pipaón, un polvito.

Describió un lento semicírculo con su caja de rapé, en la cual iban entrando sucesivamente los dedos de los amigos.

—Señor don Ignacio —repuse yo, aspirando con placer el oloroso polvo—, admito los consejos de una persona tan autorizada como usted... pero debo hacer una indicación. Jamás pretendí la plaza de Consejero; pero como se me ha ofrecido repetidas veces y se ha hecho pública mi pronta entrada en la insigne corporación, sostengo el cuasi derecho que me da la real promesa.

—¡Oh!... usted puede sostener lo que quiera —repuso Villela, volviendo risueño el rostro y elevando la mano, cuyos dedos sostenían aún el polvo—.

Cada uno es dueño de tener las ilusiones que quiera. Por eso no hemos de reñir.

—Con perdón del señor Villela —dije yo, inclinándome y poniendo un freno a mi cólera—, seguiré esperando, que Su Majestad no me ha de dejar en ridículo.

—Tantas veces han puesto en ridículo a Su Majestad personas que yo conozco... —indicó el Consejero de la Sala de Justicia, llevándose a la nariz los dedos y aspirando el tabaco con cierto adormecimiento voluptuoso en sus ojos ratoniles.

—¡No lo dirá usted por mí! —repuse colérico.

Villela se puso muy encendido.

—Por todos —murmuró.

—Señores, señores, basta de tonterías —dijo el ministro, conociendo que la cuestión se agriaba un poco—. Basta de pullas. Se procurará contentar a todos. Esto se acabó.

—Por mi parte, concluido —dijo Villela estirando el cuerpo, arqueando las cejas, sacudiendo los dedos y tirando de la punta del monumental pañuelo; para sacarlo del bolsillo.

—Por mi parte, ni empezado siquiera —indiqué yo.

—Háblese de otra cosa —dijo el marqués de M•••.

—Hablarán ustedes, porque yo me voy al Consejo —dijo Villela, después de sonarse con estrépito.

—¿Tan pronto?

—Pero no sin hacer al señor ministro una recomendación. A eso he venido.

Diciendo esto Villela sacó un papelito.

—Veamos qué es ello.

—Lo primero que pido al señor Lozano de Torres, confiado en que lo hará —añadió Villela—, es una obra de justicia, es que ponga término a una iniquidad horrenda, a un atropello impropio de los tiempos que corren.

—¿Qué?

—En las cárceles de la Inquisición de Logroño —continuó Villela—, está una pobre mujer anciana, llamada Fermina Monsalud, a la cual se ha dado tormento para arrancarle declaraciones en la causa que se sigue a un hijo suyo que vive en Francia. Es mujer piadosísima y a nadie se le ha ocurrido tacharla de herejía. ¿Por qué ha de pagar esa inocente las faltas de otro? Si no pueden atar a la rueda al verdadero criminal ¿por qué se ensañan en la que no ha cometido otra falta que haberle parido?

—¿Cómo se llama esa señora? —preguntó Lozano, haciendo memoria—. Ese apellido...

—Fermina Monsalud —repuso Villela, guardando el papelito.

—Monsalud... —repitió don Buenaventura, apoyando la barba en la mano y haciendo también memoria.

Tuve intenciones de hablar; pero después de un rápido juicio, resolví no decir una palabra y observar tan solo.

—Esto es una iniquidad, una brutalidad sin nombre —exclamó Villela, golpeando el brazo de la silla—. Hablé anoche de ello a Su Majestad y Su Majestad se escandalizó...

El ministro y el marqués meditaban.

—Pero eso es cosa del Supremo Consejo —observó Lozano de Torres.

—Yo no quiero cuentas con el Supremo Consejo —repuso Villela—. Bien sabemos todos que este no hace sino lo que le manda el ministro de Gracia y Justicia. Haga usted que pongan en libertad a esa pobre mujer, y cumplirá con la ley de Dios.

—Y con la de los masones —murmuré.

—¿Alguno de los presentes tiene que decir algo en contra de lo que he manifestado? —preguntó Villela con soberbia.

Nuevamente sentí deseos de hablar; pero el recuerdo de la epístola, acompañado de cierto miedo, me cortó la voz y callé.

Don Buenaventura no dijo tampoco nada, y seguía meditando.

—Déjeme usted nota —indicó Torres—. Yo veré...

El Consejero escribió la nota y la entregó al ministro. Al retirarse, habló así:

—Tengo gran empeño en ello, señor Lozano, pero grandísimo empeño. Si consigo arrancar a esa mártir de las garras de los verdugos de Logroño, me conceptuaré dichoso.

Cuando don Ignacio Martínez de Villela se fue, alzó de súbito la meditabunda frente el señor don Buenaventura, y dando un porrazo con el bastón, exclamó:

—¡Vive Dios, señor Lozano de Torres, que ya no me queda duda!

Don Juan Esteban reía como un zorro, y graciosamente se atusaba con la mano derecha el remolino de cabellos rubios que Dios, cual digno coronamiento de una obra perfecta, había puesto sobre su frente.

—¡Fermina Monsalud! —repitió, leyendo el papel que había dejado Villela.

—Madre de Salvador Monsalud —dijo el marqués—; madre del hombre que anda trayendo y llevando mensajes de los masones; de ese que ha logrado hasta ahora burlar, con su ingenio peregrino, las pesquisas de la justicia.

—El mismo —añadió Lozano—. Ese pobre señor Villela... Vamos, parece increíble.

—*Vox populi, vox cœli* —repuso el marqués—. Hace tiempo se viene diciendo que muchos elevados personajes de la corte están en connivencia con la masonería; hace tiempo se viene diciendo que el señor Villela... Lo que digo: *vox populi, vox cœli*.

—Cuando el río suena, agua lleva —afirmó Lozano, que, por no saber latín, expresaba la misma idea en refrán español—. Para mí hace tiempo que no es un secreto el francmasonismo de Villela; pero Su Majestad, a quien don Ignacio ha sabido embaucar con tanto arte, no consiente que se le hable de esto, y sostiene que todo lo que se dice de las sociedades secretas es pura fábula.

—También yo tengo datos para asegurar el francmasonismo del señor Consejero que acaba de salir —dijo don Buenaventura.

—Desde que estoy en esta casa —afirmó Lozano—, no ha pasado una semana sin que haya venido con pretensiones de indulto, de sobreseimiento o de evasión en favor de algún agitador o revolucionario.

—Y este empeño por que se ponga en libertad a la mamá de ese... Cuando la Inquisición de Logroño le ha dado tormento, ya sabrá por qué lo ha hecho.

—Pues claro está.

—Salvador Monsalud... ¿dónde he oído yo ese nombre? —dijo don Buenaventura, procurando recordar e irritado de su fatal memoria.

—Hace días que hablé de él en este mismo sitio —repuso Lozano—. Es un revoltoso a quien no se ha podido prender nunca.

—Ya... Si no se puede castigar a nadie —dijo el marqués con enfado—. Si todos los criminales se escapan, protegidos por estos señores que afectando servir al trono y a las buenas ideas, son los más firmes auxiliares de la revolución. No sé cómo Su Majestad protege a tan pérfidos hipócritas... Ya lo he dicho, la serpiente de la anarquía se agasaja en los mismos cojines del regio solio... ¡Y pretende ahora la nueva vacante del Consejo! Pipaón, o hemos de poder poco, o será para ti.

Me incliné dando las gracias con lenguaje mudo.

—Es triste lo que está pasando —dijo el ministro—. Prendemos a los revolucionarios, y los más altos personajes del absolutismo, los más íntimos amigos del Rey, vienen a implorar que se ponga en libertad.

—Soy familiar de la Santa Inquisición —exclamó con vehemencia el marqués—. Mi deber es seguir la pista a los criminales. Es preciso trabajar con pies y manos para que no se nos venga encima la revolución, ¿estamos? Adelante: es urgente desenmascarar a los bribones, poner de manifiesto las malas artes y la perfidia de los que les protegen.

—Pues señor familiar de la Inquisición —dijo Lozano sonriendo—, descúbrame usted el paradero de ese Salvador Monsalud; proporcioneme los medios de cogerle, y yo le respondo de que no se burlará por más tiempo de los ministros de Su Majestad...

—¿Está en Madrid? —preguntó el marqués.

—Creo que no.

—Está en Madrid —dije yo, rompiendo al fin el silencio.

El ministro y don Buenaventura me miraron asombrados.

—No se pasmen ustedes —añadí—; yo no soy masón. Por una casualidad he sabido que está en la corte ese señor mensajero de los revoltosos. Hablando con toda franqueza, debo decir que en nuestra primera mocedad fuimos amigos Salvador Monsalud y yo; pero desde el año 13 no nos hemos vuelto a ver.

—¿Y cómo sabe usted que está en Madrid?

—Una señora paisana mía, que por desgracia le conoce muy bien, asegura haberle visto hace días.

—Soy familiar de la Inquisición —repitió gravemente don Buenaventura—: y como tal tendría un gozo vivísimo en poder echar mano a un propagador del jacobinismo y de la herejía... ¡Ah, Pipaón, si tú quisieras ayudarme!... ¿Dices que le conociste en tu juventud?

—Somos paisanos.

—¿Y qué tal hombre es?

Me llevé el dedo a la frente para indicar ingenio.

—Sí, debe de ser listo... pero un tunante, ¿eh?

—Sirvió al Rey José.

—¡Afrancesado!

—¿Y tú respondes de que está en Madrid?

—Respondo.

—Ha demostrado en las últimas conspiraciones un atrevimiento y una constancia que confunden —dijo Lozano.

—Vamos, es preciso cogerle aunque no sea sino por dar en los hocicos al masón vergonzante señor Villela que le protege... —dijo el marqués—. Pipaón, ¿me ayudas o no?

—Ayudo.

—Soy familiar de la Inquisición; pondré de mi parte cuanto pueda. ¿No hemos visto a los más insignes hombres de la nobleza, a los Medinacelis y Albas y Osunas saltando de tejado en tejado, en calidad de alguaciles mayores del Santo Oficio, para perseguir a los criminales?

—Voy a dar a ustedes un resumen de las fechorías de ese salvador Monsalud —dijo Lozano de Torres, tirando de la campanilla—. Los corregidores y las audiencias han suministrado algunos datos, los cuales, unidos a los informes que tomé en el ministerio de Seguridad pública, forman un curioso expediente.

Se presentó un oficial de secretaría, el cual, por indicación de Lozano, trajo poco después un grueso legajo.

—Se cree que tomó parte en la conspiración de Richard para asesinar a Su Majestad —dijo Lozano fijándose en el primer pliego.

—Se cree... Eso es; y debe de ser cierto —indicó don Buenaventura—. No puede menos de ser cierto.

—Viósele en Granada el año 16 —continuó Lozano leyendo—, y al poco tiempo estuvo en Murcia y Alicante, donde le protegían López Pinto, el brigadier Torrijos y algunos oficiales del regimiento de Lorena.

—Esta fue la conspiración del regimiento de Lorena, que abortó por fortuna... Ojo, señores. Por empeños de Villela fueron puestos en libertad los conspiradores.

—El año 17 estuvo en los baños minerales de Caldetas, donde pasaba por criado del malogrado Lacy, y el 5 de abril salió de Tarragona con las dos compañías de Quer. Desapareció en Arenys de Mar.

—Desapareció... —dijo con enfado don Buenaventura—. Si no existiera esta sorda y astuta confabulación de todos los pillos, no se habría evaporado tan fácilmente.

—Volvió a aparecer en Gibraltar, visitando la casa del judío Benoltas, que dio dinero para la sublevación de Alicante —continuó Lozano, hojeando los papeles—. Después se le vio en Murcia muy unido a Romero Alpuente y a Torrijos; pero cuando este fue descubierto y preso, el otro... Desapareció.

—¡Desapareció!... Lo de siempre.

—Pero al poco tiempo se le vio en Madrid, donde los masones de Murcia tenían tan buenas aldabas. Sostuvo relaciones epistolares con don Eusebio Polo y con Manzanares, oficiales de Estado mayor, y otros muchos militares distinguidos que están afiliados en la masonería. Cuando estos fueron reducidos a prisión, se pudo echar mano al Monsalud; pero al poco tiempo de encierro...

—Desapareció. Ya sabemos lo que son esas desapariciones —afirmó colérico el familiar de la Inquisición—. Los Hermanos del Grande Oriente han tenido buen ojo en la elección de sus venerables. Son estos algunos señores de la grandeza, generales y consejeros como Villela.

—Reapareció en Valencia —prosiguió Lozano— a principios de este año. Trabajó con don Diego Calatrava en los preparativos de la conspiración de Vidal. Frustrada esta, fue herido gravemente y preso con otros muchos. Llevado a la cárcel en camilla, se le encerró en un calabozo, donde era imposible la evasión. Cuando fueron a sacarle para conducirle al patíbulo, encontraron en su lugar...

—¿Qué?

—Un muñeco vestido con sus ropas.

—Esto es burla... Pero sea lo que quiera, Pipaón ha dicho que el *desaparecido* está en Madrid.

—Así me lo han asegurado —repuse—. Creo que podemos saberlo con toda certeza.

—Soy familiar de la Inquisición, y tú, Pipaón, un hombre listísimo. Si de esta vez no hacemos algo de provecho, tengámonos por dos alcornoques de tomo y lomo.

—Pero si hacemos algo, mi señor don Buenaventura —dije—, que sea para desenmascarar a un magistrado tan corrompido como el señor Villela.

—Vamos —repuso riendo—, a ti lo que te escuece es la vacante de consejero que Villela se quiere apropiar, caliente aún el cuerpo del señor Requena. Por mi parte te juro que aborrezco a Villela. Siempre he visto en él un hombre tan astuto como peligroso, que está sirviendo a la revolución.

—Ya se lo dirán de misas. Soy...

—Cójame a ese Monsalud, señor don Buenaventura —dijo el ministro—. Vamos, ¿a que no se atreve?

—¿Que si me atrevo? Pipaón: vete por casa mañana. Hablaremos.

—Pues hasta mañana, señor marqués.

—No hay más que hablar.

VIII

Veamos lo que pasaba en mi casa. Detenido en ella el señor don Miguel de Baraona por ciertos achaquillos en las piernas que no le permitían zarandearse en paseos y cafés, mataba el aburrimiento escribiendo cartas o perorando, si por mi desgracia lograba echarme el guante. Jenara hacía vida muy distinta. Menos ocupada que antes en sus labores de mano, salía a la calle con alguna frecuencia, pasando largas horas fuera. Todo revelaba en la hermosa Jenara que traía entre manos un asunto importante, asunto de verdadera acción que requería tanta actividad como cavilaciones. No tuve que hacer grandes esfuerzos para descubrirlo, porque ella misma me lo reveló todo una noche junto al brasero, después que Baraona se recogió en su cuarto.

—¿Ha averiguado el Gobierno —me preguntó— el paradero de Salvador Monsalud? ¿Sabe que está conspirando?

—El Gobierno, señora —le respondí—, lo sabe todo y no sabe nada; mejor dicho, sabiendo que se conspira a más y mejor, es completamente incapaz de descubrir y más aún de castigar las conspiraciones.

—¡Qué Gobierno! —exclamó Jenara—. Bien dice mi abuelo que estos que hoy mandan son como los muñecos que se ponen en el campo cuando se acaba de sembrar: espantan a los pájaros, pero no a los hombres. Diga usted que sabe tanto —añadió con jovialidad—, ¿por qué no se habían de encargar a las mujeres ciertas cosas del Gobierno?

—Porque no. Ahí están Catalina de Rusia, Isabel de Inglaterra y otras, que gobernaron a sus pueblos...

—No, no es eso lo que digo. Gobiernen a los pueblos los hombres; lo que, según mi entender, podía confiarse a las mujeres, es un trabajo menudo y que no requiere ciencia de libros; por ejemplo, el descubrimiento de las conspiraciones.

—En Francia dicen que hay muchas mujeres empleadas en la policía secreta.

—Las mujeres —dijo Jenara con gravedad y gracia—, son más leales que los hombres, sirven con más ardor y más honradez a una causa cualquiera, son menos accesibles a la corrupción, poseen instinto más fino y mayor agudeza de ingenio, mayor penetración. Ustedes piensan; nosotras adivinamos.

—Es verdad; ustedes adivinan —dije con mucha sorna—. Vamos a ver: ¿ha adivinado usted el paradero de Salvador Monsalud?

—Sí señor —repuso mirándome con fijeza, y sonriendo vanidosa y triunfalmente—. Sí señor; lo he adivinado, lo he descubierto, lo sé.

—¿Pero es broma, es sospecha o presunción?... —pregunté lleno de asombro.

—Es certidumbre, señor don Juan.

—¡Es usted un tesoro, es usted una diosa, Jenara! —exclamé con entusiasmo—. Pero dígame usted: esas salidas diarias, esa multitud de recados, esa ocupación constante durante más de una semana, ¿se han consagrado al servicio de la patria y del Rey? Me parece inverosímil.

—Si he de hablar con verdad, no he atendido gran cosa al servicio de la patria y del Rey... He tenido fijo el pensamiento en mi esposo, acuchillado y moribundo.

—Verdad es que la persona a quien queremos castigar ha sido por mucho tiempo la pesadilla y el espantajo de su familia de usted.

—Yo no sé hacer nada a medias —dijo Jenara con solemne voz—. Me impulsaba a dar estos pasos un sentimiento que inflama mi corazón, un sentimiento criminal que ofende a Dios, lo sé; un sentimiento...

—¡Jenara!

—Sí, señor de Pipaón, el odio; hablo del odio que se ha fijado en mí desde hace algunos años como un puñal que me atraviesa el corazón. Incapaz de tranquilidad, escandalizada de la debilidad de los hombres, que han dejado sin castigo a tan grave criminal, me he lanzado resueltamente y con todo el ardor de mi carácter a un trabajo impropio de mi sexo y condición. He desfallecido muchas veces, he sufrido grandes sonrojos; pero al fin la fuerza de mi propia pasión me ha dado energía, y con la energía una luz extraordinaria. ¡Qué no conseguirá la voluntad de una mujer, su penetrante instinto, su admirable sagacidad!...

—Esas prendas, señora, han revuelto el mundo muchas veces, han provocado guerras y revoluciones —dije contemplándola fijamente, por ver si descubría cuáles eran las verdaderas ideas y los sentimientos efectivos de Jenara en aquella ocasión.

No era fácil averiguar esto, y en vano clavaba mis ojos en la marmórea beldad que ante mí tenía. Por experiencia sabía yo que respecto al conocimiento del alma de Jenara, era preciso atenerse a lo que decían sus labios, dejando al tiempo o al acaso la misión de describir el color y los astros de aquel cielo siempre cubierto de nubes. Al mismo tiempo no podía hacer grandes observaciones fisiognómicas, porque mis ojos, lo mismo que mi atención, se distraían con el recreo y embobamiento que tan grande hermosura les producían. ¡Lástima grande que bajo aquella serenidad majestuosa, aunque algo artificial como los papeles del teatro, se escondiese, cual serpiente en nido de rosas, el odio tan ponderado verbalmente por ella!

—Si es cierto —dije—, que merced a las averiguaciones que ha hecho usted, como principal agraviada, se logra descubrir y capturar a ese hombre, el Estado y el Rey están de enhorabuena. Precisamente nuestro amigo el señor Lozano bebe los vientos por ponerle la mano encima. ¿Pues y don Buenaventura?... Poco contento se va a poner cuando yo le diga... Como que nuestro paisano es el alma y la clave de las conspiraciones. Parece mentira que una señora haya conseguido lo que intentaron hasta ahora en vano tantos y tan buenos espías...

—¡Espías! Los de la Inquisición, lo mismo que los del Gobierno, están vendidos a los masones —afirmó Jenara con desprecio.

—Cuénteme usted todo; cuénteme esos prodigios.

Ella sonrió, y por breve rato puso los ojos en el brasero, sin dejar la sonrisa que parecía esculpida en su rostro.

—Si le contara a usted todo lo que he hecho —dijo al fin—, se asombraría de algunas cosas y de otras se reiría, formando mala idea de mí.

—Vamos a ver.

—Es preciso hacerse cargo de la impresión que produjo en mí la vista de ese hombre en la iglesia del Rosario, para comprender las locuras que he hecho. Yo estaba aterrada; parecía que me apretaban el corazón con tenazas de hierro; yo no podía dormir; la terrible imagen iba tras de mí a todas horas, infundiéndome miedo y una congoja extraña.

—Lo conocí.

—Yo presagiaba toda clase de males; atribuía a ese hombre un poder maléfico; tenía un desasosiego inexplicable. Era tal mi turbación y lo preo-cupada que yo vivía, que una noche creí verle deslizarse por esos pasillos como un fantasma.

—¡Jenara!

—Sí; la imaginación me lo puso delante... ¡y con cuánta verdad! Vi su cara, sentí el ruido que hacía su capa rozando en las paredes...

Yo me quedé frío.

—Pero no... No se asuste usted... yo no creo en fantasmas. ¡Cosas de mis ojos, que suelen ver lo que no existe!... Ya me ha pasado lo mismo otras veces... Ello es que la propia exaltación mía me dio fuerzas para sobrepo-nerme al miedo, a la congoja, y furiosa me revolví contra mi atormentador. El placer de castigarle, de hacerle sentir el peso de una mano justiciera dirigida por mí, dio mayor fuerza a mi voluntad. ¡Era preciso buscarle, burlar su astucia, sorprenderle, cogerle, destrozarle!

—Veamos lo que hizo usted.

—Desde luego, sabiendo que ese hombre estaba en Madrid parecía natural creer que vivía en alguna parte.

—Eso no tiene la menor duda.

—Yo pensé de otra manera; yo pensé que viviría en muchas partes.

—Ya... Es decir, que cambiaría todos los días de domicilio para desorientar a sus perseguidores.

—Justamente. Pero esta idea tenía poco valor, mientras no se averiguase una por lo menos de las guaridas del miserable. Empecé sin resultado mis pesquisas, cuando de repente vino en mi ayuda la casualidad, proporcionándome un nuevo encuentro con él cierta noche que volvíamos a casa Paquita y yo un poco tarde.

—¿Y le habló a usted?

—¡Qué disparate! No me conoció: yo sí le conocí perfectamente, a pesar de que iba embozado hasta los ojos.

—¿Y dónde fue ese encuentro?

—En la calle mayor. Eran las nueve. Él iba en dirección a la plaza de la Villa. Paquita y yo veníamos de casa del señor Grima, corregidor que fue de Vitoria.

—Y usted y Paquita, llenas de terror, avivaron el paso para huir de él.

—Al contrario, volvimos atrás... y le seguimos.

—¿Le siguieron?

—Sí, señor. Nos arrebujamos muy bien en nuestros mantones y le seguimos a cierta distancia. Como él anda tan aprisa, llegamos sin aliento a la calle de Santiago.

—Donde se escurrió por algún portal, y aquí paz y despés gloria.

—Entró, sí, en una casa; pero yo no me desconcerté por eso, y con toda serenidad examiné el edificio detenidamente. Era un palacio enorme, pesado y triste, con grandes balcones y un escudo formidable sobre el del centro. Parecía la vivienda de un Grande de España, y Monsalud, al entrar en ella, iba a visitar a alguien; de ningún modo a quedarse allí.

—Muy bien pensado; pero las casas de los grandes, sobre todo si los que las habitan no son muy grandes, suelen tener bohardillas que se alquilan a gente pobre, y a las cuales se sube por la escalera de servicio.

—También pensé yo esto —dijo Jenara demostrándome su prodigioso método de raciocinio—; y para salir de duda me decidí a preguntar al portero.

—Lo que no dejaba de ser aventurado y sospechoso.

—No me importaba: yo entré resueltamente y dije al portero: «¿Vive en las bohardillas de esta casa una pobre viuda enferma, llamada Doña Petra, que ha puesto un anuncio en el *Diario*, pidiendo una limosna a las almas caritativas?» El portero me informó de lo que yo quería saber, diciendo: «En esta casa no hay bohardillas alquiladas, ni aun vivideras, ni aquí vive nadie más que mi amo el señor conde...» Ya estaba segura de que Monsalud no vivía allí y de que más tarde o más temprano saldría. Paquita y yo nos llenamos de paciencia, y aguardamos.

—¡Qué valor, qué constancia sublime!... En una noche fría... Dos mujeres solas en la calle.

—Nadie se metió con nosotras. Antes de las once Monsalud salió.

—¿Y le siguieron ustedes?

—Le seguimos. Él miraba atrás algunas veces; pero viendo transeúntes indiferentes o mujeres, seguía tan tranquilo.

—¿Y fue larga la segunda caminata?

—No muy larga. Entró en el café de Levante, pero no por la puerta del local público, sino por otra lóbrega y estrecha que hay al costado y por la cual creo se sube a la tertulia.

—Así es en efecto. Supongo que no entrarían ustedes en el café ni aguardarían tampoco la salida del aventurero, porque tales garitos no se vacían hasta la madrugada.

—Entrar no; pero aguardar sí —me contestó con una serenidad que me dejó pasmado—. En aquella acera, que es de gran tránsito a causa de las puertas de los cafés cercanos, hay muchas mujeres y chicos que piden limosna, castañeras, ciegos que venden villancicos, y también muchos rateros y gente sospechosa, con la cual alternan en amor y compaña los alguaciles. Paquita limpió el lodo junto a la puerta por donde él había entrado y por donde esperábamos que saliera, y...

—¡Jesús, María y José! —exclamé interrumpiéndola—: ¿fue usted capaz?

—Sí señor; nos sentamos allí —repuso con la mayor naturalidad del mundo—. Con los mantos sobre la cabeza, no nos diferenciábamos gran cosa de la sociedad allí reunida... Yo no me acobardaba ante ningún obstáculo. Resuelta a marchar derecha a mi objeto, llena y encendida toda el alma con la llama de un aborrecimiento que era mi sostén y mi martirio, no reparaba en dificultades. Solo así se vence, señor Pipaón.

—¿Y hasta cuándo duró la guardia?

—Hasta las cuatro de la mañana. Fue aquella noche que estuve fuera de casa. ¿Se acuerda usted? Entré por la mañana diciendo que había estado acompañando a una amiga parturienta.

—Me acuerdo, sí.

—Hasta las cuatro, sí. Nos levantamos de allí medio heladas —continuó riendo—. Él salió con otros tres; marchó hacia la calle mayor. A la entrada de la de Boteros, uno de ellos se separó, y Monsalud con los dos restantes entró en la plaza. Les seguimos a bastante distancia; pasaron a la calle de Toledo y pasamos también nosotras. Detuviéronse en la esquina de la calle Imperial, y entonces resolvimos adelantarnos y pasar junto a ellos para que no sospecharan que les seguíamos. Cuando pasamos oí claramente la voz de Salvador, que decía a sus compañeros: «Estoy muy fatigado, y me voy a acostar...» Siguiéndole, pues, hasta el fin, era seguro que sabríamos dónde vivía.

—¡Qué admirable paciencia! El más astuto y diligente alguacil no haría otro tanto.

—Esto no puede hacerlo la justicia que es mercenaria y venal; lo hace una mujer.

—¿Y dónde vivía?

—En la calle de Segovia. Detúvose en una puerta, y después de dar varios golpes, bajaron a abrirle y entró.

—Dando fin con esto a las investigaciones de usted, pues no creo...

—No entramos... ¡qué disparate! Pero examiné cuidadosamente la casa. En los balcones del piso segundo de ella había los papeles que suelen ponerse en las casas de pupilos. En la parte exterior del portal vi una muestra que anunciaba lo siguiente: *Pepita Rojo, bordadora en fino*. En el principal, otra tabla decía *Planchadora*; y en el tercero había un balcón roto y algunos tiestos.

—¿Significan algo el balcón roto y los tiestos?

—Nada; pero lo digo para que vea usted cómo examiné uno por uno todos los accidentes de la fachada de aquella casa, como se examinan las facciones del facineroso que nos ha robado, para poder dar sus señas a la justicia.

—¿De modo que le tenemos allí?

—No cante usted victoria todavía, señor mío, que aún falta mucho por contar... Nos retiramos a casa. Yo calculaba que un hombre que se acuesta a las cinco de la mañana no podría levantarse muy temprano.

—¿Pues qué? ¿Proyectaba usted nuevas excursiones? —pregunté con la mayor sorpresa.

—A las ocho, después de charlar un poco con mi viejo, estábamos en la calle Paquita y yo. ¿No se acuerda usted?

—Sí, me acuerdo.

—Salimos, sí, en dirección a la calle de Segovia. Llegamos; pregunté en el portal por *Pepita Rojo, bordadora en fino*, y dijéronme que vivía en el sotabanco; Paquita entró en la casa de huéspedes del segundo pidiendo pupilaje.

—¡Qué demonio! Fue cuando Paquita estuvo fuera de casa tres días, y usted dijo que había ido a Daganzo de Abajo a ver a su madre, enferma.

—Eso es. Yo entré en casa de la bordadora a encargarle una obra muy difícil y costosa. Sin hacer alarde de riqueza, me mostré generosa; volví al día siguiente, llevando un regalito a sus niños; conocí a su marido, que es herrero, y no parecía tener trato alguno con revolucionarios; pero ni mi observación ni mi dinero me dieron luz alguna.

—¿Y Paquita?

—Vivió allí tres días. Hízose, por encargo mío la desenvuelta, para comunicarse fácilmente con los demás huéspedes, y principalmente con un tal Núñez, algo misterioso, que en la misma casa vivía, teniendo consigo a un primo, que se decía recién llegado de Valencia.

—Ese primo...

—Yo iba a visitar a Paquita, porque esta no podía hacer gran cosa sola. Apenas había visto la fisonomía de Monsalud y no conocía el metal de su voz. El tercer día de mi visita temblé de pavor y al mismo tiempo de alborozo; había oído la voz del miserable en una habitación inmediata. Al punto nos encerramos, y Paquita, practicó sigilosamente un agujero en el endeble tabique detrás de un cuadro. Oímos algo; pero nada importante. Núñez y Monsalud habían llamado a la patrona y contaban el dinero para pagarle, pues se marchaban de la casa. Su conversación era indiferente, y ni una palabra dijeron que indicase cuál iba a ser su nuevo domicilio. Llegó entonces un tercero, salieron todos, y metiéndose en un coche que a la puerta les esperaba, partieron, sin que fuera posible averiguar nada.

—¡Perdido otra vez! ¿Y no se dio usted por vencida?

—Nada de eso. Paquita y yo entramos después en conversación con la patrona, tratando de descubrir algo; pero nada sacamos en limpio. La buena mujer ponderó la puntualidad y larguez con que semanalmente le pagaba Núñez, calificando a este y a su primo de excelentes sujetos. No hacía un cuarto de hora que habían salido, cuando llegaron... ¿quiénes dirá usted?

—No sé.

—Los alguaciles de la Inquisición de Corte, con un señor familiar a la cabeza.

—¿A prenderles? ¡Estuvieron buenos!... Esa gente es como el humo: lo ve uno y no puede echarle mano.

—Tranquilizada y en paz la casa, luego que los alguaciles, con el señor familiar al frente se marcharon, reanudamos nuestra conversación Paquita, la pupilera y yo. Fingí ser persona de escasos posibles, viuda de un militar, y dije que me acomodaría en aquella casa al lado de mi amiga, si me admitían por poco dinero. Era mi deseo penetrar en la habitación abandonada por los fugitivos, para ver si habían dejado algún objeto que aclarase un poco las tinieblas en que me encontraba. Enseñome el cuarto la posadera, y al punto lo examiné todo, paredes, muebles, piso. En un rincón de este había varios pedazos de papel, una carta rota. En un momento en que estuvimos solas, los recogí, y guardados cuidadosamente, me los traje a casa para juntarlos y leerlos.

Diciendo esto, sacó de su costurero un papel en que estaban pegados los pedazos de la epístola.

—Lo que pude reunir y junté de este modo —dijo mostrándomelo— no es más que una tercera parte de la carta, y solo resultan frases sueltas de oscuro sentido. Vea usted: «... Mingo a las nueve de la noche te espero en la esquina... Ana vieja no puedes venir a mi casa... que mi ma... Caraban..., enojada, furiosa y no mereces... Andrea.»

IX

—No entiendo una palabra de esta monserga —dije, devolviendo el papel.

—Pero basta fijarse un poco para comprender que es una cita amorosa. La firma de la dama es Andrea.

—¡Andrea!... —conozco yo varias Andreas.

—A mí no me importaba conocer a la dama: lo principal era saber el punto en que se verificaría la cita amorosa, y esto bien se descubría reflexionando un poco.

—¿En dónde?

—En la esquina de la calle de la Aduana vieja.

—Es verdad... El domingo. ¿Y fue usted?

—¿Pues no había de ir? Aquella noche Paquita y yo la pasamos también en claro. Vi a los dos amantes. Se me figura que él no está muy entusiasmado; ella debe de valer poco; separáronse pronto.

—¿Y le siguió usted de nuevo?

—Por todo Madrid; hasta que después de diversas paradas y escalas aquí y allí, paró cerca de la madrugada en la casa donde vivía y donde vive ahora.

—¡Admirable, sorprendente!

—Desde que descubrí su nuevo albergue comenzó Dios a favorecerme, porque Paquita reconoció en aquella la casa donde vive una parienta suya y paisana, con la cual tiene muy buena amistad. Fue a visitarla al día siguiente, y por ella supe que el marido de Doña Teresona (que así se llama la de Daganzo) es portero, conserje o guardián de la tal casa, perteneciente a bienes mostrencos y habitada por un administrador de estos. El señor Roque pertenece en cuerpo y alma al habitante principal de la casa. Es difícil corromperle; pero no así la señora Teresona, que insensible primero a mis ruegos, se ablandó con los regalos que le hice. Todos mis ahorros y el producto de parte de mis alhajas que vendí, lo he empleado en tentar la codicia y ganarme la voluntad de aquella mujer. He penetrado anoche en la casa, y escondida en un miserable cuarto trastero que da al patio y a la escalera grande, he visto entrar a Monsalud con otros dos, encender luz y encerrarse en la única pieza habitable del piso alto, cuyos largos corredores desnudos, abiertos, fríos y solitarios tiemblan y crujen cuando alguien pasa por ellos. Nada más necesito decir a usted sino que cuando la justicia quiera apoderarse del conspirador, puede hacerlo cómodamente y sin peligro ni ruido.

—Mañana mismo —dije frotándome las manos de gozo—. ¡Gracias a Dios! España verá al fin un día de justicia, ya que ha visto tantos de bajezas, debilidades e infames sobornos.

—¿Y se hará justicia?, pregunto yo ahora —dijo Jenara con energía—. Este indigno espionaje que he referido, ¿será un vano capricho de mujer furiosa?

—La Inquisición sabe dónde tiene la mano derecha.

—La Inquisición no sabe nada —repuso ella con desprecio. Sueño con la justicia, y la justicia debe hacerse, debo hacerla yo misma. ¿Para qué he de fiar mi justa venganza a la Sala de alcaldes o a la Inquisición? ¿Necesito acaso de ellos? ¿Por ventura no estoy yo aquí?

Al decir esto, el vivo rayo de sus ojos indicaba una contumacia y una virilidad (permítase la palabra) que me infundían miedo. Aquella mujer no necesitaba de nadie para realizar sus ideas.

—Veo —le dije—, que usted será capaz de suplir con su acerada voluntad a nuestra débil e impotente justicia. A tanto vilipendio han llegado el siglo y los tiempos, que una mujer sola, sin más auxilio que su corazón de fuego y su iniciativa poderosa, podrá dar satisfacción a la moral pública y a la patria ultrajada. ¡Admirable espectáculo! ¡Cuán grande es la mujer cuando quiere serlo! ¡Qué heroísmo! ¡Qué lección a los vanos y corrompidos hombres, señora!... Dios infunde a una mujer esta energía potente; Dios envía un destello de su justicia sobre el ser más débil y más bello de la creación, para que la gran idea no se extinga en el mundo. Yace la autoridad hecha pedazos en el fango de las logias y en las alfombras de los palacios. Dios da a una mujer el encargo de recogerla, y la gran fuerza vuelve a brillar como

55

un acero terrible sobre la cabeza de los pueblos, atontados y embrutecidos por el democratismo y la revolución...

Jenara, profundamente abstraída, no contestó nada a mis ditirambos.

—Pero yo —continué con el mismo calor—, yo, en cierto modo representante de esa justicia oficial que tan mal cumple sus deberes, estoy interesado en que recobre su esplendor; he adquirido cierto compromiso en este asunto, y por tanto, me atrevo a reclamar el delincuente.

—¿Para prenderle mañana y soltarle pasado mañana? —dijo con el mayor desdén.

—No, yo juro a usted por Dios que nos oye, que Salvador no quedará esta vez sin castigo... Pues no faltaba más... Respondo de ello...

—Es usted como todos —me dijo gravemente—. Pero este asunto me causa tanto terror, que no puedo empeñarme en llevar adelante mi primer pensamiento. Es una locura, un extravío... Mi corazón irritado y furioso me ha impulsado hacia un fin terrible; pero en mi alma hay también destellos de luz religiosa; tiemblo, retrocedo y me digo: «Jenara, ¿qué vas a hacer?...» Mientras buscaba a mi insultador y asesino de mi esposo, no me causaba espanto el considerar la merecida expiación de sus culpas; pero ahora que le tengo, ahora que le veo en mi poder, casi puedo decir dentro de una jaula, siento frío en el corazón. «¿Qué debo a hacer?» me pregunto. Si fuera hombre, la cuestión estaba resuelta. Si mi esposo estuviera aquí, también. Pero me encuentro sola. ¿Qué puede hacer una mujer? Antes me condenaré a los tormentos del despecho toda mi vida, que comprar con oro una mano extraña. Si tan horrible idea cupo un día en mi cerebro, hoy la rechaza mi corazón... Le tengo en mi poder y vacilo... Cuando le perseguía, todas las ferocidades del castigo, hasta el asesinato, me parecían naturales... Mi mano le coge al fin, y todo es congoja e indecisión... Ahora me acuerdo —añadió sonriendo—, de un caso ocurrido el otro día y que no por trivial, deja de ser muy apropiado a lo que ahora nos ocupa. Dispénseme usted lo frívolo del cuento y óigalo. Durante muchas noches me mortificaba en mi cuarto un miserable ratoncillo, quitándome el sueño y adjudicándose multitud de objetos de mi propiedad. Cuanto ideamos Paquita y yo para apoderarnos del vándalo fue inútil. Yo me desesperaba, y desvelaba por las travesuras ruidosas de nuestro intruso, tramaba mil proyectos de exterminio contra él.

Estrujarle, aplastarle, quemarle vivo, ahogarle, todo me parecía poco. Oyendo el rumor de sus dientes y sus menudos pasos, mi corazón se abrasaba (no se ría usted) en furores de venganza. Ningún placer había comparable al placer de verle en la boca de un gato o en las tenazas de la cocinera, o en las manos de un pilluelo de las calles... Por último, le cogí en la ratonera que usted nos dio. Cuando le vi preso y en capilla, toda aquella tempestad de crueldades que rugían en mi corazón desaparecieron como por encanto: aparté la vista con horror y repugnancia, y entregando la ratonera a Paquita, le dije: «mátale donde yo no le vea ni le sienta...» ¿Querrá usted creer que me puse nerviosa... que casi estuve a punto de llorar... que fui corriendo de mi cuarto, porque desde él se sentían los chillidos lastimeros del pobre animal?

—¡Corazón generoso en voluntad firme! —exclamé—. Bien, señora mía; entrégueme usted esa ratonera donde acaba de caer el vándalo. Yo juro...

—Usted jurará todo lo que quiera; ¿pero de qué valen todas sus buenas intenciones contra la flojedad del Gobierno? Le prenderán hoy, y mañana...

—Hay una gran irritación contra él; y no es fácil que se le suelte. Vea usted cómo la señora Fermina Monsalud cayó en poder de la Inquisición hace años, y aún se pudre en un calabozo, a pesar de los esfuerzos que hacen los masones para salvarla.

—La prisión y el tormento que han dado a esa buena mujer es una iniquidad que me horroriza.

—¡También usted se interesa por ella!

—Por la justicia. Toda infamia me irrita, y jamás perdonaré a mi esposo y a mi abuelo la crueldad con que han tratado a esa pobre señora inocente. ¿Es ella responsable de los crímenes de su hijo?

—Hasta cierto punto...

—Hasta ningún punto —dijo bruscamente y con enojo—. ¡Cuántas veces he reñido con Carlos, echándole en cara su conducta en este particular! ¿No es inicuo, no es contrario a todas las leyes divinas y humanas atormentar a una infeliz mujer, para qué?... para que declare que es cómplice de los crímenes de su hijo. Si no lo es, ¿cómo ha de declararlo?

Advertí en el semblante de Jenara una emoción muy visible, fenómeno raro en ella. Era la primera vez que aparecía conmovida durante nuestro largo coloquio de aquella noche.

—Veo que el odio de que hablaba usted hace poco —le dije—, tiene también sus suavidades.

—Sobre mi odio está mi justicia —repuso—. Y qué, ¿puede negarse que esta iniquidad de mi familia atraerá sobre nosotros la cólera de Dios? Yo preveo desgracias, yo preveo desastres en mi casa. ¡Ay!, ¿por qué no somos felices? En este matrimonio, en esta joven familia llena de tristezas, hay una cosa negra que todo lo envuelve.

Quedose meditabunda. Contemplándola y tratando de penetrar en los antros de su alma, yo decía entre dientes:

¿Qué misterios hay en ti, mujer? ¿Qué tienes detrás del cielo de esos ojos?

Luego hablé en voz alta, diciéndole:

—Verdaderamente es una crueldad inútil atormentar a esa desgraciada. Se conoce que Salvador bebe los vientos por librarla de los señores inquisidores. Ya vio usted aquella insolente hoja...

—Debió usted hacer algo en pro de la infeliz mujer —dijo en tono de viva reconvención—. ¡Qué ocasión tiene usted para hacer una obra de caridad y contentarme al mismo tiempo!

Dijo esto, y se levantó con la súbita agitación de una persona impaciente.

—¿Qué más deseo yo sino agradar a usted?

—Dirá usted que es capricho; pero mi conciencia me repite que es ley.

—Y lo será.

—Usted tiene buenos sentimientos.

—Sin duda.

—Pues haga lo que piden la justicia y la piedad: empéñese usted con Lozano para que mande poner en libertad a la mártir Fermina Monsalud.

Yo me quedé perplejo. La animación de Jenara, su encendido color y el rayo de sus ojos indicaban sensibilidad muy viva. El cambio repentino de aquella alma que había pasado de la fría impasibilidad inquisitorial a un arranque de compasión ardiente, me confundía.

—Es difícil que Lozano de Torres consienta...

—Pues me quedo con mi prisionero —exclamó, con un destello de ira—. Yo haré de él lo que me convenga.

Alcé los hombros, y sin decir nada, acerqué las palmas de mis manos a la lumbre.

—Me guardo mi prisionero; me guardo mi víctima; me guardo mi reo. Yo le pondré en capilla cuando me convenga.

—Bueno —dije sencillamente—. En ese caso no hay nada que añadir. Lo más que puedo hacer es hablar a Lozano de Torres.

—Y hacerle ver la injusticia y atrocidad que están cometiendo —añadió suavizándose—. ¡Ay, Pipaón; desde hace tiempo deseaba yo que alguien de esta casa se interesase por esa pobre mujer! No me atreví a decirlo por no enfadar a mi abuelo; pero créalo usted, ¡me causaba tanta pena!... Tenía vergüenza de manifestarlo; ¡parece mentira que cause bochorno la piedad!... Se me figura, además, que esta horrible injusticia ha de traer grandes calamidades a mi familia; pienso mucho en esto, estoy viendo venir el castigo de Dios.

—Nada, nada, señora, por mí no quedará.

—Pero qué locuras digo —añadió, tranquilizándose—. ¡He dicho que guardaba a mi prisionero!¿Para qué le quiero yo?... No, la obra de caridad que solicito nada tiene que ver con ese hombre. El perdón de la madre inocente hará resaltar más la justicia si se castiga al hijo malvado.

—Usted ha dicho que se reservaba para sí el prisionero.

—Una tontería, Pipaón. ¿Quiere usted saber ahora mismo dónde está Salvador? En la calle del Divino Pastor, núm. 4, junto a Monteleón.

—Gracias, gracias.

—Justicia, pido justicia; y pues usted se presta a hacerla en mi nombre, ponga usted en libertad a Fermina Monsalud; líbreme usted de ese remordimiento que sufro por crueldades ajenas; aparte usted de mi familia y de mí esa sangre que está cayendo gota a gota sobre nosotros, y lo agradeceré con toda mi alma.

—Lo intentaré, señora; pero estoy confuso. Los extraños sentimientos de usted no se explican fácilmente. De pronto una furia inquisitorial contra el hijo... De pronto una sensibilidad plañidera en favor de la madre. ¿Qué es esto?

—¿Acaso lo sé yo? Amigo don Juan, la holgazanería del corazón trae estos extremados apasionamientos.

—¡La holgazanería del corazón!

—La falta de afecciones tranquilas. Mi soledad, el alejamiento de mi marido, el no ser ni madre, ni hermana de nadie, traen un estado en que el corazón ocioso trabaja buscando afectos. Es como un desheredado que ha de ganarse la vida. Trabaja, discurre o coge lo que encuentra.

—Me alegraré de que el señor don Carlos vuelva pronto. Entre tanto, señora, abogaré por la mamá; y en cuanto al hijo...

—No le nombre usted más —repuso, volviendo el rostro con repugnancia—. Lo que resta por hacer no me corresponde a mí. Cójale usted, enciérrele, mátele, descuartícele enhorabuena. No me verá usted conmovida ni alarmada, con tal que el castigo se haga lejos de mí.

—Le cogeré, le encerraré, le mataré, le descuartizaré.

—Le entrego a usted la ratonera —dijo riendo—, y aparto la cara y me tapo los oídos. Mi rencor acaba donde empieza el verdugo.

—Muy bien; en el otro asuntillo yo hablaré mañana mismo al ministro.

—No diga usted que es cosa mía. Si Carlos lo supiera...

—No, lo haré por mi cuenta. Dudo mucho que consiga nada...

—Insista usted. Ponga usted ese favor por condición ineludible para la entrega del conspirador más atrevido de estos tiempos.

—No es mala idea. ¿Y no se nos escapará de aquí a mañana?

—¿Cree usted que he gastado en balde mi dinero y mi tiempo? —dijo en tono de seguridad—. Esté usted tranquilo.

—Pues no hay más que hablar.

—Nada más.

Y nos despedimos para retirarnos.

X

Al día siguiente, cuando me disponía a salir, entró un amigo, y me dijo que corría por Madrid la noticia de que dejaba el Ministerio de Gracia y Justicia el señor Lozano de Torres. Esto varió de improviso el curso de mis ideas, obligándome a apresurar mi visita al mencionado señor, y quitándome al mismo tiempo las pocas esperanzas que tenía de conseguir de él lo que a solicitar iba, por ser muy difícil tocar la fibra de la piedad en un ministro sentenciado. Pero no había dado veinte pasos por la calle Ancha, cuando otro amigo, oficial en el Ministerio de Gracia y Justicia, me detuvo, diciéndome:

—En la casa se asegura que sucederá a don Juan Esteban el señor marqués de M•••.

Nuevas confusiones en mi cabeza. Poco después estaba en el despacho de Su Excelencia. Cuando yo entraba entró también el señor don Ignacio Martínez Villela, circunstancia que no carecía de significación para mí. El señor Lozano estaba meditabundo y como acongojado, sin duda porque veía encima el palo con que la Majestad de Fernando recompensaría pronto un amor desmedido. A nuestras preguntas, no obstante, contestó que nada sabía de destitución, y que el Rey se había mostrado la noche anterior más cariñoso que nunca, lo cual, en puridad, no quería decir nada. Pero lo que más me sorprendió desde el principio de mi visita, causándome mucho gusto, fue que el ministro recibió a Villela con extraordinarias muestras de aprecio.

—Ya le he dicho a usted —manifestó este—, que ha tiempo que el marqués le mina a usted el terreno. Usted no quiere hacer caso de mí, no quiere seguir mis consejos...

El Zorro no contestó nada, y seguía muy taciturno.

—Ya nos cayó que hacer —dijo jovialmente Villela, sacando su caja de tabaco—, porque el señor don Buenaventura va a entregarse a la persecución de masones con un celo lamentable, y ahora... ya se sabe... vamos a ser masones y jacobinos todos los que no pensamos como él. Seré masón yo, será masón usted...

—¡Yo!... —dijo el ministro.

—Sí, ahora, amigo mío, todo aquel que no tenga la suerte de agradar al señor marqués... ya se sabe.

—Pues que no me busque el señor marqués —exclamó Lozano, súbitamente arrebatado de ira—, porque me encontrará.

Villela rompió a reír. Su doble barba temblaba al compás de la risa.

—Pero hombre, si se lo estoy diciendo... —gruñó don Ignacio—, y usted no quiere creerme; y usted cada vez más condescendiente con el señor marqués; y usted erre que erre, creyendo que el señor marqués es el brazo derecho de la nación. Hace tiempo que en esta casa somos tratados como perros todos los que tenemos esa acendrada admiración y culto por el ínclito marqués de M•••.

—¿Como perros?

—O como masones. Hace tiempo que aquí le niegan a uno hasta los favores más insignificantes, si no obtienen la venia del señor don Buenaventura, de esa lumbrera, sin cuyos resplandores parece que los de esta casa no se ven la punta de la nariz...

—Pues qué, ¿no he accedido a todas las peticiones de usted? —dijo el ministro con pena.

—A ninguna, señor don Juan Esteban. En cambio el señor marqués, a quien se indica para sucesor de usted, y que tanto trabaja para conseguirlo, no ha tenido más que boquear para ver realizados toda suerte de antojillos. Ya se cobrará los favores que ha recibido, descuide usted. Ahora, es corriente, todos somos masones. Preparémonos, señor don Juan Esteban, a que caiga sobre nosotros la familiaridad del familiar.

—¿Qué dice a esto, Pipaón? —me preguntó el ministro.

—Solo sé que en Madrid no se habla de otra cosa que de la entrada del señor don Buenaventura en este Ministerio —dije con gran aplomo.

—No se habla de otra cosa... —repitió Lozano, sin poder disimular que tenía traspasado el corazón.

—Y un amigo mío que ahora venía de Palacio me lo dijo también —añadí—. Si aquí nadie está seguro... ¿De qué sirven una lealtad acrisolada, una disposición extraordinaria y una experiencia no común?... Pero consuélese usted, señor Lozano de Torres, con saber que quedarán en el país excelentes recuerdos de la paternal administración de usted...

—¿Sí, eh?

—Es evidente. El hombre honrado, el hombre inteligente, el hombre que cumple con su deber, tiene por premio la admiración y el respeto de los pueblos, ¿qué más quiere?... Goza usted de fama además de hombre benigno y que aborrece las crueldades...

—Lo que es eso...

—Hasta cierto punto —dijo Villela sonriendo.

—Hasta donde se ha podido —dije yo—. El señor Lozano no abandonará esta casa sin dar la última prueba de su caritativo corazón y sentimientos cristianos. Sí, ¿por qué no he de decirlo de una vez? Hoy vengo aquí con una pretensión de generosidad que proporcionará a usted, amigo mío, ocasión de mostrar la bondad de su alma.

—Para pedirme una obra de caridad no se necesita tanto aparato —dijo el ministro—. Si no es más que eso...

—Vengo a solicitar, en nombre y a petición de varios paisanos míos, que la Inquisición de Logroño ponga en libertad a Fermina Monsalud, inicuamente atormentada.

Lozano de Torres frunció el ceño.

—Aquí te quiero ver —dijo Villela, echando hacia atrás el inmenso cuerpo, y riendo como un ídolo asiático—. Si esa es la petición que yo hice el otro día... pero no, no agrada al señor don Buenaventura... ¡Pues no faltaba más, sino que se fuera a poner en libertad a una mujer inocente!... ¡Duro en ella, señor ministro! La religión y el Estado exigen que esa mártir perezca.

Sus risas atronaban la sala.

Aquí hay una madre presa y un hijo que conspira —dijo el ministro.

—Eso es —gruñó Villela—. ¿No se puede coger al hijo?... pues descoyuntar a la madre. ¿Hay nada más lógico?

—Es una iniquidad —dijo Lozano con movimiento repentino—. Esa pobre señora debe ser puesta en libertad.

Alargó la mano para tomar pluma y papel.

—Tate, tate —exclamó con toda la fuerza de su mordaz ironía el Elefante—. ¿Qué va usted a hacer? Cuidadito; se enojará don Buenaventura...

—Es una obra de caridad.

—Masónico, eso es masónico puro —gritó Villela, dejándose caer en el sillón.

—Mandaremos al Consejo Supremo que disponga inmediatamente la libertad de esa mujer —dijo Lozano escribiendo.

—Hombre de Dios —manifestó el Consejero variando al fin de tono y hablando seriamente—, ¿no solicité lo mismo hace tres días? Ha necesitado usted que otro lo recomendara para hacerlo...

—Mis paisanos... —indiqué yo.

—Señor Pipaón —dijo Villela, volviendo a las burlas—. Usted es masón.

—¿Por qué?

—Porque ha pedido que se pusiera en libertad a una víctima de la Santa... y también yo soy masón, porque lo pedí antes, y también es masón el señor Lozano, porque lo concede. Preparémonos a que los espías del marqués se metan en nuestras casas.

Lozano escribía.

—¿Usted manda a la Suprema que dé las órdenes? —preguntó el Consejero, mirando por encima del hombro de Lozano lo que este escribía.

—¡A raja tabla! —respondió Torres, echando una rúbrica que parecía una puñalada.

Estaba furioso. Parecía un gatillo contrariado, y cuando tiró de la campanilla para llamar a un oficial, sus ojuelos azules despedían un fulgor vengativo.

—Ya está hecho —dijo con placer de quien ve el éxito de su primer rasguño.

—Ha hecho usted una obra admirable —afirmó Villela, alargando sus brazos hacia el ministro—; permítame que le abrace. Y ahora me toca a mí. Tenemos que hablar mucho. Si Pipaón tuviera la bondad de dejarnos solos...

—Precisamente tengo que hacer...

Di las gracias a Lozano, que me reiteró verbalmente su estimación. Villela me dijo al despedirme:

—El ministro y yo vamos a hablar de masonería. Si ve usted a don Buenaventura, denúnciele esta logia.

—Pues hablemos de masonería —repitió Lozano sentándose junto a la corpulenta humanidad de su amigo—. Pipaón, adiós.

Yo estaba tan sorprendido como satisfecho. Presentábanse aquel día las cosas a pedir de boca, pues después de conseguir del ministro amenazado lo que poco antes me resultara imposible o al menos dificilísimo, me quedaba ancho y expedito el camino para congraciarme con el ministro sucesor, proporcionándole uno de los más vivos goces que pudiera anhelar. La Providencia, que jamás me abandonó, disponía en aquella ocasión que quedase bien con todos, bien con Lozano de Torres, y mejor aún con el marqués, principal imán de mis complacencias a la sazón, porque los servicios que yo le prestara habían de influir mucho en la provisión de la primer vacante en el Consejo.

Recibiome don Buenaventura gozoso, aunque con modestas razones aseguró no tener noticia de su proximidad al sillón de Gracia y Justicia. Cuando le comuniqué las verídicas noticias que llevaba, púsose más alegre y al punto se vistió para ir en busca del gobernador de la Sala de alcaldes y el señor Alguacil mayor de la Inquisición de Corte. El Estado y la Iglesia estaban de enhorabuena. Tomáronse desde por la mañana con el mayor sigilo todas las precauciones imaginables, porque el señor don Buenaventura era uno de los esbirros más celosos y más diligentes que por entonces tenía el absolutismo. Para que se vea qué vehemencia acostumbraba poner aquel piadoso varón en sus gestiones inquisitoriales, dejaré hablar por un momento a un célebre cronista de aquellos tiempos[2].

«El marqués de M•••, familiar del Santo Oficio, hombre fanático por la Inquisición, y oficioso por ella con delirio, había por sí y ante sí organizado una tropa de espías, que él pagaba a sus propias expensas y en la que figuraba con distinción un antiguo oficial suizo, que conociendo el flaco de este corifeo, lo embaucaba y hacía creer mil maravillas. Nadie osó ofrecer al Rey mi nueva captura con la decisión que este digno caballero.»

Don Buenaventura, aunque marqués, vivía en una casa de huéspedes de la calle de la Abada. Amigo de la casa y obsequiador de las tres hermosas niñas de la patrona era un tal Núñez, compinche de los conspiradores, el cual se había dado muy buenas trazas para espiar a los espías del marqués y al marqués mismo de un modo tan seguro como ingenioso. Y fue que las niñas habían practicado un agujero en el tabique de la estancia del familiar, el cual huequecillo, cubierto con un mapa, les permitía oír desde la pieza inmediata cuanto en aquella se decía. Desde que iba el suizo a dar parte de sus pesquisas o a recibir órdenes de don Buenaventura, ya estaban las niñas con el oído pegado a la pared, y junto a ellas el travieso Núñez. Véase por esto si daría resultados la policía del marqués.

Cuando todo quedó concertado, después de mis revelaciones para dar el golpe seguro contra el astuto agitador, aquella misma noche, mi ilustre amigo y protector me dijo:

—Querido Pipaón, no puedes figurarte cuánto hemos penado al señor Alguacil mayor y yo, noches pasadas. Recorrimos toda una manzana de

---

2   Van-Halen, *Memorias.* (N. del A.)

casas, saltando de tejado en tejado, más parecidos ambos a gatos que a grandes de España. El señor duque se destrozó una pierna contra la reja de una bohardilla, y yo resbalé por las tejas... ¡ay!, poco me faltó para rodar hasta el alero y caer a la calle... Y por fin de fiesta, no cogimos nada... por todas partes gente honrada y piadosa. Madrid, y sobre todo los pisos altos, desvanes, sotabancos y chiribitiles, están atestados de modelos de virtud... Los espías que pago son perros jóvenes que apenas tienen olfato... Se equivocan siempre. Denuncian un conspirador hereje en tal o cual bohardilla, vamos allá, y resulta un ex-abate hambriento que compone villancicos y romances para los ciegos... Nos hablan de una logia; corremos a ella, y después de rompernos las piernas contra las chimeneas, hallamos un altar donde se adora entre flores y velas a la Santísima Virgen... O los espías no sirven para el oficio, o la sociedad toda es una mentira, pura hipocresía y enredo... En fin, si es verdad lo que me has dicho, esta noche haremos algo de provecho, mayormente si Su Majestad se digna nombrarme ministro. Como supongo que estás impaciente por saber el resultado del golpe, en cuanto todo esté hecho te mandaré un recado con Perico.

Yo dejé a don Buenaventura entregado a sus dulces proyectos, y después de despachar varios asuntos, me retiré ya de noche a mi casa, donde encontré a don Antonio Ugarte, que pocos días antes había llegado de Andalucía y me estaba esperando para hablar conmigo, según dijo, de un negocio interesante.

Desde que le vi, diome un vuelco el corazón, anunciándome con su ignoto lenguaje que algo grave iba a tratar conmigo el tal sujeto. Era Ugarte el hombre a quien yo más respetaba en aquella época. Su suprema inteligencia y tino me subyugaban de tal modo, que no podía dejar de obedecerle ciegamente. Sus presunciones, sus barruntos, eran leyes para mí; y a pesar de mi amistad con diversas personas, solo aquella influía de un modo poderoso en mis ideas y en mi conducta. Al mismo tiempo él me tenía por auxiliar tan poderoso de sus planes, que me podía llamar su brazo derecho. Ugarte no podía ir a mi casa para una tontería. Advertí que traía un paquete bajo la capa; algo estupendo iba a salir de sus sibilíticos labios. El coloquio que ambos sostuvimos encerrados en mi cuarto y sentados frente a frente es tan útil para la perfecta inteligencia de estas *Memorias* mías, que no puedo pasarlo en silencio.

XI

—Pipaón —me dijo con el tono represivo que empleaba siempre para echarme en cara mi conducta, cuando esta no le convenía—, de algún tiempo a esta parte estás haciendo tantas y tan grandes tonterías, que apenas te conozco. No solo te haces daño a ti mismo, sino que me lo haces a mí.

—Ya me dijo usted, señor don Antonio —le respondí con humildad—, que encontraba censurable mi empeño en ser consejero; pero también he dicho a usted que no es por el huevo sino por el fuero; que es para mí un caso de honra, de dignidad.

—Nada de eso hace al caso. Importa poco lo que pretendas por esta o la otra razón; lo que encuentro perjudicial y aun soberanamente necio es que lo solicites, cualquiera que sea el motivo. Llevas trazas de no conseguirlo nunca, y aun de perder lo que has adelantado en tu carrera.

Como no podía penetrar el sentido de aquellas razones, esperé sin decir nada a que el gran Antonio I me las explicara.

—Mi situación en la Corte no es hoy lo que hace un par de años —dijo muy preocupado—, ni la tuya tampoco.

—Desde la compra de los malhadados barcos rusos —respondí—, nos hemos averiado un tanto, y navegamos mal. Demos gracias a Dios por no habernos estrellado ya.

—¡La compra de los barcos rusos! —exclamó, fija la vista en el suelo y moviendo la cabeza—. Ahí tienes un servicio eminentemente prestado a nuestro país, y sin embargo, nadie nos lo ha agradecido.

Hice un esfuerzo supremo para no reírme.

—Verdaderamente —añadió don Antonio—, los barcos no valían ni para leña. Hablando aquí en confianza, amigo Pipaón, yo no creí que fueran tan malos. El señor Bailío me aseguró que podían hacer un viaje.

—No creo que sea posible un negocio peor, señor don Antonio; dígolo con referencia al país. Si las quinientas mil libras que nos dieron los ingleses para indemnizar a los perjudicados por la abolición de la trata se hubieran repartido equitativamente entre los españoles pobres...

—No te hagas eco tú también de las vulgaridades que corren a propósito de los cinco navíos y la fragata que compramos al Emperador de Rusia —dijo con cierto enfado—. Si ha resultado que esos buques están podridos, la culpa no es mía. ¿Entiendo yo de barcos? Además aquí no quieren sino gangas. ¿Pues qué, con quinientas mil libras, o sean cincuenta millones de reales, se podían comprar seis buques acabaditos de salir del astillero?

—Señor don Antonio, si el gran Alejandro sigue con tan buen ojo para los negocios, pronto no cabrá el dinero en todas las Rusias de Europa y de Asia.

—¿Y a mí que me cuentas? —dijo amostazándose más—. El tratado secreto que se celebró para comprarlos, firmelo yo como *secretario íntimo*; pero fue el Rey quien lo hizo. Era tal su impaciencia por cerrar el trato de una vez, que estaba el hombre desasosegado y fuera de sí. Yo quise ir con tiento, yo quise establecer alguna garantía; pero amigo Pipaón, si vieras cómo estaba, cómo se puso ese hombre... Parecía sediento, ávido; parecíale que si no se compraban pronto los barcos, se iban a convertir en humo las quinientas mil libras de los ingleses. ¿Qué dices a esto?

—Parece mentira que tal haga y de tal modo se apure un hombre que tiene a su disposición más de cien millones del Tesoro público y otras gangas...

—Si es un saco roto. ¡Y el vulgo necio cree que de la compra de los cachuchos podridos me he aprovechado yo!... —dijo Ugarte con cierta expresión que indicaba como lástima de sí mismo—, ¡yo, Pipaón!... No me ha tocado sino una miseria, un bocado, indigno de mí y de los muchos afanes que pasé. Pero querido, los revolucionarios se valen de todos los medios... Ni los barcos son tan malos como dicen, ni es absolutamente imposible que se den a la vela.

—Los marinos han dicho que no se embarcan en ellos.

—¡Los marinos! ¿Ignoras que todos están vendidos a la masonería?... Pero es preciso desplegar gran energía contra esa gente; sino... Al capitán de navío don Roque Gruzeta se le ha puesto preso por haber dado un informe desfavorable a los cinco buques.

—Es que no quieren embarcarse, señor don Antonio; es que nadie quiere ir a América.

—Exactamente; ese es el mal primero y más grave, y ayer se lo he dicho claramente a Su Majestad. Ni militares ni marinos quieren correr los riesgos de una navegación larga, ni exponerse a las epidemias de América, ni menos entrar en campaña con los rebeldes en un país tan vasto como aquel. Los que vuelven, escuálidos y moribundos, quitan a los expedicionarios las pocas ganas que tienen de embarcarse. Con esta cobardía general, toda guerra ultramarina es imposible, y las Américas se perderán, amigo Pipaón.

—Claro es que se pierden. Si este último esfuerzo no da algún resultado...

—¿Qué esfuerzo ni qué niño muerto? ¿Pero tú crees que las tropas del ejército expedicionario que yo dispuse llegarán a embarcarse? ¡Necedad! Fui a Cádiz hace poco y pude ver por mí mismo cómo está aquella gente. Hay que oírles, amigo. Con decirte que no hay un solo oficial que no esté afiliado en alguna sociedad secreta, está dicho todo; hablan con el mayor desparpajo del mundo de ideas liberales, de constituciones, de democracia, de soberanía nacional y aun de república. En los círculos de oficiales y en los cuerpos de guardia no se oye otra cosa que versitos, pullas y chascarrillos contra el absolutismo, contra el Rey absoluto y contra todas las personas que le rodean. Hay allí una atmósfera que marea; al llegar a la Isla se respira revolución, como al acercarse a un incendio se respira humo.

—No estaba yo muy seguro de las aficiones absolutistas de los oficiales del ejército, especialmente de los pertenecientes a cuerpos facultativos —dije participando de las inquietudes de don Antonio—, pero no creí que las sociedades secretas estuvieran tan extendidas.

Don Antonio dio una especie de silbido, que indicaba la plenitud de su creencia en punto a la enorme extensión de las sociedades secretas.

—Estás en Babia, Pipaón —me dijo sonriendo—. Las sociedades secretas, llámalas masonería, clubs, orientes, o como quieras, ofrecen hoy una ramificación inmensa y completa dentro de la sociedad. En ellas está comprometida toda clase de gente. ¿Crees que solo los perdidos son masones? ¡Error, amigo mío; vulgaridad supina! Altos personajes...

—Eso lo sé también. Podría citar aquí media docena...

—¡Media docena! Yo te citaré centenares. De algunos no tengo seguridad completa; pero de muchos no puedo dudarlo, porque tengo datos irrecusables. ¡Y qué hombres, y qué nombres! Precisamente los que mejor suenan en los oídos del absolutismo son los que más se pronuncian hoy en las logias. Ministros, tenientes generales y algún capitán general, vicealmirantes, infinidad de brigadieres, consejeros de Estado, alcaldes de Casa y Corte, familiares de la Inquisición, hasta inquisidores, hasta canónigos, hasta frailes hay en la masonería. No me asombraré de ver en ella a un señor obispo el mejor día... Por de contado, el núcleo, la base, el amasijo fundamental de este gran pastel que se está cociendo y que pronto fermentará, si Dios no lo remedia, lo forman los oficiales de todos los cuerpos que guarnecen la Corte y las principales ciudades y plazas del Reino.

—Vamos, es para volverse loco.

—No; hay que tomarlo con calma, con mucha calma y sangre fría —repuso don Antonio mostrando gran dosis de ellas en su voz y semblante.

—Pero entonces, ¿qué va a pasar aquí?

—Qué sé yo... Allá veremos —dijo alzando los hombros—; pero cualesquiera que sean los acontecimientos que han de venir, Pipaón, es preciso estar preparado para ellos.

—¿Y cómo?

—Todo será según y como venga lo que ha de venir —dijo con aplomo—. Ninguna cosa, ni aun la revolución, es mala de por sí Todo depende del procedimiento, de la conducta.

—Si mal no recuerdo, señor don Antonio, he oído decir que frente a las sociedades masónicas se ha formado también una especie de masonería absolutista que se llama *La Contramina*, y cuyo objeto es atajar la revolución, o ahogarla antes de nacer.

—Ríete de contraminas —repuso—. Conozco a los principales individuos de ella, y con decirte que esa anti-conjuración la ideó el marqués de M••• está dicho todo. Nada, nada, Pipaón, es preciso huir siempre de los necios y no tener nada común con ellos. Todo lo que hoy intenta el Gobierno contra las sociedades secretas; su tardía diligencia contra ellas es pura necedad. No se lucha contra todas o casi todas las capacidades del Reino, en milicia, en dinero, en talento.

—¿Esas tenemos? —exclamé asombrado al ver cómo iba creciendo el fantasma masónico que Ugarte ponía ante mis ojos.

—Esas tenemos, sí; y todo lo contrario es tontería y ridiculez. Por ejemplo: tú, poniéndote al servicio de Lozano de Torres, haciéndote lugarteniente del marqués de M•••, llevando mensajes al primero y ayudando al segundo en sus espionajes grotescos por tejados gatunos y casas de huéspedes, eres tan soberanamente necio, que al saberlo me he visto en la precisión de venir a atajarte, a salvarte, a salvar tu porvenir y tu carrera, comprometidos con la amistad de esos hombres.

Sin acertar a decir nada, miré a don Antonio lleno de asombro. El punto grave de nuestra conferencia había llegado.

—¿Piensas tú que vas a sacar algún provecho de tu servilismo? ¿Piensas atrapar de ese modo la plaza de consejero? —prosiguió—. ¡Cuán equivocado estás! Lozano y el marqués de M•••, a pesar de todos sus humos, y aunque el uno suceda al otro en el Ministerio, son hoy dos fantasmas de la Corte. Su valimiento es pura farsa y engaño. Agárrate a sus faldones y te hundirás con ellos.

—Verdaderamente, señor don Antonio —dije—, después que he dejado de frecuentar la cámara de Su Majestad, vivo a oscuras de todo.

—Se conoce. Estás con una venda en los ojos; marchas a tientas y te estrellarás sin remedio. Yo también estoy apartado de Palacio; ignoro lo que allí pasa; he perdido relaciones muy útiles allí; y ando como tú, algo desorientado; pero hace tiempo que empiezo a ver claro, y de resultas de mis recientes observaciones, he sacado en limpio que es un suicidio tratar de oponerse al creciente poder de las sociedades secretas.

Abrí los ojos con espanto.

—Durante algún tiempo —continuó don Antonio—, me he dedicado a observar esta sociedad, como observa el médico a su enfermo: le he tomado el pulso y le he mirado la lengua, Pipaón; me he fijado escrupulosamente en todos los síntomas, y he comprendido que el enfermo va a dar un estallido.

—¡Un estallido!... ¡una revolución!...

—Pues qué, ¿lo dudas tú?... Por mi parte no moveré la mano para impulsarla, ni tampoco para contenerla —dijo mirando al techo—. Soy agente de negocios: yo no soy hombre político. Si los grandes errores cometidos traen una conmoción popular, casi, casi... les está bien merecido. Lo que ahora me preocupa es que cuando esa revolución venga (y ten por seguro que vendrá), no me incluya a mí entre los absolutistas rabiosos... ¡Pues no faltaba más! Yo no soy amigo del despotismo puro; yo he aconsejado la templanza.

—Y yo también.

—Mi plan —continuó—, es el que debe servir de norma a todo español honrado: ni impulsar ni perseguir la revolución. ¿Que viene?, pues muy señora mía. ¿Que no viene? Pues lo mismo que antes. Yo no daré un céntimo para sediciones militares; pero tampoco reñiré ni me enemistaré con la flor y nata del Reino en talentos, armas y riquezas... porque te lo repito, Pipaón, lo más granado está hoy en las sociedades secretas.

—Vamos, que a usted, señor don Antonio, se le están pasando las ganas de hacer una visita a las logias y codearse con lo más granado.

—No; en eso te equivocas. Jamás iré a las logias. Yo soy agente de negocios; yo no soy hombre político... Pero debo ser franco contigo. Si personalmente no quiero ir, no me disgustaría tener algún contacto con esa gente.

Yo empezaba a comprender.

—Esa idea me parece admirable, señor don Antonio —dije—. Nunca está de más poner una vela al diablo.

Ugarte se sonrió, y luego en tono resuelto continuó de este modo:

—En una palabra, Pipaón, cuando se me ocurre un asunto delicado, una dificultad de esas que requieren tacto, cordura y mucha discreción para ser resueltas, miro a todos lados y no veo más que un hombre, tú.

—Dígamelo usted de una vez, ¿a qué andar con rodeos?

—Pues bien, amigo querido, hazte masón.

No pude menos de soltar la risa, y don Antonio me acompañó festivamente en mi desahogo.

—Para ti y para mí, este paso que te aconsejo no puede menos de ser provechoso. Hazte masón, con reservas, se entiende. No creas que en las sociedades secretas es todo misterio, lobreguez, sangre, horror, barbas luengas, palabras enigmáticas: nada de eso. Hoy, los masones son la gente más cortés y más amable del mundo... Vas allá; yo buscaré quien te lleve; procuras hacerte pasar por muy entusiasta. Di a todo amén, y cuando los otros den un grito a la Constitución, tú das cuatro.

—Entendido.

—Además, no es preciso dejar de ser sincero. Puedes abrazar la nueva idea con entera buena fe, porque esto lleva camino, hijo mío... ¿Lo harás?

—No tengo inconveniente.

—¿Romperás con Lozano de Torres, el marqués de M••• y demás hermanos venerables de la necedad?

—Romperé.

—¿Dejarás el papel de espía y buscador de masones?

—Lo dejaré.

—¿Me darás cuenta de todo lo que veas, oigas y entiendas?

—La daré con mucho gusto, señor don Antonio; me ha hecho usted ver nuevos horizontes con unas cuantas palabras. Adelante.

—Adelante. Lo principal es que dejes de mostrar empeño en la persecución y castigo de los muchos reos políticos que andan por ahí. Esta oficiosidad, de que ahora haces alarde, puede serte perjudicial en los momentos presentes, y altamente nociva en los venideros.

—Pues que triunfen y se diviertan los reos políticos.

—Es más, amigo Pipaón. Desde el momento en que vas a ofrecer tu cooperación a los oscuros trabajadores de las logias, tu deber es amparar a los que se vean comprometidos... No te asustes; podría citarte una docena de señorones graves, firmísimas columnas del Estado en el Consejo y en la milicia, los cuales han sido encubridores de la mayor parte de los comprometidos en las conspiraciones de Porlier, Lacy y Torrijos. La historia secreta de estas tentativas es muy curiosa. Los pobrecitos inmolados ofrecieron con su sangre tributo externo al derecho público; pero tras los cadáveres de Lacy y Porlier, amiguito, se han escurrido impunes muchas personas cuyos nombres han sonado siempre bien en Palacio... ¿Con que entrarás por la nueva vía?

—Entraré. Usted ha venido a dar a mis ideas giro distinto del que llevaban. Vivo algo retraído, y cuando usted está fuera de Madrid, apenas conozco hacia dónde va la marejada.

—¡Ah! —exclamó con cierta tristeza—, la marejada va hacia adelante... y más que deprisa.

—¡Pues que vaya! —exclamé yo con alguna vehemencia.

—Nos veremos. Nos pondremos de acuerdo —dijo poniendo sobre la mesa el paquete que traía, y que estaba compuesto como de medio centenar de pequeños cuadernos—. Entre tanto, hazme el favor de repartir estos folletos a los amigos. Esto se hace con cautela: un día das uno, otro día das otro... Es preciso que vaya cundiendo.

—Pero ¿qué es esto?

—Un admirable folleto que ha escrito en Londres Flórez Estrada. En él se pintan de mano maestra los males de la nación. Es obra que no tiene desperdicio; lo digo aunque no soy de los mejor tratados.

—Bien; se repartirá poco a poco.

—Todos los días te echas uno en el bolsillo...

—Entendido, entendido...

—Con que adiós. Veámonos con frecuencia para que me tengas al tanto de lo que haces y de lo que ves.

—Todos los días; adiós, mi señor don Antonio —dije estrechando sus nobles manos.

—Pues me voy tranquilo. Ya sé que cuento con un auxiliar poderoso.

—Nosotros, ya se sabe... —afirmé abrazándole— amigos hasta la muerte.

—Gracias, gracias. Adiós.

Cuando Ugarte se marchaba, un criado llegó a la puerta y me entregó una carta que decía:

«¡Victoria, amigo Pipaón, victoria completa! El criminal y sus cómplices están ya en poder de la justicia. Ni uno solo ha podido escapar. Para celebrar tan fausto suceso, vente a cenar conmigo...

EL MARQUÉS DE M•••.»

XII

Contesté excusándome, y me quedé en casa. Necesitaba meditar.

Poco después de anochecido entró Jenara a decirme que la cena estaba preparada, y le di la carta para que la leyese.

—Ya ve usted —le dije— que la justicia oficial, cuando quiere tener ojo de lince y brazo de hierro...

La señora no hizo ademán alguno de alegría. Tampoco se entusiasmó cuando le dije que estaba conseguida la libertad de Doña Fermina Monsalud, aunque me dio las gracias, asegurándome que había librado su alma de un gran peso. La cena pasó triste y grave, hablando Jenara y yo de asuntos indiferentes. Como le preguntase los motivos de su melancolía, me dijo:

—Hace muchos días que Carlos no me escribe, y estoy con cuidado.

—Se habrá puesto en camino.

—¿Sin avisármelo? —dijo vivamente y como enojada.

Poco después dimos tertulia al señor de Baraona, que no salía de su habitación, y para alegrarle un poco el espíritu le notifiqué la prisión de su enemigo.

—Tengo poca fe —respondió— en el rigor de estos señores. ¿Quién me asegura que el criminal recién aprehendido no se paseará mañana por las calles de Madrid? Ya te he dicho, querido Pipaón, que la justicia está minada. Es como un doble edificio: en sus magníficas salas se sientan jueces de cartón que sentencian y discuten y condenan, asistidos de miserables ministriles. Ve esto el necio vulgo, creyéndolo justicia; pero no ve el laberinto de entradas y salidas que en lo macizo de sus paredes y cimientos tiene el tal edificio, por los cuales pasos secretos se escurren los criminales, a ciencia y paciencia de aquellos señores jueces de figurón. Desengáñate, hijo, los hombres del Gobierno, los jueces, los consejeros, los ministros, forman hoy una especie de retablo, donde mil vistosos personajes accionan y se mueven con las apariencias de la vida. Acércate, mira bien, y verás que todo es cartón puro: cartón el cetro del Monarca; cartón la espada de los generales; cartón la vara del alcalde; cartón la cuchilla del verdugo.

Trajéronle las sopas y calló.

Poco después Jenara y yo, luego que dejamos al viejo dormido, nos reunimos en el comedor, junto al brasero. Soltaba ella la labor para tomar un libro, y luego el libro para coger la labor, demostrando en esto que su espíritu se hallaba atormentado por ideas contrarias y en un estado de obsesión inquieta que no podía vencer, variando a cada paso el entretenimiento con que quería darle reposo. Púseme yo a leer el *Diario*, papel mucho más entretenido entonces que su único compañero de publicidad la *Gaceta*, y de repente Jenara hizo una pregunta que me heló la sangre en las venas.

—¿En dónde ahorcan aquí? —dijo.

—En la plazuela de la Cebada —repuse—. Se alquilan balcones, como en Corpus.

Jenara, tomando la labor, empezó a dar terribles pinchazos con la aguja. Sus dedos parecían el pico de un pájaro hambriento. Torné yo a mi lectura del *Diario*, y de nuevo me distrajo súbitamente, diciéndome:

—En verdad, Pipaón, merece usted una corona por la diligencia que ha mostrado en este negocio.

—¿Servir al Estado y servirle a usted no es estímulo bastante para un hombre?

Jenara, dejando la labor, tomó otra vez el libro, pero al poco rato apartolo con hastío.

—No abro el libro una sola vez esta noche —dijo—, sin que mis ojos encuentren alguna idea triste. Oiga usted:

> Donde antes rosas y placer, ahora
> Cadáveres y horror huella la planta,
> Y en olor de sepulcro, en vez de rosas,
> El aire tiñe sus funestas alas.

—¿Qué poeta es ese?

—Cienfuegos.

—Un majadero. Siga usted mi consejo y mi ejemplo, Jenara. La mejor lectura es el *Diario*. Oiga usted: «El lunes fue ahorcado en Valencia...»

—Basta, basta —exclamó interrumpiéndome—. Es particular... Me salen horcas y muertos por todas partes.

—Es usted a veces más valerosa que un águila, y a veces más tímida que un pajarillo. ¿La idea de la muerte de un hombre, de un malvado, le causa a usted tanto temor?

—No, señor de Pipaón; ni me asusta ni me aterra la idea de que un gran criminal expíe sus crímenes; lo que me causa pavor y más que pavor repugnancia, es la horca, esa herramienta vil... Las justicias de la tierra debieran hacerlas siempre los agraviados en el momento de recibir la ofensa... qué quiere usted... yo soy así... tengo esas ideas y no lo puedo remediar.

—Extraña justicia sería esa, Jenara.

—La mejor. Justicia rápida y por la mano del ofendido. Yo no la concibo de otra manera. Esa que está en manos de hombres pagados, vestidos de negro, amarillos y casi siempre sucios; esa que da tormento al reo, y antes de matarlo lo envuelve en una mortaja de papel escrito, me da tanta tristeza como repugnancia. Detesto al criminal y sería capaz de matarle yo misma, sí señor, yo misma; pero compadezco al encausado.

No quise seguir tratando aquella cuestión, y los dos permanecimos largo rato en silencio, que solo se interrumpió para dar órdenes al nuevo criado que me servía. Doña Fe se hallaba otra vez en cama, molestada de sus pertinaces dolores. A pesar de ser ya un poco tarde, ni Jenara ni yo teníamos ganas de dormir; sin duda una y otro llevábamos tantas ideas en la cabeza, que el sueño no podía entrar en ella. Aquella respectiva situación nuestra, nuestro desvelo, el silencio que reinaba en la casa, las moribundas ascuas del brasero, que servían como de intermediario a nuestra melancolía meditabunda, trajeron a mi memoria el recuerdo de la noche en que recibí el singular escrito. No pude reprimir un repentino acceso de miedo, el cual se apoderó de mi alma y corrió por dentro de mí y pasó como una influencia eléctrica... Pero mi razón se esforzó en serenarse, diciendo: «ahora no hay cuidado.»

De pronto sonaron no sé qué extraños ruidos en lo interior de la casa. Yo di un grito y Jenara se puso a temblar.

—No es nada —dije—. Una puerta que se ha cerrado a impulsos del viento... ¿Qué es eso, Jenara, tiene usted miedo?

Tengo frío —me contestó arropándose en su mantón.

—¿No se acuesta usted?

—Sí... Ahora —dijo mirando a todos lados con el recelo propio de quien busca, y al mismo tiempo teme ver algún objeto desagradable.

Llamé a la doncella, que acudió al punto; acompañelas a las dos hasta su habitación, y cuando di a la señora las buenas noches, respondiome con tristeza:

—Muchas gracias... pero ya sé que esta noche no he de dormir.

Dirigime pensativo y no completamente libre de susto a mi cuarto. Cuando abrí la puerta de él, y la luz que yo llevaba iluminó el interior de la pieza...

¡terror incomparable!... lancé un grito de espanto y no quedó gota de sangre en mi cuerpo... ¡Jesús mil veces! En mi cuarto había un hombre.

Un hombre, sí, que tranquilamente sentado en mi propio sillón, clavaba en mí una mirada fulgurante y burlona a la vez.

¡Cielos divinos!, ¡socorro!... ¡Un hombre en mi cuarto!

¿Quién? Salvador Monsalud.

XIII

Salvador Monsalud en persona.

Largo rato estuve sin habla, sin movimiento, paralizado por el espanto. Yo no era Pipaón; yo era el miedo mismo. Mi espíritu era incapaz de reflexión, de comparación, de juicio... Las piernas me flaqueaban, la voz, muerta en la garganta, no podía ni sabía pedir auxilio.

Creí ver un fantasma. Por un instante, perdiendo mi buen sentido, creí en brujas, en duendes, en almas del otro mundo, en todos los disparates de los cuentos de viejas.

Pero el fantasma se reía de mi turbación, y alargando un brazo hacia mí, me dijo:

—No te asustes, Juan. Soy yo, tu amigo Salvador.

—¡Tú, Salvador, Salvadorcillo!... —exclamé con voz ahogada—. ¿Por dónde entraste?... Esto es una alevosía.

—Calla, calla —me dijo levantándose, al ver que yo, recobrando el aliento, iba a alborotar la casa—. Soy tu amigo. No me tengas miedo. Hablaremos un rato. Vengo a darte las gracias.

—¡Las gracias!... ¡a mí!

—Sí, me has hecho un favor, un beneficio inmenso que te agradeceré toda mi vida. Siéntate.

Imperiosamente me ofreció una silla. Los dos nos sentamos. El miedo y no sé qué fascinación extraña me subordinaban al intruso visitante.

—Sí —añadió sonriendo y pasando cariñosamente su mano por mi hombro—, un beneficio inmenso. A ti te debo que se hayan dado hoy las órdenes para poner en libertad a mi pobre madre.

—¡A mí!... Es verdad... Sí, yo... —repuse tratando de sacar una idea de la confusión espantosa que había en mi cerebro—. Yo fui quien supliqué al ministro...

—Cediste a mi ruego...

—Como me lo pedías en aquella hoja... —dije viendo un poco más claro, y determinando sacar partido de la situación—. Me pareció justo lo que me pedías... Pero dime, ¿con quien mandaste aquel papel?

—Lo traje yo mismo.

—¡Tú!... bien puede ser, puesto que ahora estás aquí... ¿Y por dónde has entrado?

Monsalud rompió a reír.

—¿No has caído en ello? Por el agujero de la llave.

—Estas bromas no me gustan. Ya veo que no hay casa segura para la masonería.

—Ni para el absolutismo. Si yo entro en la tuya, no falta quien entre en la mía.

—Eso no me lo cuentes a mí. Nunca he sido espía.

—Pero sí amigo del marqués de M•••. Escúchame, Juan; esta noche han querido prenderme. He sospechado que anduvieras tú en este negocio.

Dominome de nuevo el miedo, y haciéndome el sorprendido, repuse:

—¡Prenderte!... ¿y qué tengo yo que ver con eso?

—No es más que sospecha... —dijo seriamente—. Te he creído autor al mismo tiempo de un beneficio y de un agravio. Me ha parecido inverosímil que me salvaras y me perdieras en un solo día, y he querido apelar a tu franqueza y lealtad para que me digas la verdad.

—El beneficio, obra mía es; pero el agravio...

Salvador me clavaba los ojos con tal fijeza escrutadora, que sus rayos parecían penetrar en mi alma. Yo también le observé a él. Lejos de parecerme siniestro y terrible, como decía Jenara, Monsalud tenía aspecto en extremo agradable y había ganado mucho desde que no nos veíamos. Su fisonomía era inteligencia y fuerza; la expresión de sus ojos ejercía inexplicable dominio sobre mí, y toda su persona tenía un sello de superioridad y nobleza que cautivaba. Vestía bien.

—Esta noche han intentado prenderme con un lujo de precauciones y de habilidad que me han llamado la atención —dijo—. Gracias a la lealtad de un hombre, he podido escapar a tiempo, y el señor marqués ha cogido tan solo a unos pobres aguadores que dormían en el sótano de la casa. Sé que una señora desconocida sobornó a la pobre mujer del guarda; sé que tu amigo el marqués dio las órdenes para sorprenderme; pero desconozco la trama y los móviles de todo esto. Tú lo sabes y me lo has de decir.

—¡Yo!... ¡Yo no sé una palabra! Todo lo que me dices es nuevo para mí.

—Dime la verdad... ¡tú lo sabes todo! —dijo apretándome el brazo—. Dímelo, Bragas, o te acordarás de mí.

—¡Por mi nombre, por Dios que nos oye; te juro que nada sé! —repliqué temblando de susto—. A fe que tienes buen modo de agradecerme lo que he hecho por tu madre.

—Tú eres amigo y confidente íntimo del señor familiar —añadió Salvador aplacándose.

Fingí gran sorpresa.

—¡Yo!... ¡yo amigo de ese majadero!... Pero tú no sabes lo que dices. ¿En qué país vives?

—¿No eres tú de la pandilla de Lozano y del marqués de M•••? —preguntó algo desconcertado por mi aplomo.

—Vaya, vaya... veo que no estás enterado de nada... ¡Ya esos tiempos pasaron, Salvador!

—Entonces has variado de ideas y de conducta.

—Sí señor, he cambiado de ideas, de conducta, de todo. Mi ruptura con toda esa caterva absolutista es completa desde hace tiempo. Les trato y nada más.

Salvador manifestaba el mayor asombro.

—¡Pues ya!... —continué, cada vez más dueño de mí mismo—. Si así no fuera, ¿crees que hubiera intercedido por tu madre?... ¿crees que me hubiera expuesto a pasar por cómplice de los conspiradores?

—Juan, por favor, ya seas mi amigo, ya seas mi enemigo, te ruego que me digas lo que sabes respecto a mi persecución de esta noche.

—Te juro que no sé una palabra, ni tengo parte en ello —respondí con tanta seguridad, que no se me traslucía en la cara ni la más ligera turbación.

—Para que seas franco, voy a darte un ejemplo de franqueza. Escúchame bien: en esta azarosa vida mía, consagrada a un afán que devora a una pasión que lentamente consume y postra las fuerzas del alma, me he dejado dominar por vanos caprichos o veleidades amorosas. Mi carácter, en el cual hay ansiedades que nunca se han satisfecho ni se satisfarán jamás, me ha impulsado a esto. Me he tolerado yo mismo estas distracciones, como se tolera el soldado, en medio de la pelea, descansos cobardes para fortalecer su ánimo. Pues bien, últimamente amaba a una mujer con más vehemencia de la que suelo poner de algún tiempo a esta parte en asuntos de amor. Pero no sé qué fatalidad me persigue: con mi exaltación vino una inexplicable frialdad en la persona amada: tuve primero celos y luego sospechas de que me vendía. No quiero entrar en detalles inútiles. Lo principal es esto: al saber hace poco que una señora había comprado con dinero el secreto de mi morada, se han aumentado mis sospechas. Herido en lo más delicado de mi alma, he sentido un furor y deseo de venganza que no puedo expresarte con palabras; me he vuelto loco a fuerza de discurrir buscando antecedentes e indicios que confirmaran mi sospecha; he vagado como un insensato por las calles, jurando muertes y venganza; he prometido no descansar mientras no aclarase este enigma que me atormenta y me abrasa las entrañas.

Mi amigo apoyó la cabeza entre las manos. Su hermoso y noble semblante expresaba viva cólera.

—En esta confusión —prosiguió—, discurrí que tú, como amigo del familiar, podrías sacarme de dudas.

—No sé una palabra. En un tiempo conocí a todas las familias que tenían relaciones con don Buenaventura. ¿Cómo se llama esa señora?

—Andrea.

—No puedo darte ninguna luz, amigo.

—Al mismo tiempo que tal traición infame suponía, otra idea, otra sospecha aumentaba mi confusión, amigo Juan; idea sobre la cual espero que puedas darme más luz que sobre la otra.

—A ver.

—Existe otra mujer, a quien también puedo atribuir mi persecución; una mujer que vive en tu misma casa, y de cuyas acciones, por reservadas que sean, puedes tener noticias.

—¿Jenara?

—La misma. Esa tiene motivos para aborrecerme. Cuanto haga contra mí no me sorprenderá. Nada pienso hacer en contra suya. Dejaré que caiga su mano implacable y pediré a Dios que nos perdone a mí y a ella.

—Pues tampoco puedo sacarte de confusiones. No tengo ni el más leve indicio de que Jenara...

—¿De veras?

—Te lo juro por mi salvación.

—Está de Dios que yo me consuma en el fuego de esta duda espantosa —exclamó Salvador con imponente afán.

Durante las últimas palabras, así como en diversos momentos de nuestro diálogo, yo me preocupaba de un rumor que fuera de la alcoba sentía, rumor como de leves pasos y faldas de mujer, y la idea de que un oído importuno nos escuchase, empezó a mortificarme. No quise, sin embargo, llamar sobre esto la atención de mi amigo, y me propuse no decir cosa alguna que pudiera ser desagradable a la persona que, según mi presunción, aplicaba su curioso oído a la puerta.

—Creo que puedes tener seguridad completa en ese particular —dije a mi amigo—. Jenara es incapaz de hacer el indigno papel de inquisidor.

—También lo creo así —me respondió Monsalud.

Diciendo esto, ambos nos quedamos absortos, porque la puerta se abrió suavemente y apareció ante nuestra vista una magnífica figura blanca, cuya presencia repentina unida a la belleza y emoción de su rostro, tenía todo el carácter de las misteriosas apariciones de la poesía y de la noche.

—Es un error —dijo con voz tan turbada que no parecía la suya—. La inquisidora he sido yo.

Salvador se levantó; dio indeciso algunos pasos como quien no sabe si mostrarse cortés o enojado, y habló de este modo:

—¡Que Dios nos perdone a ti y a mí, Jenara!... Por esta vez has errado el golpe.

—En otra ocasión seré más afortunada —dijo la dama dando un paso atrás y atrayendo la hoja de la puerta hacia sí.

—Aguarda un instante —exclamó Monsalud, corriendo a detenerla—. En pago de tu crueldad, quiero darte una mala noticia.

Jenara se detuvo.

—Carlos, tu pobre marido, llega mañana... Como hace tiempo que has dejado de quererle, según él dice, por eso llamo a esto mala noticia.

Salvador acentuaba sus palabras con punzante ironía.

—Pues no ha anunciado su viaje —dije yo, advirtiendo en Jenara una gran perplejidad y deseando sugerirle una idea para que saliese de ella.

Pero Jenara no dijo nada. En su semblante, que poco antes parecía de mármol, distinguí una alteración súbita. Leves llamaradas de rubor tiñeron sus mejillas.

—No ha anunciado su viaje —añadió Monsalud—, porque viene a lo celoso, callandito... Quiere sorprender, acechar, vigilar. ¿Sabes que está celoso, Jenara?... El pobre Carlos no será nunca feliz.

Vi moverse los labios de Jenara y replegarse en torva conjunción sus cejas. Difícil es conocer lo que pasó entonces en su mente y en su conciencia (¿nos lo dirá ella misma algún día?), porque en vez de hablar, cerró con estrépito la puerta, y desapareció como una visión de teatro. Fui tras ella... huía como la corza herida. Creeríase que tras su fugitiva persona, semejante a la sombra de una diosa ofendida, había quedado en la atmósfera un suspiro que por breve instante reprodujo su emoción.

Cuando volví al lado de Monsalud, este reía.

XIV

—Gran bien me ha hecho tu huéspeda sacándome de dudas. Al fin veo que no he perdido el tiempo con venir aquí.

—¡Con que era ella!

—¡Esta! —exclamó con júbilo—. ¡Oh!, amigo Juan, qué dulce es ver que solo nos hacen daño nuestros enemigos... Sospechar de un amigo, de una persona amada, es el mayor de los martirios.

—Quién lo había de decir —indiqué yo, haciendo un esfuerzo para que no me cogiese en mentira—. Cómo había de figurarme yo que Jenarita...

—¿Y no sospechabas nada?

—Ni una palabra.

—¿Y no te había confiado nada?

—¿A mí? Si no nos podemos ver... Si somos el perro y el gato. ¡Cuánto me alegro de que venga Carlos, a ver si esta gente se marcha de una vez de mi casa!

Antes de pronunciar estas palabras me cercioré de que el espionaje había concluido. Nadie nos oía. Cerradas cuidadosamente todas las puertas, me senté junto a mi amigo, resuelto a poner en ejecución el hábil plan que había concebido.

—¿Pero es cierto que no os lleváis bien los Baraonas y tú? —me preguntó Salvador en tono que indicaba alguna desconfianza.

—No nos podemos ver, te he dicho. Ya conoces las ideas del abuelo. Es un hombre insolente. Respecto a la implacable soberbia y a los rencorosos sentimientos de Jenarita, ¿qué puedo decirte que tú no sepas?... Pues digo, si llegan a saber que yo he intercedido por tu infeliz madre... Cuando se les habla de tal asunto, son fieras el abuelo y la nieta.

—No me hables de esto —dijo Salvador pálido de ira—, porque me olvidaré de que estoy en casa ajena y en situación poco a propósito para pedir cuentas a nadie... Los Baraonas y los Garrotes son autores de la prisión y del martirio de mi pobre madre. ¡Venganza miserable! Todo porque le herí en un duelo leal, provocado por él... ¡Si vieras cuánto he luchado aquí para conseguir la libertad de la pobre mártir!... Diferentes veces se ha logrado lo que hoy te concedió el ministro; diferentes veces, por empeño de poderosos amigos míos, ha dado órdenes generosas al Consejo Supremo. Mientras Carlos ha estado en la Rioja, todo ha sido inútil. Yo no sé cómo se las compone el maldito, que puede allá más que el Consejo Supremo aquí.

—Tiene amigos y parientes en la Inquisición de Logroño, y es familiar de ella.

—Mi madre será puesta en libertad pronto gracias a que Carlos ha salido de allí, a que las órdenes de ahora son muy enérgicas, y sobre todo a la revolución que se aproxima... Pero sálvese o no la infeliz señora, la infamia de esa gente rencorosa y vengativa como las furias antiguas no quedará sin pago... ¡Me parece mentira que Carlos Garrote viene a Madrid y que le he de ver delante de mí!

Diciendo esto, eran tan enérgicas la expresión y los ademanes de mi amigo, que me aparté de su lado, temeroso de alcanzar alguna señal dolorosa de su indignación.

—Esta gente es atroz —dije—. No veo la hora de que se marchen de mi casa. Estamos riñendo todo el día. ¡Cuántas veces les he echado en cara ese furor inútil contra Doña Fermina, por no poder cebarse en ti!

—Por eso te llamará tanto la atención verme en esta casa, albergue de mis implacables enemigos, y que al mismo tiempo lo es de un rabioso absolutista.

—¡Absolutista yo! —exclamé comenzando a desarrollar mi plan—. No me insultes.

—Yo vacilé largo rato antes de presentarme a ti, pero el deseo de que me sacaras de una cruel duda me decidió. Por un lado, sospechaba que tú, como familiar del familiar, no dejarías de tener parte en mi persecución; por otro, el saber que habías implorado la libertad de mi madre me inspiraba cierta confianza hacia ti, a pesar de tu absolutismo.

—¡Absolutista yo! Vuelvo a decirte que no me insultes. Bien sabes tú que no soy servil. Si lo creyeras así, no te atreverías a venir a mi casa.

—¿Por qué no?

—Porque temerías que te detuviese y te entregase a la justicia. Monsalud se echó a reír, burlándose descaradamente de mí.

—Pues qué, ¿si yo fuera absolutista de los de don Buenaventura, estarías tú tan tranquilo delante de mí?

—Dices eso, pobre hombre, porque ignoras que aunque seas absolutista de los de don Buenaventura, no puedes nada contra mí dentro de tu propia casa.

—¡Cómo que no!

—Mírame —añadió desembozándose—. No traigo armas. Esto prueba mi confianza.

—Y si yo quisiera... —dije lleno de confusión—. Verdad es que algunos de mis criados está vendido a la masonería.

—Lo están todos.

—¡Todos! De modo que en mi propia casa...

—Estoy yo más seguro que lo estuve esta noche en la mía me contestó riendo—. No te alarmes por eso. Además, el mal es irreparable, porque si despides a tus criados y tomas otros, sucederá lo mismo... ¿Sabes que me encuentro bien aquí? Si me lo permites, descansaré un poco —añadió, acomodándose holgadamente en el canapé.

Volvió de nuevo el miedo a apoderarse de mí; pero yo había resuelto seguir la corriente a que me impulsaban mis nuevos propósitos y las ideas de mi amigo, y le hablé de este modo con amabilidad.

—Por supuesto, Salvador, la traición de mis criados es perfectamente inútil, porque has de saber que no solo soy incapaz de perseguirte, sino que te ocultaré y protegeré en caso de que otros te persigan.

—Vamos —dijo sonriendo amistosamente—, no me confundas más de lo que estoy. Di que eres mi amigo, di que conservas algo del afecto que hace años nos teníamos. Lo creeré, no solo porque mi corazón es crédulo en materias de amistad, sino porque has dado pruebas de ello hoy mismo intercediendo por mi madre, lo cual te agradezco en el alma. Dime eso, querido Juan; dime que eres leal y honrado y generoso conmigo; pero no me digas que no eres absolutista, porque me echaré a reír.

—Pues te lo repito. Vamos, me enojaré de veras si insistes en tal absurdo. Ven acá —añadí mostrando el paquete de folletos que me había dejado don Antonio Ugarte—. ¿Es absolutista el hombre que se ocupa en repartir estos papeles?

—¡El folleto de Flórez Estrada!

—He repartido ya más de cien. Asómbrate, Salvadorillo: he hecho llegar este cuaderno a las manos de Su Majestad y de los Infantes.

—Esto es algo —dijo con formalidad—; pero no es una prueba completa de enemistad con el absolutismo. Quizás tu entendimiento se incline a otras ideas; pero ya estás muy amoldado, Bragas, estás endurecido en la forma de los Lozanos de Torres, de los Buenaventura, de los Eguía, de los Elío... Necesitarías que te derritieran y que de nuevo te fundiesen en otro crisol.

—Tonto —repliqué con brío—, ¿y quién te ha dicho que no me he puesto ya al fuego?

—¡Tú!, el covachuelo, el oficial de Paja y Utensilios, el director de la Caja de Amortización, el amigo del señor Chamorro, el brazo derecho del señor Ugarte, el tertulio de Palacio, el mandadero de Su Majestad...

—¡Yo, yo, yo, sí! —afirmé con enfado—. ¿Quieres que te convenza de una vez con dos palabras, Salvador?... Pues para que comprendas mi decidida ruptura con todos esos deplorables antecedentes y personas, óyeme lo que voy a decirte. Quiero ser masón.

Monsalud manifestó el mayor asombro.

—Ser masón es no ser nada, si no se conspira —me dijo.

—¡Quiero conspirar! —exclamé dando fuerte puñetazo sobre la mesa y metiéndome después las manos en los bolsillos.

—Pero no se conspira para aumentar la autoridad de la Corona, sino para disminuirla. No se conspira en pro del Rey, sino en pro de la Nación.

—Pues en pro de la Nación.

—Se conspira para restablecer el Gobierno liberal y la Constitución, es decir, lo que tú llamabas *la mamancia* cuando escribías en *La Atalaya*.

—Para restablecer el Gobierno liberal y *la mamancia* —repetí frunciendo el ceño y con los ojos fijos en el suelo.

—Y para dar al traste con la infame polilla de España que mina el Trono y el País, y al mismo tiempo se los está comiendo.

—¡Para eso, para eso!

—Debo añadirte que hoy se hila un poco delgado debajo de Madrid.

—¡Debajo de Madrid!

—¿No me entiendes? En las logias y reuniones secretas, quiero decir. Hoy se toman precauciones. Cuando un señorón de categoría elevada, sea quien fuere, ofrece su ayuda a la revolución, lo cual ocurre todos los días, queda ligado por compromiso solemne; y las veleidades, querido Bragas, los arrepentimientos, suelen costar caros a quien los padece.

—Sí, ya sé... —dije, inspeccionando otra vez la puerta, para cerciorarme de que nadie nos oía—. Hay pruebas rigurosas, palabras enigmáticas, juramentos que hielan la sangre en las venas... y el que hace traición muere sin remedio.

—No hay nada de eso —me dijo riendo—. Huye de esas reuniones formularias que establecen el sainete en los sótanos. Ahora no se trata de eso.

Cuando los pueblos padecen y luchan por su emancipación, obran seriamente y van a su objeto sin necedades de teatro. Ahora, amigo Bragas, las cosas han llegado a un punto tal, que se trabaja por la libertad a toda prisa, con la avidez del náufrago que entre las olas lucha con la muerte y por la vida... Fuera misterios y ritos anticuados y palabras vacías. Todo es acción: las tinieblas y el misterio han dejado de ser vano velo de las chocarrerías de los holgazanes. Yo lo he visto todo desde el principio: he visto las jimias haciendo muecas entre dos calaveras en la ahumada atmósfera de una cueva; y hoy veo a los hombres inteligentes y formales labrando en silencio y sin aparato las palancas poderosas con que pronto ha de moverse lo de arriba. Solo en las épocas en que no hay nada que hacer existen esas vanidades y espantajos ridículos de que habla el vulgo. Ahora la inmensidad de la tarea une las manos de todos los hombres en una obra común, y desaparecen las máscaras convencionales y las fórmulas aparatosas, que más bien eran entretenimiento que utilidad. Eso no quita que en plena luz, y a la faz del mundo oficial y de la tiranía, se empleen ciertos signos para reconocerse y obrar de acuerdo; pero allá dentro, amigo, en nuestro reino escondido, en aquella vida de catacumbas donde se prepara la nueva vida libre y pública, todo es claridad y sencillez. Se trabaja, se extiende la acción con arte y fuerza; se prepara el golpe con la destreza y habilidad necesarias para que no se malogre como otras veces. Ahora bien, Bragas de Pipaón; tú, servidor declarado de los poderosos de hoy, ¿quieres servir a la revolución?

—Sí quiero —respondí—. Pero dime antes una cosa: ¿esa revolución vendrá?

—¡Vendrá! Para ti es condición indispensable que la revolución venga. Adoras el hecho, no la idea... No puedo responderte. Puede venir y no puede venir. Eso dependerá de este, del otro, de mí, de los demás, de ti mismo, de todos reunidos. Si hacemos tonterías, ¡cómo ha de venir la revolución!

—Lo preguntaba porque eso es muy importante. Don Antonio Ugarte, uno de los hombres más listos y de mejor ojo que hay en España, me ha asegurado que la revolución vendrá.

Al decir esto, la idea del puesto que me habían negado en el Consejo estaba fija en mi cerebro como la marca de un hierro encendido. Me quemaba.

—¡La revolución viene, la revolución viene! —proseguí sintiendo en mí una especie de voz interior que así me lo decía—. Lo conozco, lo adivino, lo veo, amigo Monsalud, en la atmósfera que nos rodea, lo veo en la cara misma de los palaciegos. Es un hecho inevitable, lógico. La revolución viene, como viene el día después de la noche. Todo lo anuncia, ilustre amigo. Hasta los pájaros cuando cantan dicen «revolución.»

—Esto te infundirá valor y aliento. La revolución no suprimirá los destinos... por eso tu acción tiene poco mérito. Pero en fin, quieres ser de los buenos, y el sistema adoptado es recibir a todo el mundo, venga de donde viniere. Ahora voy a cogerte por la palabra, para que no te arrepientas de aquí a una hora. ¿Puedes salir conmigo esta noche?

—¿Por qué no? Vamos a donde quieras.

—Es muy cerca; no andaremos mucho.

—Mi capa, mi sombrero... ¡Blas!... pero ¿es posible que este sencillote criado mío esté también vendido a la masonería?

—En cuerpo y alma. Ahora, ciudadano Robespierre —me dijo con donaire—, convendría que tomásemos algo. Quizás tengamos que estar en vela toda la noche. Has de saber que no carezco de apetito: es imposible que en la casa de un hombre que ha servido en tan altos puestos no haya a estas horas excelentes fiambres.

—Todo lo que quieras. ¡Blas, Blas!... Este tunante masón no viene.

Al fin apareció mi criado, al cual no pude mirar sin rencorosa prevención, considerándole traidor, y nos sirvió un bocado confortativo. Mientras comía, meditaba yo sobre aquel nuevo giro que tomaban mis ideas, sobre aquel nuevo camino que emprendía mi actividad.

—Es preciso —me dije para mí— que en este mundo desconocido en que ahora entro procure desde el primer instante disipar los recelos que mi presencia pudiera despertar. Cuidadito, Pipaón, con mostrar tibieza o indiferencia, aunque veas toda clase de extravagancias y locuras. Un celo excesivo y un entusiasmo demasiado ardoroso, no serán tampoco el mejor sistema. Tomemos por modelo al maestro don Antonio Ugarte. Conviene, pues, adoptar una actitud intermedia, poner cara en cuyas facciones se asocien artística y noblemente el entusiasmo y la dignidad, la templanza del gobierno y la energía revolucionaria... Mi papel es el de un honrado república que, comprendiendo con dolor la incapacidad del absolutismo para gobernar a los pueblos, se acerca grave y triste, pero resuelto a la revolución y le ofrece sus servicios, porque sería lamentable que la revolución, si algo hace, lo hiciera sin él... Animo y disimulo. Seguro estoy de que al poco tiempo de estar en la conspiración, me encontraré tan a mis anchas como en la camarilla de Su Majestad a los dos días de ingreso...; seguro estoy de que mi sutil travesura volverá lo de arriba abajo y lo de abajo arriba, en esas escondidas sociedades que voy a visitar... Seguro estoy de que al poco tiempo de mi feliz iniciación, armaré más líos y enredos que vio Creta en su famoso laberinto, y de que no pasarán muchos meses sin que traduzca en provecho propio las tenebrosas artimañas de estos caballeros y mi novel liberalismo. ¡Lo haré sin remedio lo haré! ¡Ay!, me conozco como si me hubiera parido.

XV

—¿Duermen todos en la casa? —me dijo Monsalud cuando el reloj de *cucú* que exornaba mi sala dio las diez.

—Sí —repuse—, mas para salir nosotros, poco importa que duerman o no... Mayormente, señor brujo, cuando ahora vamos a escaparnos por una grieta misteriosa abierta en la pared o por el cañón de la chimenea de la cocina. Vamos, haz la invocación y vendrá un señor gentil-hombre del Tártaro a abrirnos paso.

—Tú puedes hacer la invocación —dijo Salvador poniéndose la capa.

—¿De qué modo?... ¿Llamo al Demonio?

—O a Doña Fe, que es lo mismo.

—¡Doña Fe! ¡Señora Doña Fe!

Mis gritos se perdían en las soledades de la casa sin hallar respuesta; pero al fin un eco de ellos pudo llegar a las orejas de la dueña.

Y en verdad fue como si el mismo Lucifer apareciera justificando la broma de nuestra demoníaca evocación y brujería, porque había que ver la fealdad de mi doméstica, soñolienta y amarilla la faz, cerrado un ojo mientras revolvía el otro en todas direcciones, cual si ambos se concertaran para turnar en sus funciones, acordando que durmiera el uno mientras el otro veía. Sin ser vieja, Doña Fe tenía en su desagradable semblante una especie de decrepitud sin respetabilidad, mientras el peinado con pretensiones de elegancia y la escofieta picuda la hacían bastante ridícula. Dando al viento la destemplada y bronca voz, dijo al llegar a mi presencia:

—De morir tenemos.

—Ya lo sabemos, señora —exclamé con ira—; ya lo sabemos. ¡Maldita sea usted y toda su casta! Ya he descubierto que está usted engañando a su amo, que abre usted la puerta de mi casa a hombres desconocidos... porque si ahora ha querido Dios que metiera usted a un amigo, otra vez podrán ser asesinos y ladrones... Señora Doña Fe, mañana mismo se pone usted en la calle.

—Todo sea por Dios —dijo la dueña con calma imperturbable—. El padre Beraza me dijo que, haciendo lo que he hecho, servía a Dios.

—Ya, ya ajustaremos cuentas. Respóndame usted. ¿Duerme el señor de Baraona?

—Sí señor.

—¿Y la señora Doña Jenara?

—También parece que duerme.

—Bueno; retírese usted.

—No, que va a ir delante de nosotros.

—¿A dónde?

—A enseñarnos el camino y abrirnos la puerta.

Doña Fe salió de mi cuarto, y tras ella Monsalud, y tras Monsalud, yo, sin comprender a dónde íbamos, viajero errante y extraviado dentro de mi propia casa.

Atravesámosla toda hasta llegar a un sitio próximo a la cocina, donde estaba la puerta de una escalera que bajaba al patio colindante con el jardín de la casa inmediata. Como aquella salida no tenía comunicación directa con la calle, habíala yo condenado al entrar en la casa, clavándola fuertemente. Sorprendiome mucho verla desclavada y practicable, y juré en mi interior tomar al siguiente día venganza pronta y ejemplar de Doña Fe. Por entonces no dije nada, y cuando Salvador mandó a la dueña que abriese, y esta obedeció, salimos y bajamos los tres.

—¿Para qué necesitamos ahora a esta infame bruja? —pregunté a Salvador.

—Ya verás —replicó Monsalud.

Llegamos al patio lóbrego, destartalado y profundo, cuyas humedades e inmundicias criaban en distintos sitios algunas yerbas raquíticas y arbustos tristes. Uno de sus cuatro lados era una tapia que limitaba el jardín inmediato, cuyos elevados árboles secos traspasaban el espacio de sus dominios para invadir los míos, y alguno de aquellos alargaba sus dedos flacos, desnudos y ateridos hasta tocar los cristales de mi comedor. En los otros lados había varias ventanuchas y puertecillas, tapiadas todas menos una, que se decoraba con media docena de cristales rotos y una fechadura tomada de viejísimo orín. Doña Fe golpeó con su mano en uno de los cristales; viose al través de ellos una luz, y al poco rato se abrió la puerta del modo más natural posible, sin que precedieran al acto ni fétido olor de azufre ni aullidos de demonios bufones.

La comunicación abierta dio paso a un anciano robusto, guapo y sonrosado, cuya alegre fisonomía no me era en verdad desconocida. Al vernos se sonrió con la franqueza propia de los tunantes hechos a la farsa y engaños de la vida; rascose una oreja, dejando caer sobre la sien contraria el sombrero anticuado y mugriento con que cubría su hermosa cabeza cana, y después nos hizo un saludo tan cortesano y fino como el de un diplomático.

—Sean bienvenidos sus mercedes.

—Señor Mano de Mortero —dijo Doña Fe, mostrando un cazuelo de comida que en la mano traía—. Ahí tiene usted lo de hoy.

—Venga acá —repuso el gallardo y festivo viejo, dando un paso fuera de la puerta—; venga esa bendición de Dios. Pero ¿qué hacen estos caballeros que no pasan adelante?

Franqueamos el estrecho umbral; desapareció Doña Fe, perdiéndose en la oscuridad del patio; cerrose la puerta y nos hallamos en una ancha habitación de techo abovedado, cuyo aspecto, sin tener nada de sobrenatural, ni de infernal, ni aun de extraordinario, me dejó suspenso y estupefacto. Los cuatro testeros de la tal pieza apenas tenían superficie para tanto trebejo roto y sucio, para tanto cachivache como en ellos había acumulado una mano diligente y allegadora. Prescindiendo de los muebles de uso diario, parecía una prendería del peor género: había sillas de montar, enteras unas, despedazadas otras; cajas de violín, frenos y herrajes de caballerías, artesas rotas, copas de cobre que llevaron lumbre y ora llevaban polvo; armarios que fueron sepulcro de ejecutorias y eran ya depósito de clavos, hebillas, tenedores, pesas de reloj, garfios, badilas, espuelas, llaves, tinteros de cuerno, tacones de palo, asadores, cucharas, lancetas, tabaqueras, tenacillas, peines, dedales, piedras de chispa y otras mil y mil baratijas de diferentes edades y sexos, que habían servido para diversos usos de la vida.

Por aquí y allí, colgadas unas, en pie otras, puestas de costado o boca abajo, se veían multitud de imágenes, Dolorosas con el pecho traspasado, Josés con vara, Migueles con demonio, Santiagos a caballo, Roques con perro, Antones con cerdo, Pedros con llaves y Lorenzos con parrillas; toda la Corte celestial en suma. Pero entre tanta arrinconada santidad, solo una Virgen del Rosario tenía los honores del culto. Puesta en una especie de altarejo muy singular, adornado con no sé qué estrambóticos fragmentos (entre ellos las roscas de una trompa y la placa dorada de un morrión de la guardia), tenía delante algunas flores de trapo y a los lados algún resto mocoso de velas de cera.

Vi en el ángulo oscuro una cama de no mal aspecto. También había diversas suertes de armas, tales como espadas, las más sin punta, sables de guardia, algún coselete que debía de tener memoria de Roldán, y además pistolas que habían roto el fuego, pero que no tenían más que la intención, un mosquete, y la más variada colección de trabucos que he visto en mi vida. Entre los muchos objetos pacíficos que en los rincones y paredes distinguí, tales como velones, candeleros, platos de metal, braserillos y loza de china, creí reconocer alguna pieza de mi pertenencia que había desaparecido de mi casa, sin que nadie pudiese averiguar quién cargara con ella; pero me callé y seguí observando.

Lo que más llamó mi atención fue una especie de banco de taller, donde había multitud de figurillas, al parecer juguetes de niños; caballitos, títeres que movían brazos y piernas con articulaciones de alambre; panderetas, nacimientos, instrumentos rústicos, dominguillos, peonzas y otras zarandajas, muchas de las cuales estaban por concluir o a media pintura, entre tarros de almagre y toscas herramientas.

Ocupaba el centro de la habitación una mesilla de zapatero y junto a ella un asiento agujereado, del cual parecía acabar de levantarse el Mano de Mortero, y veíanse a un lado y otro suelas y tacones, con multitud de gruesos zapatos negros y chinelas juanetudas, pero nada de obra nueva.

—¿Qué tal? ¿Se trabaja mucho? —preguntó Monsalud al anciano, que, sin dejar la lámpara de la mano, se disponía a ser nuestro guía.

—Estoy echándole medias suelas al señor Definidor —repuso con desdén—; poca cosa, señor. Si no fuera por lo que cae...

Diciendo esto, dirigió una mirada orgullosa y magistral a los innumerables chirimbolos que en toda la redondez del cuarto se veían. Los miró como mira un general su ejército.

—¿El señor es el amo de Doña Fe? —dijo después, mirándome con impertinencia—. ¡Ah! ¡Doña Fe!... ¡Excelente señora!... ¿No se le ofrece a usted alguna cosilla? También hago juguetes. Si tiene usted niños...

—Veo que guarda usted una buena colección de... preciosidades.

—Yo... Recojo todo lo que encuentro.

Se había puesto las manos en la cintura, y con el sombrero sobre la ceja ofrecía la más rufianesca y cómica apariencia que puede imaginarse. Yo conocía a aquel hombre; pero la perplejidad en que me encontraba era gran estorbo para mi memoria.

—¿Quieren ustedes pasar allá? Pues vamos —dijo Mortero, tomando su linterna.

Cuando esto decía, habíamos salido Monsalud y yo, y nos internábamos por un largo callejón oscuro, que no tenía nada de agradable como paseo. Iba el viejo despacio, por no permitirle sus piernas mayor actividad, y Salvador y yo teníamos tiempo para recrearnos en las contorsiones y horribles gestos que hacían nuestras sombras bailando en la pared a medida que avanzábamos. Según los movimientos de la linterna de Mortero, corrían aquellas, anticipándose a nosotros, y desde lejos nos miraban, aguardando a que pasáramos para unírsenos de nuevo: otras veces se quedaban atrás, y luego en tropel corrían jugando para tomarnos la delantera.

Llegamos a una puerta, que empujó el anciano, y yo creí que por ella salíamos al aire libre. Pero mi sorpresa y mi pesadumbre fueron grandes cuando vi que, en vez del libre espacio, se extendían ante mí negras bóvedas de ladrillo, cuando en lugar de subir, bajamos una escalerilla que si no conducía al Infierno, llevaba cuando menos a las antesalas de este.

—Pero ¿a dónde vamos? —pregunté bastante inquieto—. ¿No hemos bajado bastante todavía? ¿Esto es el Tártaro o qué es?

—Chitón —dijo Monsalud sonriendo y poniéndose el dedo en los labios.

La escalera no era muy larga; pero tan estrecha que sin cesar me iba aporreando la cabeza contra la bóveda de ella, haciendo de camino gran acopio de telarañas.

—Estamos en plena novela, amigo Salvador —dije librando mi rostro de aquellos cendales—. ¿Qué demonios es esto? ¿Está tu logia en el centro de la tierra?

Salvador sonriendo de nuevo, repitió:

—¡Chitón!

Habíamos entrado en un vasto recinto abovedado, que se extendía considerablemente sin que la vista alcanzase a divisar el fin, dividido por arcos de ladrillo desnudo. A un lado y otro, la escasa luz de la linterna permitía distinguir multitud de objetos cuya forma no se apreciaba claramente. Más que el objeto mismo, veíase la sombra de ellos; disformes masas que se abrazaban unas a otras, o se repelían, formando un conjunto semejante al de un gran montón de ruinas en la penumbra de una noche de Luna.

Salvador se detuvo y, poniéndose ante mí, me dijo:

—Bragas, estamos en los calabozos de la Inquisición.

XVI

Sentí que la sangre se me trocaba en hielo, los cabellos se me pusieron de punta y por breve rato estuve sin respiración. Mi primer impulso, cuando pude tener impulso, fue buscar con la vista un hueco por donde echarme fuera de allí. Mi mayor confusión consistía en no poder asociar estas dos ideas: la Inquisición y el señor Mano de Mortero.

—No te asustes —dijo Monsalud—; aquí estamos tan seguros como en tu casa. Después de todo, esto no es tan feo como parece desde arriba.

Acudió en tropel a mi mente todo lo que había oído, visto y leído referente al temible tribunal. Aquel solitario y lúgubre sitio en que me encontraba desmentía un poco con su silencio y abandono las ideas de espanto que invadieron mi cerebro, porque ni se oían lamentos, ni se veían los humanos cuerpos arrastrando cadenas sobre el ensangrentado suelo. Con todo, aquel lugar, bastante pavoroso por sí, lo era mucho más desde que la fantasía lo asociaba a la tremenda Inquisición. No podía uno menos de considerarse sepultado allí. No bastaba que la razón dijera: *estoy libre*; el corazón se sentía estrechado por una mano de bronce, y el cuerpo se reconocía cobarde hasta para huir.

Era imposible dejar de ver en los indefinidos objetos que obstruían el paso horribles aparatos de tormento, que, como manos ávidas, alargaban sus garfios para agarrarle a uno las carnes; era imposible dejar de ver en movimiento toda aquella maquinaria infernal, y los apagados hornillos encenderse, cual miradas del Infierno, ascuas que resplandecían contemplando y llamando a sus víctimas; y los tornos girar, zahiriéndolas con su irónico chirrido, semejante a pullas de vieja; y los potros estirarse, deseosos de descoyuntarse a sí mismos mientras no les dieran cuerpos humanos que desbaratar; y abrirse las cajas, murmurando un gruñido sordo, como bostezo de Satanás, para cerrarse luego, tragándose un cuerpo humano palpitante aún de rabia y dolor. Era imposible dejar de ver brazos amenazadores, escuetas figuras de angustia, semblantes doloridos, luengos trajes negros y garabateadas dalmáticas de ignominia, monteras de papel llenas de gatos y diablillos pintados, y horribles caperuzas sin rostro, con dos agujeros por donde asomaba la Suprema sus insaciables ojos, buscando la herejía.

Al cabo de un rato de observaciones, distinguí varias puertas a un lado y otro.

—¿Son esas las mazmorras donde están los presos? —pregunté a mi amigo.

—Mazmorras son; pero no hay presos.

—¡Que no hay presos en la Inquisición!

—No: esto es ya una broma, un cachivache histórico que solo asusta a los niños de teta. Los dos o tres presos que hay están en el piso segundo, y se pasean por los corredores tomando el Sol.

—¿Y estos instrumentos de suplicio?

—Tú ves visiones: aquí no hay nada que sirva para dar tormento —dijo Monsalud, dando un puntapié a una caja vacía que retumbó con lastimero acento—. ¿Ves esto? Pues es una caja de botellas de vino.

—Desechos de la comilona que tuvieron el otro día los señores —dijo Mortero.

—¿Y aquellos maderos que allí se ven? —pregunté señalando unos palos en cruz, cuyo aspecto me parecía el más siniestro que se podía imaginar.

—Es un catre de tijera colocado patas arriba.

—¿Y aquello que luce y parece metal?

—Un brasero viejo.

—¿Y aquello que tiene cadenas y unas como pesas?

—La garrucha vieja que estaba en el pozo del patio grande —repuso Mortero.

—¿Y aquel cilindro horrible?

—Un tambor que servía al pregonero de la Bula.

—¿Y aquella argolla enorme?

—El aro de una pandereta con que jugaba en las Pascuas del año pasado el niño del conserje.

—Por allí veo unas al modo de mandíbulas, que parece se van a comer a todo el género humano.

—Si es un fuelle viejo sin cuero.

—Y una caperuza.

—Fue la que me puse el Carnaval pasado.

—Algunos cachivaches de tormento deben de quedar aquí —dijo Monsalud.

—Pero están hechos pedazos y cada pieza por su lado —repuso Mortero—. Yo cojo todos los días madera y hierro para remendar las guitarras, y hacer obra nueva. Si no fuera esto no tendría materiales para la juguetería... Hago caballitos, nacimientos, peonzas, aros, ballestas y mil diversiones para los niños... Lo que servía para atormentar se lo llevaron hace poco a la cárcel de la Corona en la calle de la Cabeza... lo pidieron las comisiones de Estado... Lo que ahí queda, entre los ratones y yo lo acabaremos.

Después del temor que yo había experimentado, sufrió mi alma una transición notoria: un vivo sentimiento de lo cómico se apoderó de mí. Produjo estos efectos la disparidad que resultaba entre el terrible tribunal, como la mente lo concebía, y la grotesca realidad de sus calabozos; pero lo que principalmente había enfriado de súbito mi terrorífica excitación, era la voz, el gesto, la figura del miserable viejecillo, cuya persona en aquellas oscuridades inofensivas se asociaba al siniestro *exurge domine*. Era aquello como el despertar en sainete después de haber soñado tragedias. Como alta torre que se desploma, así cayó ante mis ojos el tremendo aparato fantástico de la Inquisición de Corte, y roto el negro capuchón, aparecía desnudo el vil mamarracho, cuya grotesca risa más inspiraba desprecio que horror.

—Pero ¿usted quién es?, ¿qué hace usted aquí? —pregunté a Mortero sin poder refrenar mi curiosidad.

—Yo barro las salas bajas —respondió—, limpio el patio, hago recadillos a los señores, les arreglo el calzado, subo agua, voy por una onza de rapé, saco a paseo los niños del conserje, y remiendo y compongo los sillones, las cajas, las mesas y la estantería del archivo.

Mirándole y recordando al fin su historia, no pude menos de echarme a reír. Era un antiguo chalán del Rastro, contrabandista y capitán de matuteros, gran maestro de las tomadoras del dos y hombre de empuje para todas las empresas difíciles[3]. Puestas a un lado las armas, cuando con la edad se acabaron a nuestro héroe las fuerzas, se dedicó al comercio de las Américas, o sea, el tráfico del Nuevo Mundo; que estos nombres tienen hacia el Sud de Madrid las industrias de compra y venta establecidas en la Ribera de Curtidores. Mano de Mortero tuvo mala suerte. Parece que la justicia dio en decir que el almacén de aquel varón insigne se abastecía del hurto, teniendo por principales acopiadores a todos los ladrones de la Corte.

¡Infame y vil calumnia! Víctima de ella, el pobrecito Mano de Mortero hubiera sido indignamente perseguido sin la caritativa intervención de los padres de la Merced que le tenían particular afecto; y no solo le libraron estos de las execrables garras de la justicia, sino que lograron colocarle en un puesto humilde, pero honroso, dependiente de la conserjería de la Inquisición de Corte. El sueldo era casi una limosna; pero Mortero era Mortero y se las ingeniaba en aquellas profundidades. Llevó toda su hacienda al lóbrego departamento que le destinaron y no le faltaban industrias que ejercer. ¡Extrañas anomalías del siglo! La casa de la Inquisición ofrecía un refugio al inválido de la matutería, al insigne Aquiles retirado de las epopeyas del contrabando, al atleta de las luchas con la autoridad civil. Cuando le

---

3   Véase *Napoleón en Chamartín*. Primera Serie, tomo 3.º. (N. del A.)

hacían notar esta coincidencia singular y el amparo que recibía en su vejez, decía sonriendo:

—Buenos barriles de vino les he regalado en mis buenos tiempos. No volvía nunca a Madrid de mis viajes sin traerles la sarta de chorizos, la pieza de cotonía inglesa, el jamón de Portugal o las docenas de pañuelos del Bearn...

La Inquisición no era muy escrupulosa en aquellos tiempos para elegir el bajo personal que le servía. Todo el mundo sabe que cuando la de Murcia se encargó de los presos políticos después de fracasada la intentona de Torrijos en 1817, tenía por carcelero a *un gitano*. Fácil fue a los conspiradores que no habían sido puestos a la sombra, salvar de la prisión a sus compañeros. La respetable persona que los guardaba hizo lo que puede suponerse. El historiador que se ocupa del gitano, dice que en Madrid *no estaba la Inquisición mejor servida que en Murcia*; pero no nombra al insigne Mano de Mortero, sin duda porque este gitano era más oscuro y subterráneo que el de Murcia. Lo que sí dice es que *ciertos conspiradores habían encontrado medio de penetrar en la Inquisición desde una casa cercana*, a la cual por el mismo camino, vamos a pasar ahora Monsalud, yo y mis lectores, si quieren por entre estas tinieblas seguirme.

Pronto dejamos las bóvedas de la Inquisición, subimos otra escalera, pasamos a un patiecillo, donde despidiéndonos cordialmente nos abandonó el señor Mano. Salvador llamó a la puerta que allí se veía, y abierta por un hombre de aspecto común, nos encontramos en una casa, en una verdadera casa, como todas las que habitamos los hombres. Me parecía mentira que estaba ya fuera de la región de oscuridad y miedo.

—Aquí se respira, aquí se vive —dije a Salvador.

Después de atravesar varias piezas, llegamos a una en que había varios estantes con libros, mapas, planos, esferas geográficas y otros objetos que convidaban al estudio.

—¿Pero estamos en una academia? —pregunté—. Hemos pasado de la Inquisición a los libros... ¡Cuán cerca están el gato y el ratón!

—¿No ha venido nadie? —preguntó mi amigo al hombre que nos guiaba.

—Sí señor —repuso este—. Allá están los señores López Pinto, Infante, Zorraquín y media docena de paisanos.

—¿Pero en dónde estamos? —pregunté con viva curiosidad cuando nos dirigíamos al sitio que el portero, criado o lo que fuese designó simplemente con la palabra *allá*.

—¿No has oído decir que Su Majestad nombró en 1814 una Comisión de oficiales del ejército, para que escribiese la*Historia de la guerra de la Independencia*?

—Sí. Dicen que la obra está atrasadilla.

—¿No sabes que se dio a la Comisión un edificio de Mostrencos para que en él se reuniese, y con todo recogimiento y comodidad pudiera dedicarse a sus trabajos?

—Sí, en la calle de la Flor Baja.

—Pues en esa calle y en el edificio de la Comisión estamos. Solo que los señores oficiales...

—En vez de dedicarse a escribir, se dedican a conspirar. También lo había oído decir. Pero hace poco, ¿no se disolvió la Comisión?

—Sí; pero ellos conservan las llaves del edificio y se reúnen aquí algunas veces. Has de saber que esto no es logia masónica; es una junta de patriotas. La iniciación es sencillísima, y basta ser presentado por cualquiera de nosotros.

—Pero esta reunión... ¿cómo la tolera el Gobierno?

Monsalud alzó los hombros.

—Yo creo que el Gobierno tiene noticia de ella; pero el Gobierno está también minado, como está minada hasta la misma Inquisición.

—Por cierto que no acabo de explicarme...

—A poco de frecuentar esta casa, descubrieron algunos que, haciendo una pequeña obra, se podía pasar fácilmente por los sótanos del edifico al cercano de la Inquisición. El arquitecto de estas viejísimas casas previó la confusión que había de venir con los tiempos nuevos y el trabajo socavador de las ideas que por todas partes se meten y toda histórica muralla horadan. Logramos seducir primero a dos o tres empleaduchos del Tribunal, y por último al conserje mismo. Hasta se me figura que algún inquisidor debe de tener noticia de que solemos pasar allá y revolverles un poco el archivo, pero no se atreve a decir nada, porque nos tienen miedo.

—¡Miedo los inquisidores!

—O simpatía... también puede ser. La Inquisición es hoy una cosa que se aburre, un instituto infinitamente fastidiado de sí mismo. Sus procesos son un bostezo. Si en los Tribunales de provincia se conserva bastante rigor (testigo de ello, mi madre), el de Corte es una decrepitud lela, un aburrimiento, como te he dicho, que anuncia la paralización del sepulcro. Nos burlamos de este perplejo estafermo, que se duerme con el azote en la mano. El tunante Mortero, convirtiendo en juguetes para la industria los instrumentos de suplicio, te dirá más que todos los razonamientos. Por cierto que no se ve tipo más truhanesco que este antiguo chalán del Rastro, a quien la Inquisición ha dado asilo en su casa. Una noche estaba yo en la habitación de él admirando sus industrias y oyéndole contar graciosas historias, cuando vi entrar a doña Fe. Mientras nosotros ganábamos al buen gitano, este había explorado la vecindad y héchose amigo de tu sirvienta. Los dos se entendían admirablemente. En prueba de ello, busca bien en tu casa y encontrarás no pocos platos de menos.

—Ya lo he notado.

—Comprenderás que sentí curiosidad y deseos de entrar en tu casa, y que, dado el carácter de Doña Fe, no me fue difícil conseguirlo.

—Tú mismo me dejaste el papel... ¡Si supieras qué rato me hiciste pasar...!

—Esta noche entré como has visto y por los motivos que ya sabes. Vine aquí después del lance ocurrido en mi casa, y hallándome en esta misma sala, lleno de confusión, perplejidad y amargas dudas, resolví hacerte una visita. Ya ves cuán fácil y natural explicación tiene lo que a ti te ha parecido efecto de masónicos conjuros. No tengas por masones a Doña Fe y al criado que ella misma te propuso; tenlos por dos grandes tunantes; échalos a la calle y cuida mejor las puertas de tu casa.

—¡Vive Dios, que has hablado como un libro! Ahora dime qué vamos a hacer aquí, y con qué clase de gente tenemos que habérnoslas.

—Ya te he dicho que esto es una reunión de patriotas pura y simple, no una logia masónica. No esperes nada misterioso ni formulario. Eso lo hay en otras partes; pero la revolución es tan urgente y tiene tanta prisa, que ha dejado a un lado los floretes para tomar las espadas.

—Pues adelante; entremos.

XVII

Pasamos a una pieza grande, mejor amueblada que alumbrada, en la cual había hasta diez personas. Algunas de ellas revelaban claramente su profesión militar, aunque no tenían uniforme. Hablaban en alta voz con gran algazara. Cuando Monsalud me presentó a ellos, diciendo mi nombre y apellido con la añadidura de los cargos que había desempeñado, callaron todos, y no se oyó más que un murmullo. Creeríase que mi nombre había caído en la reunión como un jarro de agua en brasero encendido.

Pero el que llamaban Zorraquín, que parecía tener cierta superioridad sobre los demás, se dignó hablarme con benevolencia.

—Las adhesiones de personas importantes que cada día recibimos —dijo con petulancia—, prueban que el absolutismo se desmorona.

—Hemos llegado a un punto —repuse—, en que es indispensable tratar de una revolución en el Gobierno. Yo no valgo nada. Usted me favorece demasiado... Doy a usted las gracias...

Y luego para mi capote añadí:

—(¡Cuatro tiros te daría yo de buena gana, tunante!)

—Eso lo reconocen todos los hombres de talento —dijo otro de los presentes.

—Yo mismo lo vengo sosteniendo —indiqué—. Público es y notorio que he aconsejado a Su Majestad... Pero a ese pobre señor... A ese pobre señor le han puesto una venda en los ojos, y es muy difícil arrancársela. La corte debiera comprender su interés y transigir con ustedes.

Y para mis adentros añadí:

(¡Qué bien os vendría un par de carreras de baqueta a cada uno!)

—La cosa ha llegado a tal extremo —dijo el que nombraban López Pinto—, que ya son contados los personajes importantes que no están dispuestos a ayudar a la revolución... Pero vamos a lo positivo, y ocupémonos de lo que nos ha reunido aquí. ¿Cómo es la gracia de ese señor?

Yo di mi nombre, y lo apuntaron.

—¿Quién responde del señor Pipaón?

—Yo respondo —dijo Monsalud—. Pero siguiendo la costumbre, se extenderá un acta y él la firmará.

Maldita la gracia que me hacía poner mi nombre y rúbrica al pie de un compromiso revolucionario; pero me acordé de las amonestaciones de don Antonio Ugarte, y eché mano a la pluma. En el documento constaba que, admitido yo a la reunión y hecho partícipe del objeto y plan de ella, me comprometía a cooperar en la obra revolucionaria. Firmaban cuatro además del presentado y del presentador, y aquella hoja se unía al cartapacio que uno de los militares llevaba siempre consigo.

Encabezaba el cuaderno una declaración importantísima, punto capital del programa revolucionario, y era que aquellos señores y yo, desde tal momento, prometíamos hacer todos los esfuerzos imaginables para derrocar el absolutismo y restablecer la Constitución de Cádiz.

(Antes os derrocaría yo la cabeza —dije para mí mientras firmaba, decorando mi faz con una sonrisilla.)

Con tan breve fórmula quedé armado caballero de la caballería demagógica, sin más petada ni espaldarazo. Esta sencillez patriarcal no dejó de llamarme la atención. Zorraquín me dijo:

—No todos los personajes importantes que se abrazan a la revolución, tienen el valor de venir aquí. Muchos hay que trabajan desde sus casas, en el mismo Palacio y en los Ministerios. Parece seguro —añadió, bajando la voz —que el señor Lozano de Torres es nuestro.

—Esta mañana le vi —dije yo—, y no sé por qué me pareció un poco inflamado de ardor revolucionario.

—Es indudable que esta noche deja de ser ministro.

Empezó a entrar gente, y bien pronto la sala estuvo tan llena, que hacía allí un calor sofocante. La animada conversación, las preguntas de fuego sostenían también una elevada temperatura moral. Sorprendíanse algunos de verme allí, y por mi parte no volvía de mi asombro al ver en tal sitio a ciertas personas. Aquello tenía todo el aspecto de un club, y no parecía que nos reuníamos para tratar una cuestión concreta, sino que nos congregaba el deseo de desahogar por la vía oratoria las pasiones políticas. Eran oídos los que más gritaban, y en ciertos momentos todos hablaban a la vez, resultando que ninguno podía ser escuchado. Yo había resuelto hacerme notar desde el primer momento, y como repetidas veces me manifestaran deseos de que dijese alguna cosa, me subí sobre un banco, y con gesto académico y cara sentimental, me expresé de este modo:

—«Señores: Voy a hablaros con toda la franqueza propia de mi carácter... porque yo llevo siempre el corazón en los labios; yo no conozco el disimulo; soy un hombre que hasta en sus defectos (pues tengo muchos, dicho sea sin modestia) lleva el sello de la más pura lealtad... Señores, faltaría a esa misma lealtad de que blasono si yo viniera aquí ahora haciéndome pasar por liberal de toda mi vida, cantando himnos a la Constitución y apostrofando al absolutismo. Si eso se me exigiera por la misma puerta por donde he entrado me marcharía, con el corazón lleno de amargura, pero con la conciencia tranquila. *(Bien, bien.)*

»No; yo no puedo presentarme aquí alardeando de servicios prestados a la causa constitucional, ni afectando un entusiasmo tardío. Quédese eso en buen hora para los que se vuelven siempre al Sol que más calienta, para los que adoran el triunfo, cualquiera que este sea. Yo diré más, señores: yo levantaré ante vosotros, hombres honrados y leales, mi cabeza humilde, pero honrada también, y diré: "Señores, he sido absolutista; he servido al Gobierno absoluto; me he honrado con la amistad de mi Soberano, a quien desde aquí respetuosamente saludo". Diré más aún; diré: "Yo he trabajado contra la revolución; he procurado atajarla por cuantos medios estaban a mi alcance". Pues bien, señores, esta franca declaración mía, ¿no es una garantía de mis intenciones? ¿No prueba que no soy un aventurero? ¿No indica claramente que traigo aquí ideas de rectitud, de buen proceder, y sobre todo del más puro patriotismo y lealtad? *(Sí, sí.)*

»Pero los que me escuchan dirán: "¿Cómo este hombre, que ha servido al absolutismo, viene a servirnos ahora a nosotros?". Se hablará de defección, de inconsecuencia, de falta de lógica. No, señores, no, y mil veces no. Yo he visto el abismo a que es rápidamente conducida la Nación por hombres perversos; yo veo los graves, los hondos, los inmensos males de la patria; veo a la corte desbocada, digámoslo así, por un carril de males; la veo tocando ya al término de la perdición, de la ruina. Hago esfuerzos para salvarla, y no puedo; quiero detenerla, y me atropella; le grito, y no oye. ¿Qué hacer, señores, qué hacer? ¿Cruzarme de brazos y contemplar con fría imperturbabilidad el desdoro y la destrucción de mi patria? ¿Encerrarme en mi egoísmo, no ver más que mi propia persona y dejar que la revolución y el absolutismo se despedacen en feroz encuentro? ¡Oh!, no, señores, y mil veces no. Los que tenemos un corazón que nace al dulce nombre de la patria; los que hacemos nuestras las alegrías y las penas de la tierra en que hemos nacido, no podemos proceder de esa manera. Una voz dolorida suena en nuestro cerebro, y el corazón palpita al representarse las angustias de la patria agonizante. Bendita seas una y mil veces ¡oh patria generosa, bella y desdichada! ¡Bendita seas, y malditos los que no estén prontos a derramar por ti la última gota de su sangre! *(Emoción general.)*

Tuve que detenerme, porque yo también me conmovía y la voz se ahogaba en mi garganta.

—Perdonadme, señores —continué, reponiéndome y pasando el pañuelo por mis ojos—; perdonadme si mis palabras desdicen de la gravedad de este lugar, si me dejo llevar de sentimientos... Porque sin quererlo... Casi me he puesto en ridículo. *(No, no; que siga.)* No puedo tratar de ciertos asuntos sin mostrar toda la sensibilidad de mi corazón... Pues decía, señores, que un hombre honrado no puede permanecer tranquilo en presencia de los males gravísimos que todos conocemos. Yo, como otros muchos, he fijado los ojos en la idea que bullía en estos lugares secretos. Por lo mismo que la combatí, reconozco su poder; ¿a qué negarlo? Nadie se atreverá a sostener que la idea liberal es mala en sí; nadie, nadie. Yo mismo, que la he combatido, he dicho, fijaos bien, señores; he dicho que la idea liberal y aun la Constitución del 12 podían ser de provecho en determinado día... Pues ¿quién duda eso? Estableciose el absolutismo cuando era natural y lógico que se estableciera, porque la desorganización nacional, consecuencia lógica de la guerra, exigía una unidad poderosa que amalgamara los elementos dispersos. Pero el absolutismo, entiéndase bien esta idea, que yo he sostenido siempre, no podía considerarse sino como transitorio, como una obra de las circunstancias. Bien claro lo dice el Manifiesto del 4 de mayo de 1814. Pues bien; así como fue natural y lógico establecer el absolutismo, entiéndase bien, señores, ahora es lógico y naturalísimo que el absolutismo cese... No; España no puede continuar por más tiempo siendo una excepción en Europa. No solo Luis XVIII, sino también Alejandro, el autócrata ruso, ha aconsejado a nuestro Rey la adopción de una Carta constitucional. Esto es lógico; los tiempos lo reclaman, el país lo pide a grito herido; porque el país, señores, tiene mejor que nadie el instinto de su conveniencia; y así como aplaudió hace cinco años el absolutismo, aplaudirá después el Gobierno liberal, sabiamente establecido. Y ahora pregunto yo: en estas ideas que he vertido, y que son norma de mi conducta, ¿hay defección, hay inconsecuencia, hay falta de formalidad? *(No, no.)*

»Repito que yo no vengo aquí a proclamarme revolucionario rabioso. No soy ni siquiera revolucionario. Mi sistema político se funda en un orden perfecto, en una concordia preciosa. Gobierno prudente y liberal; reformas sabias; respeto a Su Majestad; orden, mucho orden. Si se trata de escándalos, de disturbios sangrientos, me marcharé por donde he venido, e iré a llorar en la soledad de mi retiro los males de la patria y los errores y la ceguera de mis conciudadanos. *(Muy bien.)* No me pidan manifestaciones calurosas. Trabajaré por el cambio de Gobierno. Trabajaré con ardor y celo, pero sin demostrar esa vana oficiosidad de los que se unen a las revoluciones para desacreditarlas, mientras sacan provecho de ellas. Yo no quiero provecho; yo quiero ser el primero en el trabajo y el último en la recompensa. Quiero ser el último, señores; quiero permanecer en la oscuridad el día del triunfo. El que no se acuerde de mí en dicho día, me hará el mejor servicio que puedo apetecer. Ruego a todos los presentes que no vean en mí más que un hombre oscuro, que podrá equivocarse, que se ha equivocado tal vez, pero que jamás ha fingido sentimientos ni ideas que no sintiera. Con la misma lealtad y franqueza con que expuse antes mis servicios al absolutismo, declaro ahora que creo en el triunfo de las ideas liberales. Yo no engaño, yo no finjo, yo no hago papeles diversos; yo no tengo entusiasmos hoy, frialdades mañana y veleidad y novelería siempre; en una palabra, yo no sirvo a partidos, ni a pandillas, ni a poderes, ni a reyes, sino a la madre que reverencio y adoro, a la patria idolatrada, objeto de todas mis ansias, de todos mis desvelos, de todos mis amores. Fijos los ojos en la patria, exclamo: *Joven libertad, yo te saludo.* He dicho.»

Concluí mi discurso entre señales de aprobación tan manifiestas y calurosas, que, a pesar de estar yo en el secreto, como autor de la pieza oratoria que acaba de leerse, no pude menos de admirarme a mí mismo. Mi discurso, dicho sea sin modestia, era un modelo en ese género resbaladizo, flexible y acomodaticio, que sirve, mediante hábiles perfidias de lógica y de estilo, para defender todas las ideas y pasar de uno a otro campo. Era un modelo en lo que podemos llamar el género de la transición. Yo descubría maravillosas facultades para la política.

Los buenos revolucionarios, al aplaudirme y admirarme irreflexivamente sin reparar mis antecedentes, no hacían mas que cumplir las condiciones inevitables de su carácter, que eran candor y generosidad. La mayor parte de ellos tenían una buena fe excesiva, y abrían los brazos a todo el mundo, viniera de donde viniese. Dejábanse cautivar por los discursos amañados y retumbantes, sin reparar de qué boca salían, dándose el caso aquella noche de que a un hombre como yo le festejaran, considerándole como una esperanza de la joven libertad, a quien ardientemente saludara.

Otros hablaron después que yo; pero no se oyeron más que discursos violentos, sin aquella mesura y espíritu práctico y justo medio y prudencia y pulso que resplandecían en el mío. Yo hablé como hombre de gobierno: ellos como agitadores desalmados. Yo hablé desde un terreno en que fácilmente se podía volver la vista al absolutismo y al constitucionalismo, vistiendo al uno con los trajes del otro, según conviniera; ellos quemaban sus atrevidas naves, declarándose jacobinos. ¡Diferencia notable! El porvenir era mío. Ellos morirían despedazados por sí propios.

Últimamente la reunión se dividió en grupos, y hablaban todos a un tiempo. Yo advertí que Monsalud, Zorraquín y otros habían desaparecido después de mi presentación, sin oír mi discurso, y curioso por saber dónde se escondían, lo pregunté a un señor ex-colector de Espolios que conmigo charlaba.

—Están en la sala inmediata —me dijo—. Esas cabezas de la conspiración deliberan secretamente. Para pasar allí es preciso haber trabajado mucho y servido bien a la causa. Creo que esta noche hay noticias importantes: ya nos las dirán. Se dice que va a salir al momento un comisionado para Andalucía.

Uno que parecía militar de elevada graduación se acercó y nos dijo:

—Se asegura que esta noche misma vendrá aquí por primera vez a inscribirse y a comprometerse don Juan Esteban Lozano de Torres.

—¡Hombre!... ¡Tan pronto!... —exclamé yo.

—Señor de Pipaón, aprendamos a ver claro y a no juzgar a las personas por lo que aparentan. Yo mismo he visto a Lozano en la logia masónica de la calle de las Tres Cruces.

—La verdadera masonería dicen que no es revolucionaria.

—Hay de todo; por ahí se empieza.

—No: no es que yo ponga mi mano en el fuego por la pureza antirrevolucionaria de don Juan Esteban —dije—. Él, como todos nosotros, habrá comprendido que es imposible sostener el absolutismo... Quien no se dejará bautizar fácilmente con estas aguas, amigo, es el señor marqués de M•••, a quien se indica para sucesor de Lozano.

—También lo creo así. El marqués de M••• no será de los nuestros hasta que no triunfemos. Su anticonstitucionalismo consiste en que no cree en la posibilidad de la caída. Allá veremos. Me temo que si entra ese señor en el Ministerio, sea esta la última noche en que nos reunamos aquí.

—Es posible.

—Pero no faltará un agujero. Madrid es muy grande, y la policía, en su previsión incomparable, no deja de simpatizar con las sociedades secretas. Felizmente ahora se han reunido fondos...

—La cosa —dijo el militar, dando a esta palabra (cosa) el sentido revolucionario que siempre tiene en vísperas de trastornos —vendrá esta vez de Andalucía.

—Sí; esta noche misma sale un comisionado para allá. El ejército de la Isla y las tropas que con motivo de la fiebre están acantonadas en las Cabezas de San Juan, serán las que nos saquen de penas.

—Conozco a algunos jefes —indiqué.

—Y yo a todos —dijo el militar.

—¿A Rafael del Riego?...

—De ese no puede esperarse gran cosa. Es un hombre que por milagro de Dios sabe leer y escribir.

—Mucho corazón.

—Regular nada más. En lengua sí le ganan poco. Es de los que más hablan y de los que menos hacen.

De improviso entró en la reunión un hombre a quien yo había visto mucho en Palacio, y que aun en aquella época privaba mucho con Ramírez de Arellano y Villar Frontín.

—Señores —gritó con voz estentórea—, el marqués de M••• es ministro de Gracia y Justicia.

—¡Viva Lozano de Torres! —exclamó uno de los presentes.

—Su Excelencia ha salido desterrado para el castillo de San Antón de la Coruña.

—No podía faltar el paseíto —dijo el ex-colector.

—Ahora mucho cuidado. El señor don Buenaventura nos enviará aquí sus perros. Ya no tendremos un jefe de policía que ampare la reunión.

La conversación se animó. Hubo amenazas, promesas, votos, juramentos y proyectos. Yo me mantenía siempre en una actitud de dignidad y reserva, como hombre amante del justo medio y enemigo de escándalos. Se respiraba allí una atmósfera de pasión que no era la más a propósito para mí y empecé a sentir hastío. Sin embargo de esto, hice aquella noche algunas amistades. ¡Cuántos hombres conocidos encontré allí y con cuántos desconocidos trabé relaciones! Había gran número de personas muy notorias por su probidad, por su honrada vida en el comercio y en la industria; había altos empleados que sirvieron o servían aún con buena nota; liberales exaltados que llevaban en sus manos la señal de las esposas del presidio, revolucionarios frenéticos y templados, hombres de ideas nobles y hombres de acción ruda, personas sencillas las unas, inteligentes y astutas las otras, la violencia y la persuasión, la sencillez y la anarquía. Para que nada faltase, vi algunos que se habían distinguido en los seis años por su absolutismo furibundo. El pan que iba a salir de aquel amasijo, solo Dios lo sabía.

Al fin aparecieron los que se ocultaron al principio de la sesión, y Zorraquín dijo:

—Señores, es preciso que nos retiremos. La entrada del marqués de M••• en el ministerio nos quita toda seguridad, y esta casa puede ser registrada cuando menos se piense. Si el señor Lozano no nos protegía abiertamente, me consta que hacía la vista gorda; es decir, que no quería meterse con nosotros, y perseguía tan solo a nuestros agentes. El *Tigre* no hará lo que el *Zorro* y dirigirá sus golpes a lo alto. Quizás a esta hora estén cambiados los agentes de policía. Precaución, pues, y cada cual a su casa. Se avisará.

Lentamente fueron desfilando todos. Hubo despedidas cariñosas, apretones de mano, promesas, citas particulares para el día siguiente. Todo era concordia y entrañable afecto. Monsalud y yo nos quedamos los últimos. Riéndome, no sé si de mí mismo o de qué, le dije:

—¿Con que soy masón?

—Masón no —me respondió—. La masonería, propiamente dicha, no es revolucionaria, aunque el vulgo y los absolutistas llaman masones a los que conspiran. Ya te dije que esto no es una logia, sino una reunión; lo que en Francia llaman un club.

—¿De modo que no soy todavía masón, propiamente dicho? Pues bien, soy liberal.

XVIII

Y rompí a reír con más fuerza. La revolución individual se había consumado en mí. La segunda casaca, no menos ridícula a mis ojos que la ropilla encarnada de un bufón, pesaba sobre mis hombros.

—Una cosa no me ha gustado Salvador —le dije cuando salimos a la calle—, y es que han tratado ustedes secretamente lo más importante de la reunión. ¿Por qué no había de cooperar yo con mis consejos a lo que se está tramando?

—¿Acabas de sentar plaza y ya pretendes ser general?

—Qué quieres... yo soy así... Pero, ¿a dónde vamos ahora?

—Adonde gustes. Yo tengo que salir para Andalucía al rayar el día, quisiera tomar alguna cosa y descansar un poco.

—¡Ah!, eres tú el comisionado que va a Andalucía —exclamé con viveza—. Dicen que vendrá de allí eso que llaman *la cosa*. ¿Vas a llevarles dinero o instrucciones? Se me figura que de todo llevarás.

—Mucho quieres saber en poco tiempo —me dijo—. Te advierto que nunca he sido indiscreto. Sigue concurriendo a la reunión, muéstrate activo y servicial, y pondrás tus manos en la masa fina.

—Tienes razón, no debo ser curioso. Pero dime tú que estás en los secretos, ¿la revolución vendrá pronto?

—Aunque no tengo la fe ciega de otros, creo que esta vez ha de resultar algo de provecho. Se ha trabajado tanto, se ha llevado el hilo de la conjuración a tantas partes, que a poco que de él se tire habrá movimiento en diversos puntos, y cuando el Gobierno quiera cortarlo, se enredará en él.

—Por lo que veo y por lo que he oído, tú eres de los que más han trabajado en estos líos —dije procurando ganarme toda la simpatía de mi amigo—. Desde la conspiración de Porlier andas en danza, Salvadorcillo, según lo prueba la hoja de servicios que me enseñó Lozano de Torres. ¿Sabes que por mucho que te den el día del triunfo, no habrá bastante con que recompensarte?

—Yo no trabajo por recompensas, amigo Bragas —replicó—; trabajo por una pasión irresistible que me ocupa todo desde que me vi maldecido por mi patria y arrojado al suelo extranjero como una bestia maligna. Esta pasión es la que me impele, es la que me mueve, haciéndome infatigable; la que me hace afrontar todos los peligros y despreciar la muerte, a que mil veces estuve expuesto.

—Yo también tengo una verdadera pasión porque mejore la suerte de mi querida patria. Salvador, entre tú y yo hemos de hacer algo muy sonado.

—Mi ambición y la tuya son muy distintas. Tú has empezado a creer que esto va mal desde que has empezado a perder tu valimiento. Yo he creído siempre lo mismo, y mucho me temo que, aun después del triunfo, sigan pareciéndome las cosas de mi país tan malas como antes. Esto es un conjunto tan horrible de ignorancia, de mala fe, de corrupción, de debilidad, que recelo que esté el mal demasiado hondo, para que lo puedan remediar los revolucionarios. Entre estos se ve de todo; hay hombres de mucho mérito, buenas cabezas, corazones de oro; pero así mismo los hay tan vanos como bullangueros, que buscan el ruido y el tumulto, no faltando algunos que están llenos de buena fe; pero carecen de luces y de sentido común. Yo he observado este conjunto en que se revuelven, sin poderse unir, la grandeza de las ideas con la mezquindad de las ambiciones; he sentido al principio cierto temor; pero después de meditarlo, he concluido afirmando que los males que pueda traer la revolución no serán nunca tan grandes como los del absolutismo. Y si lo son —continuó desdeñosamente— bien merecidos los tienen. Si esto ha de seguir llevando el nombre de Nación, es preciso que en ella se vuelva lo de abajo arriba y lo de arriba abajo, que el sentido común ultrajado se vengue, arrastrando y despedazando tanto ídolo ridículo, tanta necedad y barbarie erigidas en instituciones vivas; es preciso que haya una renovación tal de la patria, que nada de lo antiguo subsista, y se hunda todo con estrépito, aplastando a los estúpidos que se obstinan en sostener sobre sus hombros una fábrica caduca. Y esto se ha de hacer de repente, con violencia, porque si no se hace así no se hace nunca. Ya sabemos lo que son las promesas hechas en manifiesto durante los días de miedo. Aquí se han de romper a hachazos las puertas de la tiranía para destruirlas, porque si las abrimos con ganzúa o con su propia llave, quedarán en pie y volverán a cerrarse.

—Salvador, me espantan tus ideas —dije yo, no pudiendo renunciar a mi papel de sustentador del orden social.

—Pues acabas de comprometerte a defender estas ideas que tanto te espantan. Si quieres que siga gobernando a una Nación como esta el capricho de un Rey o la ambición infame de media docena de lacayos; si quieres que todo el manejo de la fortuna del Reino esté al arbitrio de una mujerzuela o de un palaciego adulador; si quieres que la parte principal de la riqueza del país sea chupada por un enjambre de holgazanes corrompidos, sin ley de Dios ni de los hombres; si quieres que la ignorancia y la barbarie de los pueblos sean ley del Estado, y que se proscriban los libros como una plaga; si quieres que un capellán de monjas más estúpido, aunque menos gracioso que fray Gerundio, ponga su veto a las obras del entendimiento más sublime; si quieres que siga este envilecimiento en que tantos seres viven, gobernados como carneros, y sin saber ni pedir cuenta de su conducta a los que les gobiernan; si quieres que todos los hombres eminentes se mueran de miseria y dolor en los calabozos o en los presidios de África, y que los mejores títulos para escalar las altas posiciones sean aquí la adulación, la bajeza, la nulidad, la ignorancia, la intriga; si quieres esto, Pipaón, ¿para qué has salido de Palacio y has entrado en el club?

—Veo, amigo Salvador —le dije con complacencia—, que has aprendido en la emigración muchas cosas que antes no sabías.

—La desgracia abre los ojos —me contestó—, y la desgracia en países que son una perpetua lección para el nuestro, es la mejor maestra que se conoce.

Tengo fe inmensa en el éxito definitivo de mis ideas; tengo la creencia de que al fin y al cabo triunfarán, y serán tan comunes a todos como son hoy comunes la ignorancia y la ceguera de una gran parte de los españoles.

—De modo que ahora...

—Ahora, si he de hablarte con franqueza, no creo yo que las ideas liberales sean bien comprendidas, ni menos bien practicadas.

—Es decir, que serán una calamidad.

—Hasta cierto punto, sí.

—Entonces los que las predican hacen mal, y los que tratan de establecer el sistema liberal, peor.

—No, porque alguna vez se ha de empezar.

—El pueblo necesita ser ilustrado para poder practicar la libertad.

—Y necesita practicar la libertad para ilustrarse. Parece que esto es un círculo vicioso; pero no lo es realmente. ¿Por dónde se empieza? Esta es la cuestión. Comprenderás que todas las cosas tienen su principio doloroso. El hombre antes de andar en dos pies, ha andado a gatas. Supongo que por evitarte los tropezones que acompañan a los primeros pasos, no desearás tú que el género humano ande siempre a cuatro pies.

—Ciertamente que no.

—En ese período estamos, amigo.

—¿En el de los cuatro pies?

—Exactamente. Yo le digo a la sociedad española: «levántate», y me responde: «no sé andar derecha.» Los frailes y los palaciegos le aconsejan que no se meta en la peligrosísima aventura de marchar como la gente. Al fin le azuzamos tanto, que se levanta.

—¡Y a los pocos pasos, al suelo!

—Pero la estimulamos de nuevo con ruegos, o a latigazos, si es preciso. Afligida, repite ella: «Si no sé, si me caigo, ¿qué debo hacer para aprender a andar?» Y le contestamos: «Andar, andar siempre.»

—Bien, muy bien, señor Monsalud —dije riendo—. Dios quiera que el tropezón que vamos a dar ahora no sea tal, que nos rompamos las narices...

—Y andará, al fin tiene que andar —añadió—. Decirte cuánto he trabajado por que llegue el día del triunfo; pintarte los peligros que he corrido, y la extraordinaria constancia mía al inaugurar una tentativa al pie mismo de los cadalsos donde ha expirado la anterior, sería imposible. Esta fuerza, este afán incesante, sin desmayar nunca, sin desconfiar del éxito, a pesar de las repetidas contrariedades que han agobiado y descorazonado a tantos, no se tiene sino cuando el alma está llena y ocupada por esas ardientes y potentes ideas, por las pasiones políticas que alientan y queman. Para desafiar la muerte es preciso no temerla, y este arrojo imperturbable, solo cabe en corazones limpios de toda ambición pequeña.

—Comprendo que los trabajos han sido muchos; pero no me hables de los peligros, porque no creo en ellos. Pues qué, ¿no es sabido que los conspiradores y masones o lo que sean, burlan la policía y la justicia, cual si estuviesen de acuerdo con el Gobierno?

—Te diré: es cierto que hoy se ha relajado considerablemente la justicia; pero es porque al Gobierno le ha entrado ya el mareo de la perdición, le ha entrado el aturdimiento que indica su próxima ruina. El absolutismo mismo, esa fiera indócil e incapaz de benignidad, parece como que quiere congraciarse con la revolución. Esto no es tolerancia, Pipaón, esto es cobardía... Recuerda que Porlier fue ahorcado, Lacy fusilado y Vidal y sus infelices compañeros inmolados también en un aparato lúgubre que indica la crueldad más refinada... Hoy el absolutismo no ahorca; más no porque no sepa hacerlo. Ahora le toca a él tener miedo... Sin embargo, la impunidad que hoy disfrutan los revoltosos, tiene sus límites. Cierto que hacen su voluntad y conspiran una multitud de personajes que han ocupado altos puestos o los ocupan hoy. Con estos transigirá siempre el Gobierno, porque no es cosa de meter en la cárcel a un Consejero de Estado o a un capitán general. Con los que el absolutismo no transige es con los que, como yo, no son ni siquiera sargentos, ni siquiera covachuelos, y se atreven, sin embargo, a atentar contra lo existente. Para los que no somos nada, la impunidad no existe. Otros, si son cogidos, sufrirán pequeño arresto, o una detención insignificante, recibiendo algún recadito del ministro, de tal dama, o de cual palaciego: en cambio yo y otros como yo, si somos cogidos, lo pasaremos mal.

—¿No eres amigo del señor Villela?

—Pero el señor Villela, aunque conspira, conspira a lo cortesano, y es esclavo de las conveniencias. Es mi amigo, pero solo hasta cierto punto, y en

114

tanto cuanto no se comprometa por mí. No creas que me fiaría del *Elefante* en un caso de apuro. Los protectores y cómplices de la Corte sirven de poco. ¿Piensas que me hubiera sido fácil escapar de las garras del marqués de M••• si por desgracia hubiera caído en ellas esta noche?

—Tú me has dicho que has sobornado a muchos polizontes, y por lo que Zorraquín me indicó, se comprende que la policía no os molestará mucho.

—Pero no estoy libre de la policía de la Inquisición —añadió Salvador—, lo cual es muy distinto.

—Hace poco, cuando estábamos en aquellos sótanos tan apacibles, me dijiste que la Inquisición era una burla, un fantasma.

—Una burla y un fantasma porque no es lo que era, es decir, porque no quema, ni descuartiza, ni descoyunta, pero aún tiene presos y alguna vez se da el gustazo de atormentar. Si he de hablarte con franqueza, en este período de perdición y desvanecimiento en que ha entrado el absolutismo, no temo ni que me ahorquen ni que me fusilen, porque además de la flojedad del Gobierno, no faltaría quien me salvase; pero temo las molestias, y sobre todo la falta de libertad. Por eso varío de domicilio con tanta frecuencia, con objeto de evitar a los infames hurones que olfatean la revolución, faltos de valor para destruirla. Por eso he organizado una especie de policía a mi manera, la cual me permite conocer gran parte de lo que pasa en los ministerios y en Palacio, en la Corte y fuera de ella.

—¡Admirable habilidad la tuya! Por lo que has hecho en mi casa, juzgo de lo demás —le dije—. Ya no me sorprende que tuvieras noticia de la orden secreta dada por el Supremo Consejo para poner en libertad a tu madre, ni que sepas la venida de Carlos Navarro, cuando su misma mujer no sabe lo que hace.

—Eso lo sé por un amigo llegado ayer.

—Mientras más hablo contigo, más me alegro de renovar nuestra antigua amistad —le dije cariñosamente y con franqueza—. Creo que entre los dos podremos hacer algo de provecho. Sigamos nuestras relaciones... Escríbeme... Quiero saber día por día cómo va nuestra querida revolución... porque yo, Salvador, soy todo tuyo.

—Entusiasmado estás. Veremos si dentro de algún tiempo dices lo mismo —me contestó deteniéndose.

Habíamos llegado a la Puerta del Sol y junto al café de Levante.

—¿Es hora ya de que nos separemos? —le pregunté.

—Sí; te ruego que no me acompañes más. Ahora necesito estar solo.

—¿Y no puedo seguir en tu agradabilísima compañía hasta el momento en que te pongas en camino?

—No, querido Pipaón. Ahora deseo quedarme solo. Unos amigos me esperan aquí. Tengo que arreglar mi viaje. Con que...

—¡Pues adiós, ilustre y heroico joven! —le dije abrazándole—. ¡Cuántas cosas han pasado desde que te apareciste en mi casa! ¡Qué nuevo mundo de ideas! Entre morir y resucitar no hay tanta diferencia. ¡Si me parece que he vuelto a nacer!... Soy otro, Salvador.

—Falta que seas consecuente, que comprendas bien la gravedad de tu misión ahora.

—Tomándote por modelo, mi querido amigo, no me equivocaré... ¡Venga otro abrazo... Otro! Si no me canso de abrazarte. Que vuelvas pronto y nos traigas la revolución. ¡Oh!, ¡la revolución!...

—Adiós...

—Soy todo tuyo... todo tuyo y de la libertad. Adiós.

Nos separamos. Yo corrí a mi casa. El frío de la madrugada, azotándome el rostro, obligábame a marchar velozmente como un ladrón que huye o un amante que acude a la cita.

Gran asombro me causó hallar a Jenara levantada. Su palidez indicaba doloroso insomnio. Tenía en los ojos un exceso de atención y de vida, semejante a los primeros síntomas del delirio mental.

—¿Cómo es eso?... ¿En pie a estas horas? —le dije.

—Gusto de madrugar —me respondió, señalando las ventanas, por donde entraban las primeras luces del día—. Vea usted. Ya amanece.

—¡Ah!, señora —exclamé compungidamente—. Vengo de cumplir el más penoso de los deberes... ¡Terrible trance que ha llenado de angustia mi corazón!... pero en fin, el deber es lo primero.

—¿De qué habla usted?

—¡Y me lo pregunta! ¡Y se hace la ignorante!... Pues qué, ¿necesito decir que ese miserable enemigo nuestro se halla en poder de la justicia, que bien pronto, ¡oh dolorosa y tristísima idea!, le hará expiar sus nefandos delitos?

—¿El que estaba aquí?... —preguntó, venciendo su perplejidad.

—Pero, Jenara, ¿es posible que no haya comprendido usted mi intención y el gran celo con que esta noche la he servido?

—¿A mí?

—¡A usted! Francamente, amiga mía, solo por usted, solo por el gran amor que profeso a su familia, he podido yo acometer la penosa empresa de esta noche... Le aseguro que mi corazón está destrozado.

—Nada comprendo. Solo sé que, después de charlar en confianza, salieron ustedes juntos.

—¿Y lo demás, es preciso decirlo letra por letra?... ¡Qué tonta es la niña!... ¿Pues no se comprende que si salí con él fue para llevarlo astutamente y con sutil engaño a un punto donde no pudiera hacer ninguna resistencia?...

—¡Para prenderle! —exclamó con asombro.

—Pues es claro... ¡Y se asombra!... ¿Pues no era este el gran empeño de usted?... El infeliz, al escapar de la emboscada que le prepararon en su casa, creyó encontrar refugio y amparo en la mía; pero se la he pegado bien... Fingiendo conducirle a paraje seguro, le puse entre los dientes del dragón. Con que, señora mía, los vivos deseos de usted están satisfechos. ¿Me he portado bien?

—De modo, que fingiéndose amigo...

—Eso es, fingiendo que le protegía, le entregué a los sayones de don Buenaventura, que darán cuenta de él.

—¡Qué felonía! —exclamó con arranque tan espontáneo que me desconcerté.

Después, tratando de reponerse, me dijo:

—Pero más vale así, para que no se pierda mi trabajo.

—¡Ah!, lo que es esta vez subirá al cadalso, estoy seguro de ello... Pero noto en el semblante de usted síntomas de lástima, Jenara.

Y era verdad que los notaba.

—Justicia y generosidad no se excluyen —me respondió—. Ya he dicho que detesto al delincuente, pero que compadezco al encausado.

—Estoy notando que en el espíritu de usted se encadenan de una manera misteriosa el odio y la compasión —le dije—. De tal manera las pasiones humanas, originándose las unas a las otras, llevan el alma a extremos lamentables.

—¿Dice usted que ahora no escapará?

—Pero, ¿no sabe usted que el marqués de M••• está en el ministerio? Con esto se ha dicho todo. Lo ahorcarán sin remedio, y pronto, muy pronto. Ya se acabó la impunidad de los agitadores y jacobinos. Por cierto, Jenarita, que usted y yo nos hemos lucido. ¡Qué gran servicio hemos prestado a la patria! Lástima grande que no siguiera usted descubriendo criminales y yo echándoles el guante.

Dirigiome una mirada rencorosa. Arrojándose en un sillón, apoyaba su frente en la palma de la mano.

—Cuando se pasa la noche sin dormir —dijo—, la cabeza es de plomo.

—¡Noche de emociones! —indiqué—. Yo sí que las he tenido buenas. Figúrese usted... ¡Tener que vender a un hombre de quien uno ha sido amigo!... ¡Entregarle a la justicia!... ¡Engañarle!... ¡es horrible!... Y todo lo he hecho por usted, Jenara, por complacerla, por dejar satisfechas esas violentas pasiones de la mujer más caprichosa de la tierra.

—Mi abuelo dice que ya no ahorcan a nadie —indicó, fijando en mí sus ojos que pedían no sé qué desconocida misericordia.

—¿Se inclina usted a la generosidad? ¿Venimos ahora con blanduras? Las mujeres... Nunca se sabe lo que quieren.

—No... Dejémonos de generosidades humillantes.

—Eso es... palo en él... Duro. Sea usted como yo, inexorable.

—Sí —dijo Jenara, levantándose y mostrándome su rostro teñido súbitamente de apasionados fulgores—. Sí, la palabra de estos tiempos, el lema de mi familia debe ser: ¡castigo!

—¡Castigo! Sí. ¡Qué bien he interpretado el deseo de usted!

—Mi deseo es... ¡que muera!

Descargó la trágica mano en el aire, y su hermoso semblante lleno de luz, de majestad, de inexplicable imán de amores, se entenebreció con el ceño propio de una divinidad ofendida y vengadora.

Al mismo tiempo sonaron voces en la puerta de la casa.

—¡Mi marido! —gritó la dama.

Después de breve pausa de confusión y estupor, Jenara corrió al encuentro de Carlos Navarro, que acababa de llegar en compañía de dos amigos, dos guerrilleros barbudos, dos salvajes de voz dura y miradas terribles y cuerpos y voluntades de acero.

Un instante después de su llegada, yo me colgaba al cuello de Carlos Garrote y estrechándole ardorosamente hasta sofocarle, le decía con voz conmovida:

—Bien venido sea, bien venido sea el insigne guerrero... ¡Gracias a Dios!... No podía usted venir más a tiempo. ¡Parece que le envía el cielo, ahora que levanta por todas partes su cabeza la hidra revolucionaria; ahora que bullen las infames sociedades secretas y está Madrid plagado de miserables conspiradores y masones, los cuales con horrible alevosía tratan de hacer una revolución... ¡oportunidad admirable!

—¿Revolución? Lo veremos —dijo con acrimonia Carlos, correspondiendo afectuosamente a mis demostraciones.

XIX

Carlos Navarro, al día siguiente de su llegada, me notificó que su familia abandonaba mi casa. Además de que no parecía de su agrado aquella residencia, las habitaciones no eran suficientes para cinco personas, pues Navarro no quería separarse de sus dos amigos. Alquiló, pues, una hermosa casa amueblada con lujo en la solitaria calle de *Sal si puedes*, hermosa vivienda, perteneciente a un grande que viajaba por el extranjero. Carlos era hombre rico y nada tacaño en el gasto y brillo de su persona: así es que, extinguido el imperio del avariento Baraona, púsose la familia en un pie de opulencia que eclipsó mi decorosa medianía. Tenían casa hermosa, aunque pequeña, varios criados y cuadras y cocheras, anejas al edificio. No sé si he dicho que Garrote era coronel de ejército, merced al reconocimiento de grados que se hizo a los guerrilleros; y si él hubiera sido pedigüeño como otros, habría obtenido la faja.

Como vivíamos tan cerca, casi todos los días me tenían allá. Baraona, que cada vez se inclinaba más a la tierra, no podía pasar sin mis noticias ni sin mi atención, cuando soltaba la sin hueso en pro del régimen absoluto. Carlos se preocupaba mucho también de política.

Jenara me parecía más taciturna después de la llegada de su esposo; y si he de decir verdad, yo no advertía entre uno y otro aquellas señales de mutuo afecto, de amable cortesía que indican perfecta paz y concordia en un matrimonio. Jenara y Carlos se hablaban poco y con frialdad. Nunca reñían; pero manteníanse a cierta distancia el uno del otro, más bien como conocidos indiferentes que como esposos. Noté en él no sé qué desconfianza vigilante, y en ella cierta reserva ocultadora. Por algunas palabras y acciones de Carlos comprendí que acechaba. Por el silencio y la conducta de Jenara comprendí que temía...

Yo no sabía a qué atribuir tales fenómenos, que habían empezado a notarse desde que se verificó el matrimonio, aunque no tomaron carácter alarmante hasta la época a que me refiero. ¿Provenían de una profunda disconformidad entre sus caracteres? Bien podía ser, porque Carlos, hombre de corazón recto, era muy rudo y al mismo tiempo sencillo, sin delicadezas, enemigo acérrimo de novedades dentro y fuera de la casa, muy reservado, ardiente, profundo, áspero y de una constancia y perdurabilidad enorme en sus sentimientos y afecciones. Jenara, a quien yo no conocía bien aún, pareciome que estaba fundida en moldes muy distintos.

Un día fui, como de costumbre, a charlar con Carlos de política. No necesito decir que yo disimulaba perfectamente mi complicidad revolucionaria, pues si aquella gente tan fanática hubiera conocido mis veleidades, no lo pasara bien este desgraciado. Los Baraonas y los Garrotes, procedentes de lo más duro de las formidables canteras vascongadas, eran gentes con las cuales no se podía jugar en materia de ideas políticas. Después que hablamos un poco los cuatro, salieron a paseo Jenara y su abuelo, y cuando Carlos y yo nos quedamos solos, aquel mostró deseo de hablarme de un asunto extraño a las conspiraciones.

—Pipaón —me dijo—. Va usted a tener conmigo tanta franqueza como si fuéramos hermanos. Se me figura que usted sabe algo que me interesa y que no me quiere confiar, algo que, según su entender de usted, no debe decirme.

—No, señor don Carlos mío; nada sé yo referente a usted que al punto no pueda decir.

—Usted habrá notado que mi mujer no me hace feliz —dijo, expresándose con cierta dificultad, como quien no encuentra la palabra propia—, quiero decir... pues... quiero decir que no soy completamente feliz con mi esposa.

—Señor don Carlos, me parecía haber notado eso.

—Sin duda mi carácter es muy opuesto al suyo. Sin duda ella tiene la cabeza llena de proyectos estupendos y su alma toda entregada a ilusiones locas. Yo vivo en la tierra, soy rutinario, pacífico, me gusta la vida ordinaria que se va deslizando tranquila por la suave pendiente de los fáciles deberes fácilmente cumplidos; ella es un alma de dificultades... No sé si me expreso bien... quiero decir que Jenara no puede vivir sino donde hay tumulto y algún monstruo con quien luchar.

—Ahora lo entiendo menos,

—Quiero decir que Jenara tiene en su alma un laberinto.

—¿Un laberinto?

—Una batalla constante con sombras, con fantasmas, con cosas grandes y enormes que atropelladamente se levantan dentro de ella y la llaman y le arrojan piedras como montañas...

—¡Ah! señor don Carlos, juro a usted que no entiendo una palabra.

—Pues yo sí lo entiendo —repuso con tristeza—. Esto que hablo, ella misma me lo ha dicho. Me lo dijo a poco que nos casamos. ¡Ah! señor de Pipaón, yo no debí casarme con Jenara. Ella pudo ser franca también y no casarse conmigo; debió buscar su igual, y su igual no soy yo.

—Aprensiones, mi señor don Carlos.

—Realidades, mi señor don Juan. El resumen de todo es que yo amo extraordinariamente a mi mujer, porque soy más pequeño que ella, y que mi mujer no me quiere a mí, porque es más grande que yo. Lo grande desprecia siempre a lo pequeño; es ley eterna. ¡Oh! Dios mío, ¡cuán difícil es resolver la cuestión de tamaño en las almas!

—Creo que usted se deja llevar de presunciones falsas, de cavilaciones...

—No, todo es realidad, realidad —dijo Carlos con el aplomo que da una convicción profunda—. Mi mujer no me ama. Si en esto no hubiese más que un simple asunto de amores, me callaría; sí, padeciendo, me callaría; dejaría correr la enorme rueda de molino que da vueltas sobre mi corazón y lo tritura... pero esto es también una cuestión de honor.

—De honor...

—¡Sí, porque Jenara no es mi querida, es mi esposa! —exclamó sombríamente, clavando en mí el rayo de sus negros ojos—. Es mi esposa, y si mi esposa (entienda usted bien que es mi esposa, unida a mí por lazo indisoluble), olvidase sus deberes y me fuese infiel...

Al decir esto, Carlos me había agarrado el brazo, y con su fuerza hercúlea me lo estrujaba sin piedad, y se ponía pálido y echaba el globo de los ojos fuera del casco, y tenía una expresión de ferocidad que me dejó helado. Acabó la frase, dijo:

—Si me fuera infiel... ¿Ha visto usted matar a un pájaro? ¡Pues lo mismo la mataría!

—Perdone usted, señor don Carlos —dije con mucha congoja—; pero mi brazo... Este brazo que usted quiere convertir en polvo, no ha sido infiel a nadie, y...

Garrote me soltó.

—Lo que quiero, señor de Pipaón —añadió—, es que usted me diga todo lo que sabe.

—Yo no sé nada.

—Durante mi ausencia, Jenara ha vivido en su casa de usted.

Como las miradas de Carlos despedían saña y rencor, pensé si tendría celos de mí; absurda idea que a nadie podía ocurrírsele. Yo me distinguía por mi fealdad, y carecía de cualidades propias para agradar a mujeres como Jenara. Era imposible que Carlos tuviese tal sospecha.

—Mientras usted ha estado fuera, la conducta de Jenara ha sido ejemplarísima —le dije.

—¡Mentira!, ¡mentira! —exclamó, sacudiendo la cabeza, que en aquel instante me parecía una hermosa cabeza de león—. Si usted me oculta la verdad, sospecharé...

—¿De mí?

—Oiga usted —dijo con misterio, frunciendo el torvo ceño—. A fuerza de dinero, yo he hecho confesar a una Doña Fe que sirvió en la otra casa. Me ha dicho que mi mujer salía algunas veces a altas horas de la noche; me ha dicho que se estaba días enteros fuera; que andaba a la pista de un hombre; que hacía averiguaciones para saber su paradero, gastando mucho dinero;

que algunas veces salía, no volviendo hasta el día siguiente, siempre en compañía de Paquita, esa criada infame a quien separé de su lado cuando llegué.

Al oír esto, no pude contener la risa. Carlos, al verme reír, se enfureció más.

—Calma, mucha calma, amigo mío —le dije—. Si no tiene usted otros motivos de disgusto... Afortunadamente estoy enterado de eso, y disiparé tales sospechas.

—Ya... Me dirá usted que mi mujer salía de casa para ocuparse en cosas de caridad, para repartir limosnas. Aunque torpe, ya conozco el estribillo.

—Nada de eso. Jenara andaba a la pista de un hombre, de un criminal, señor don Carlos, de un conspirador. ¿Apostamos a que no lo cree?... ¿apostamos a que lo toma usted a risa?...

—Señor de Pipaón, mi mujer no es alguacil.

—Señor don Carlos, su mujer de usted lo es.

En breves palabras le conté lo ocurrido, empezando por el encuentro de Jenara con Salvador Monsalud en la Iglesia del Rosario. Después referí el empeño febril que había mostrado porque le cogiese la policía, y por último sus afanosas pesquisas, tanto más enérgicas cuanto más impropias de una mujer. Carlos me oyó atentamente. Parecía muy asombrado de mi relato; pero no estaba tranquilo.

—¿Le parece a usted inverosímil lo que ha hecho Jenara? —le dije.

—No me parece inverosímil —repuso—. Eso puede caber en su carácter. Una extravagancia, que en otra sería increíble, es en ella natural.

—Entonces, ya se han disipado las dudas.

—No señor; al contrario.

—¿No cree usted lo que he dicho?

—Lo creo: a quien no creo es a ella; es decir, tengo la convicción de que mi mujer le engañó a usted haciéndole creer toda esa comedia de Salvador Monsalud y la conspiración y los alguaciles. El infame jurado no ha intervenido para nada en este asunto. ¡Farsa, pura farsa!

—Yo tengo pruebas de que Jenara no me engaña.

—¡Farsa, pura farsa!

Traté de convencerle, refiriéndole la frustrada captura de su enemigo y dándole datos y razones de gran peso; pero no era posible vencer la tenacidad de aquel pensamiento, al cual se adaptaban las ideas con invencible cohesión. Era vascongado.

—El ingenio de Jenara —dijo sombríamente—, es inagotable. Dios le ha dado la filosofía suprema del engaño, la luz divina del disimulo. Penetrar su pensamiento es obra superior a la perspicacia de los hombres. Tiene las insondables argucias del Demonio debajo de la sonrisa de los ángeles. Solo Dios puede saber lo que hay bajo el azul de sus ojos. El azul de los cielos, ¿no es una mentira?, pues el mirar de ella es una inmensidad de embustes.

Una idea acudió veloz a mi mente, y aunque atrevida, no vacilé en manifestarla, diciendo:

—Oiga usted lo que se me ocurre, amigo mío. Quizás sea esto un absurdo; pero ya que los dos tratamos de encontrar la verdad...

—Venga.

—Si Jenara, según la idea de usted, nos engaña a los dos; si es evidente que Jenara ama a algún hombre que no es su esposo (lo cual, sea dicho entre paréntesis, yo no creo); en fin, si tiene usted razón a atribuir a desvío la conducta de su esposa, es preciso creer que el hombre por quien olvida sus deberes es el mismo Salvador Monsalud, a quien aparentaba perseguir. La lógica es lógica, amigo.

Carlos Navarro me miró... No sabré decir cómo... Con mirada más llena de desprecio que de rencor, con una especie de lástima iracunda. Alargó su mano hacia mí, como si me quisiera abofetear: después hizo un gesto de señor que despide a un vil esclavo. Más que hablarme parecía escupirme, cuando me dijo estas palabras:

—¿Qué está usted hablando?... ¡Asquerosa idea! Mi mujer, señor de Pipaón, podrá ser criminal, pero no degradada. En el corazón de Jenara cabrá la perversidad, pero no la bajeza. El sujeto a quien usted acaba de nombrar no puede nunca ser mirado por ella sino como un despreciable ser, más digno de compasión que de odio. Hay cosas que están fuera del orden natural. Por Dios, buscando la verdad, no caigamos en ridículos absurdos. No soltemos lo verosímil que ya tenemos, para agarrar en las tinieblas lo imposible.

—Pues entonces, señor don Carlos —dije campechanamente—, fuera sospechas; fuera dudas ridículas.

—Si algo hay claro en los sentimiento de mi mujer —añadió Navarro en tono misterioso—; si hay algo que salga a la superficie y aparezca con luz y forma precisa en medio de las oscuridades espantosas de su carácter, es el odio y la antipatía profunda que le inspira el hombre envilecido con quien tuve la desgracia de batirme hace bastantes años. Dios quiso que su diabólica mano me hiriera... Dios lo quiso, sin duda para abatir mi orgullo... Era en tiempo de la guerra; yo era entonces muy orgulloso. Debí despreciar a Salvador Monsalud... Por no despreciarle me castigó Dios. ¿Usted no le conoce? Traición, perjurio, cobardía, desvergüenza, jacobinismo; haga usted un amasijo de todo eso y tendrá a nuestro paisano. Usted no ha logrado penetrar mis ideas; usted no comprende los grandes temores y recelos que me atormentan. Jenara, a quien adoro, amará, ama sin duda a un hombre superior, muy superior a mí, a un hombre que sepa responder con la grandeza de su entendimiento a la grandeza de las pasiones de ella; Jenara no se mide con los insectos que andan escarbando la tierra. El día en que ella quiera perderse, no se arrojara a un charco inmundo, sino al mar inmenso... ¿Cree usted que no lo conozco? Sí, y el conocerlo y conocer mi pequeñez es lo que me contrista, porque ha de saber usted que yo soy un bruto.

Dijo *soy un bruto* con tanta sencillez y aflicción como decía Otelo *soy negro*. Una pena profunda se pintaba en su semblante, enterneciendo la ruda voz del bravo guerrillero.

—Soy un bruto —añadió—, soy cualquier cosa, un hombre adocenado, un ignorante, un palurdo, un soldadote, y me he casado con una princesa, con una maga, con una sibila. Usted no ha visto de cerca a Jenara como la he visto yo; usted no la conoce. En el fondo de la intimidad es donde se ven estas cosas y donde se compara bien. Yo vivo en la vida ordinaria, quiero traer a mi esposa a mi lado, y cuando alzo los ojos la veo alargando la mano para coger las estrellas. Yo no puedo ofrecerle sino un puñado de este barro grosero y ramplón con que los vulgares amasamos la existencia; ella huye de mí sin dignarse mirarme.

—Preocupación.

—¡Realidad, realidad! —continuó, cruzando los brazos y hundiendo la cabeza—. Estoy convencido, convencidísimo.

—¿De qué?

—De que Jenara tiene para mí un sentimiento peor que el odio, la indiferencia. El corazón y los pensamientos de mi mujer pertenecen a otro.

—Pero ¿a quién?

—No lo sé; pero pertenecen a otro. Mi mujer ama a alguien. Lo veo, lo sé, lo conozco en su silencio, en su frialdad, en su inquietud cuando está inquieta, en su tranquilidad cuando está tranquila; lo conozco hasta en su manera de abrir los ojos cuando despierta. Hay otro hombre, otro hombre —añadió con ferocidad—; le siento, le respiro en el aire. Los ojos de mi mujer tienen la terrible luz de la infidelidad; están hablando siempre con alguien. Si miran algún objeto, aquel objeto parece que me mira a mí y me dice: *¡Carlos, alerta!*... ¡Jenara está enamorada!

—Pero ¿de quién?

—¡De quién!... ¡De quién! —exclamó, remedándome con grotesca ira—. ¿Faltan en la tierra hombres? Descuide usted... El que mi mujer ame no será un cualquiera; será lo que es ella, un portento; pero... tan mortal es el cuerpo de un sabio como el de un imbécil... Yo le veo, le siento... por ahí ha de andar —añadió con febril exaltación—. Tendrá todo lo que yo no tengo; cualidades eminentes, nobleza de ideas, aparato de sabiduría y de hermosura; pero no, no, ¡no tendrá un corazón como el mío!

—¡Calma, señor don Carlos! —dije yo—. Es un capricho, un delirio pensar en semejante cosa!

—¡Realidad, realidad! —contestó apartando bruscamente mi mano que alargué para tocar su hombro—. Me confirman esas salidas nocturnas de mi mujer, esa supuesta persecución de un criminal, de quien ella no puede en realidad ocuparse más que para despreciarle, porque es indigno de que ella le persiga... ¡Ah!, la conozco bien; Jenara será criminal, pero nunca tendrá mal gusto. Ella no hace papeles indignos, ella no es capaz de emplearse en un vil espionaje... ¿y por quién?, ¿y contra quién?, contra quien deshonraría la mano del último esbirro. No, Pipaón, eso no puede ser. Pretexto y nada más que pretexto; un artificio con el cual ha logrado engañarle a usted; pero no a mí... No a mí, que lo veo todo. Los ojos de los celosos son muy singulares. Así como los del gato ven en la oscuridad, así los del celoso ven en el disimulo. En el fondo de la intimidad, amigo mío, es donde todo se entiende y se descubre. Los breves diálogos que apenas se oyen, las preguntas no contestadas, los ojos que se cierran para ver mejor lo que tienen dentro, las respuestas que no vienen al caso, la frialdad de estudiadas caricias, este es el gran libro, lo demás es error. El ofendido es quien sabe leer en él; usted, que tiene tanto talento, hará mil argumentaciones sabias para quitarme esto de la cabeza; pero yo, que soy un bruto, sé más que usted ahora, y de mi cerebro no se desclavará jamás este letrero. Al contrario, yo me lo clavo más cada día con mis propias manos, y si estas letras de fuego dejaran de quemarme un solo momento, lo tendría por una deshonra... y nada más, sino que es lo mismo que yo digo, ¿entiende usted?... y si me contradijeran mucho, sospecharía que no se me trata con lealtad, ¿entiende usted?... y ya que se me quiere ocultar la verdad, como se oculta la desgracia a las almas cobardes, no me vengan con sutilezas y palabras bonitas y razones absurdas, ¿entiende usted?

—Entiendo, sí señor —repuse, sin saber cómo suavizaría la violencia creciente de mi enojado amigo—. Pero insisto en lo dicho. Mientras no tengamos un hecho concreto, todo es presunción.

—¡Realidad, realidad! —repitió el guerrillero.

Sus palabras eran tan enérgicas, que cuando movía la mano acentuándolas, parecía que iba a escupirlas. Yo deseaba variar de conversación. Decía alguna palabra de política; pero Garrote volvía a su tema. Por último, libráronme de tal tormento Baraona y Jenara, regresando de su paseo. Carlos, al ver a su mujer pareció más excitado, más inquieto, más violento.

—Tengo que hablarte —dijo a Jenara.

Baraona se había retirado a descansar. Despedime yo, y al ver la palidez y alteración de las facciones de Jenara, no pude menos de decirme al salir:

—Ahí me las den todas.

XX

Resuelto a no apartarme del camino nuevamente emprendido y seguro de que conducía a buen término, seguí asistiendo a la reunión secreta. A los que ya me conocen, no necesito decirles que en poco tiempo me congracié de tal modo con los revolucionarios, que yo parecía un democratista de toda mi vida. Bien pronto adquirí singular prestigio entre ellos; me comunicaban acuerdos importantes y se asesoraban de mí para vencer dificultades. En honor de la verdad debo decir que yo trabajaba con celo, sin hipocresía ni doblez, al menos aquellos días, que eran los últimos de 1819: yo no daba cuenta de lo que veía en las reuniones más que a don Antonio Ugarte, de quien era poco menos que esclavo. En cambio, recibía de él noticias e indicios estupendos que con toda diligencia comunicaba a mis nuevos amigos.

La entrada del señor marqués de M••• en el ministerio no había cambiado radicalmente la situación. Verdad es que él, creyéndose un Júpiter de Gracia y Justicia, descargaba sus rayos a diestro y siniestro. ¡Pobre hombre! Sus rayos, o mejor dicho sus palos, eran palos de ciego. No dio un golpe que no cayera sobre inocentes, mientras los verdaderos criminales bullían en torno suyo, gozándose en la bufante ira del ministro. Todos los días decretaba destierros, embargos, prisiones, registros de casas; el aturrullado marqués hubiera despoblado a Madrid sin dar con los verdaderos revolucionarios. ¡Y qué convencido estaba él de que *iba poco a poco arrancando de cuajo la perniciosa yerba*! Había que ver al buen señor; había que oírle ponderar el éxito de sus trabajos, mientras daba paraditas en el suelo, emblemático movimiento para indicar que *aplastaba la hidra revolucionaria*.

Si apunto estos detalles es porque yo le veía con frecuencia, y si le veía con frecuencia era porque nuestra antigua amistad no se había enfriado. Tan lejos estaba el bendito marqués de tenerme por liberal como de creer que llovían calabazas. Muy al contrario, me juzgaba empalagado de amor por el absolutismo, y en ley de tal me hacía confidente de sus proyectos y de lo bien que le *iba saliendo el espurgo y limpieza del Reino*. Para que no sospechase, yo me deslenguaba en denuestos e injurias contra los liberales, y alguna vez iba con el cuento de una logia descubierta por mí o de una conspiración sospechosa. De este modo favorecía a mis nuevos amigos, porque si nos reuníamos en tal calle, llevaba yo el soplo de que la cita era a legua y media de allí. De este modo, mientras la logia estaba tranquila, descomunal nublado caía sobre una junta de cofradía o merienda de artesanos pacíficos.

Entre tanto era evidente que la *cosa* iba a paso de carga, según opinión de los más metidos en harina. Al mismo tiempo todo Madrid esperaba algo estupendo. Había en la población la atmósfera especial del gran suceso inminente, una ansiedad precursora, sin saberse aún de qué. A pesar de esto, los adeptos a la comunidad secreta no sabíamos nada fijo; sabíamos tan solo que se trabajaba en el ejército. Del de la Isla corrían versiones muy distintas: unos lo daban por entregado a la revolución; otros le creían patriota en la idea, pero tímido en la acción. Salían y entraban comisionados; pero Monsalud no regresó de Andalucía. Últimamente logré internarme más en el corazón de la conjura, fui dueño de importantes secretos. El golpe debía darse en la Coruña y en Zaragoza.

Llegó el 1.º de enero de 1820; vino el día de Reyes y una noticia circuló por Madrid con la celeridad del rayo. Fue a despertarme Carlos Garrote, el cual me dijo que me vistiese con toda presteza para salir juntos. Estaba tétrico, y sus miradas y sus palabras eran hiel.

—¿Apostamos a que este bruto ha hecho una atrocidad con su mujer? —dije para mí.

—Levántese usted —me dijo—; ocurren sucesos graves...

—¡Pobre Jenara! —exclamé—. Yo tengo la seguridad, señor don Carlos...

—¿Qué habla usted ahí? No se trata de mi mujer.

—¿Pues de qué, señor don Carlos?

—Se han sublevado algunas tropas del ejército expedicionario.

—¡Qué picardía! ¿Habrase visto?... —exclamé yo simulando tanto enojo como espanto—. ¿Pero son muchas las tropas sublevadas?

—Unos dicen que son muchas y otros que solo un par de regimientos.

—¿Y no sabe en qué punto?

—En las Cabezas de San Juan.

—¿Y hacia dónde están esas Cabezas? No conozco más que una, que suele verse sobre los hombros del Santo Precursor o en la bandeja de Herodías.

—Estas Cabezas, donde se ha consumado tan vil traición, están en Andalucía, cerca de Jerez. Ya sabe usted que el ejército expedicionario, por librarse de la fiebre amarilla, se había acampado en las Cabezas de San Juan, en la Corredera, en Arcos de la Frontera y otros puntos del interior.

—¿No manda ese ejército el conde de Calderón? —dije haciéndome de nuevas.

—El mismo: le conozco, es un viejo estúpido.

—¿Y no se sabe qué cuerpos han dado ese aleve grito? ¡Que no los fusilaran a todos!... Señor don Carlos, esto da vergüenza.

—Dicen que el batallón de Asturias ha sido el primero.

—¿Quién lo sublevó?

—Rafael del Riego.

—¡Rafael Riego! —dije yo fingiendo que hacía memoria—. ¿Le conoce usted? ¿No estaba ese muchacho en el regimiento de Valencey?

—Sí; empezó sirviendo en la Guardia de la Real Persona. Durante la guerra sirvió en el ejército y en las partidas. Sé que estuvo en las acciones de Balmaseda, San Pedro de Gueñes y Espinosa de los Monteros. Después le hicieron prisionero, y al cabo de algún tiempo apareció en Galicia.

—¿Le conoce usted?

—Le vi en Vizcaya al principio de la guerra. Era valiente. Algunos traidores lo son.

—Si parece increíble, señor don Carlos —dije vistiéndome apresuradamente—. ¡Que tal canalla haya nacido en España!... No sé qué haría... Si todas las cabezas de esos infames rebeldes estuvieran al alcance de mi mano, las cortaría de un solo golpe.

—Este es el resultado —murmuró Carlos—, de la benignidad del Rey con los militares que descubiertamente han estado conspirando desde el año 14.

—Dice usted bien. Si Su Majestad no se hubiera andado con blanduras... Vea usted el pago que le dan al mejor y más generoso de los reyes. ¿Y usted qué piensa hacer?

—Ahora mismo me voy a presentar al Capitán general para que disponga de mí. Quiero formar parte del primer ejército que salga a combatir a los insurrectos.

—¡Oh, cuánto siento no ser militar como usted, señor don Carlos! —exclamé con calor—. Si yo fuera militar, iría también el primero y entraría lanza en ristre a esas rebeldes Cabezas de San Juan... ¡La sangre me arde en el cuerpo!... Supongo que se mandará allá un ejército; que este ejército les entrará a saco; que no dejarán con vida ni a uno solo de esos infames.

—El ejército —dijo Garrote sombríamente—, está corrompido y minado por el liberalismo.

—¿No se sabe más que la rebeldía del batallón de Asturias?

—Se dicen tantas cosas... Todavía no será posible precisar la extensión del mal. Todo depende de que Cádiz y su guarnición hayan respondido al movimiento. Se habla también de otro batallón sublevado, el de España, que manda Antonio Quiroga.

—Ese ha estado preso hace poco por conspirador liberal.

—No sé más de él sino que debió el grado de coronel a la prontitud con que trajo a Madrid la noticia de la muerte de Porlier.

—¡Linda carrera!... pero vamos, vamos a la calle. Le acompañaré a usted al ministerio de la Guerra, donde sabremos la verdad de todo.

Salimos; la gente iba y venía como de ordinario; pero hacia el centro de la villa, vimos grupos y gentes curiosas y anhelantes que preguntaban o respondían, dando curso a imponderables mentiras. Las palabras *Cabezas, Riego, Quiroga*, sonaban sin cesar en nuestros oídos en todo el trayecto que recorrimos. Era digno de notarse que los semblantes alegres eran aquella mañana en mayor número que los tristes. En el ministerio había tanta gente y charlaban tanto, diciendo tan diversas cosas, que nada pudimos sacar en limpio. Vimos entrar al señor ministro, el general Alós, hombre de quien un escritor coetáneo dice que *era más propio para capellán de un convento de monjas que para ministro de la Guerra.*

«Que los insurrectos habían entrado ya en Cádiz.

»Que los insurrectos habían sido rechazados en el puente de Suazo.

»Que se les había unido el batallón de Sevilla, a las órdenes de Muñoz.

»Que habían sorprendido y arrestar en Arcos de la Frontera al general en jefe, conde de Calderón.»

»Que el general en jefe les había sorprendido y arrestado a ellos.

»Que el batallón de Canarias, acantonado en Osuna, se les había unido también.

»Que habían sido atacados y destrozados por el batallón de Canarias.

»Que Riego y Quiroga habían reñido el uno con el otro, dándose de porrazos por quién de ellos mandaba.

»Que se habían dirigido a Algeciras para embarcarse y refugiarse en Gibraltar.

»Que venían sobre Córdoba (la ciudad)

»Que Córdova (don Luis, no la ciudad) iba sobre ellos.

»Que Sevilla se había pronunciado también.

»Que Sevilla no se había pronunciado ni se pronunciaría jamás.»

Estas y otras noticias fueron llegando sucesivamente a nuestros oídos. Era preciso resignarse a no saber nada fijo y cierto hasta que Dios quisiera; porque entonces había tiempo de hacer todas las revoluciones imaginables de que la noticia llegase a la Corte. Al medio día separeme de Carlos, porque deseaba visitar a mis flamantes colegas de conspiración.

«Que toda Andalucía estaba en armas.

»Que Zaragoza tenía ya formada su Junta revolucionaria.

»Que Murcia y el arsenal de Cartagena habían proclamado ya la Constitución.

»Que la Coruña y el Ferrol ardían.

»Que *mañana* se daría el golpe en Madrid.

»Que las tropas que se enviaban a combatir la insurrección se negaban a hacer armas contra sus compañeros.

»Que era gloriosísimo que todo se hubiera hecho sin efusión de sangre.

»Que la Europa nos contemplaba llena de admiración.»

Tales fueron las noticias y versiones con que me aturdieron mis optimistas amigos. Yo, sin embargo, ponía en cuarentena tan lisonjeras especies.

El marques de M•••, a quien vi por la noche, estaba furioso, aunque se esforzaba en disimularlo, fingiéndose tranquilo y aun gozoso por el giro que tomaba la rebelión.

—Me alegro de que hayan arrojado la máscara —dijo, dando las pataditas con que emblemáticamente indicaba la destrucción de la hidra revolucionaria—. De este modo será mucho más fácil concluir de una vez con todos ellos.

—La situación, señor don Buenaventura —dije yo en tono agridulce—, no es muy lisonjera.

—Ya verás, ya verás —me dijo con cierta acrimonia que me disgustó— cómo les sentaremos la mano. Y se me figura que te me estás volviendo liberalote de algún tiempo a esta parte... Pipaón, tengamos la fiesta en paz.

—¡Yo liberal! —exclamé—. Pero no se trata aquí de ser liberal ni de dejar de serlo. Trátase de ver si esta oleada que se ha levantado en Andalucía llegará a la Corte y nos anegará a todos.

—Veo que tienes miedo... El miedo es el mayor auxiliar de la traición.

—Jamás seré traidor; pero hablemos con toda franqueza, señor don Buenaventura. Ponga usted la mano sobre el corazón, y dígame si el gobierno y la administración de nuestro país no exigen pronta y radical reforma.

—Pero ven acá —repuso, poniéndose rojo como un pimiento—. Dado el caso de que esa reforma sea necesaria, lo cual es muy dudoso, ¿quién la realizará? ¿Esos infames perdidos, esos desocupados que charlan en los cafés, esos desalmados políticos del 12, esos militares revoltosos que no conocen la disciplina?

—Líbreme Dios de defender a los revolucionarios y perturbadores —dije—; pero vengamos a la cuestión.

—Al fondo de la cuestión.

—Eso es, al fondo. El Gobierno absoluto no puede sostenerse. Bien sabe usted que mi opinión no es sospechosa: ¿no lo he defendido con todas mis fuerzas? ¿No he puesto a su servicio cuanto yo podía y sabía? Pues bien; yo, el más humilde soldado de aquel piadoso ejército de patricios que en 1814 derrocó la infame facción, declaro ahora que el absolutismo, tal como al presente se halla, maleado y corrompido, no puede seguir rigiendo a la nación.

—¡Ah, gran canalla! —exclamó don Buenaventura dando fuerte puñada sobre la mesa—. Te me has pasado, te me has pasado al enemigo... ¡Ira de Dios! Ya van hoy doce, doce traiciones. Llega el simple anuncio de una insurreccioncilla con esperanzas de triunfo, y ved aquí a mi gente mudando de casaca, como histriones que, concluida la tragedia, se preparan para el sainete... ¡Esto no se puede sufrir! ¡Esto es ignominioso!... ¡Pipaón de todos los demonios, Pipaón maldito, también tú, o como dijo el gran romano, tu *quoque, fili mihi*!... Serían las seis de la mañana cuando llegó la noticia del pronunciamiento; fui a Palacio, vine después al ministerio, recibí a varias personas, y no eran las doce cuando ya me habían manifestado sus simpatías por la revolución cinco personas, cinco furiosos absolutistas de aquellos de pelo en pecho que no transigían con nadie y hace poco amenazaban comerse a quien de liberalismo les hablase... En el resto del día ha aumentado el número de las defecciones repugnantes. Tú eres el duodécimo... Pero estos canallas, ¿dónde tienen la conciencia? Sin duda creen que la infame facción triunfará. ¡Quieren congraciarse con los rebeldes por si llega la marimorena de los destinos...! ¡Ahí os quiero ver, miserables!... Que no se os volvieran veneno los reales despachos... Los muy tunantes no se atreven a vituperar de súbito el paternal Gobierno que nos rige, ni a ensalzar a los revoltosos; pero van preparando el terreno para la defección, y con delicada hipocresía dicen: «La verdad es que así no se puede seguir... la arbitrariedad no puede gobernar constantemente a los pueblos cultos... Es indispensable que el Rey dé una Carta a la Nación... la Europa no puede consentir...» Y vuelta a la Europa, y al Rey, y a los pueblos, y a la dichosa Carta, esquela o lo que sea. Vale más que de una vez salgan por esas calles gritando: *¡Vivan Robespierre y la guillotina!*, y acabaremos de una vez... ¡Ah, menguado Pipaón!, ¡ah, pérfido discípulo! Eres el cuervo que he criado para que me saque los ojos... ¡Con que te me has pasado a la masonería y a la revolución! —añadió, tirándome de una oreja con impertinentísimo movimiento—; ¿con que esas tenemos, señor bergante? ¿Con que después de haber explotado el oscurantismo, después de haberle chupado la sangre al Reino, y al Rey, y a chicos y a los grandes, reniegas de la generosa cabrita cuyas ubres has puesto, a fuerza de mamancia, como zurrón vacío?... ¡Ah, troglodita! ¿Sabes que desde hace algunos días sospechaba yo tu defección? Me habían dicho que mangoneabas en las sociedades secretas; pero no lo quise creer. Te juzgaba mejor de lo que eres... Pero ¿qué puede esperarse de estos petates, cuando se asegura que hasta hombres como Lozano han caído en la tentación? Execrable aventurero, ¡qué chasco te vas a llevar! ¡Qué horrible será el castigo de tu traición indigna! La revolución no triunfará, porque estamos decididos a aplastarla, sí señor, a confundirla; y si es preciso, iremos todos allá, desde el ministro hasta el último empleado; y entre tanto, en este foco de las conspiraciones buscaremos a los astutos Robespierres, a los violentos Dantonazos, a los sanguinarios Marates, y les entregaremos a la Inquisición para que dé buena cuenta de ellos... Descuida, que todo se hará, empezando por ti, monstruo de felonía y doblez... ¡Te vigilaré, te pondré preso, te ahorcaré!!!...

Aquel hombre estaba loco o al menos lo parecía, según se inflamaba su rostro y se hinchaban sus venas y espumarajeaba su boca. Oí la filípica con aquella calma burlona que me era propia y que tan bien cuadraba frente a un hombre tan ruidoso como poco temible... Pero me convenía no prolongar más aquella conferencia. Antes que me echase de su despacho, me marché, para que no se irritase excesivamente, y al salir llevaba conmigo la seguridad de que hombre tan fiero sería de los más blandos si los acontecimientos seguían a su resolución con la precipitada corriente que hasta allí parecían llevar.

Del mismo modo que me trató don Buenaventura, tratáronme otros personajes que hasta entonces no sospechaban de mí, y que al fin tuvieron indicios (de ningún modo certeza) de mi defección. Yo me reía de todos ellos y de su furor impotente. Hiciéronme desaires y me pusieron avinagrados gestos en algunas casas que visité; pero en ninguna recibí tan mal trato como en casa de Carlos Navarro. Verdad es que del fanatismo insensato y exaltado de aquella gente todo se podía esperar, incluso el repudiar a un leal amigo por cuestión de ideas. Baraona me dirigió amargas pullas, Carlos apenas se dignó hablarme, e hizo alusiones tan crueles a mi conducta, que otro más valiente que yo le habría pedido satisfacción. No era extraño que me manifestaran tanto desprecio por una simple sospecha, porque ellos eran atroces, intransigentes, irreconciliables, tenían el absolutismo en el fondo del alma y en la médula de los huesos, como tiene el león la fiereza. Además, don Buenaventura, que iba allí de tertulia las más de las noches, les había dicho de mí mil picardías.

Únicamente Jenara se mostró amable y cortés conmigo. Por eso sin duda, al salir yo, noté que su marido la reprendía ásperamente, lo cual me hizo decir para mi capote como en otra ocasión:

—Ahí me las den todas.

XXI

Desgraciadamente, los acontecimientos iban con mucha calma. La revolución, como las carretas de aquellos tiempos, como la administración española, como toda la vida de antaño, iba despacio. Parecía una cosa oficial. No había en aquel estadillo aquel progreso instantáneo, el correr tempestuoso que indican la ira nacional. Yo me acordaba de cómo se alzaban los pueblos en la guerra de la Independencia, y al ver aquella pereza, aquella lentitud somnolienta de 1820, se me abrasaba la sangre de impaciencia. «Si viene que venga de una vez», decía yo. Más que revolución, aquello parecía una fiesta, una cabalgata suspendida por la lluvia, una procesión atascada en los baches del camino. No había en ella el incendio popular, sino una especie de lento deshielo, inseguro, dificultoso.

Durante bastantes días no vino noticia alguna de ventajas obtenidas por los insurrectos. Se supo con precisión la verdad de lo ocurrido al principio; pero escaseaba lo nuevo. Eran hechos incontrovertibles la sublevación del batallón de Asturias al grito de su segundo comandante, don Rafael del Riego, de los de España y la Corona, mandados por Quiroga, y la marcha de ambos jefes insurrectos hacia Cádiz. También era cierta la sorpresa y prisión del general en jefe con tres generales más. Hasta aquí no había ocurrido ningún contratiempo; pero cuando los insurrectos, tomando el puente Suazo, trataron de penetrar en la Isla, tuvieron la mala suerte de tropezar con un don Luis Fernández de Córdova, que acompañado de algunos urbanos les supo detenerles. Igualmente era cierto que, si los insurrectos no habían podido vencer la obstinación de Córdova, tampoco fueron desbaratados por don Manuel Freire, que fue contra ellos.

Estaban, pues, en situación que no podía llamarse ni próspera ni adversa. Si cualquiera de ellos hubiera tenido una chispa de genio militar en su entendimiento, fácilmente habrían adquirido ventaja, porque las tropas del Gobierno andaban azoradas, como buscando un pretexto decoroso para insurreccionarse también; pero ni Quiroga, ni Riego, ni Arco Agüero, ni O'Daly valían todos juntos para componer un mediano estratégico. Faltos de resolución, de verdadero instinto revolucionario y de iniciativa, los rebeldes decidieron... Esperar. Una sublevación que espera es una sandez. Es como un rayo que tomara aliento en mitad de su veloz camino.

Dentro de Cádiz, un tal Rotalde, quiso subleva r la guarnición; pero Córdova ahogó también el pronunciamiento.

En Madrid nos moríamos de angustia. Era tristísimo en verdad, que los que nos habíamos embarcado en la revolución, aceptando sus hechos y renegando *in pectore* de sus principios, viésemos frustrados nuestros honrados planes. ¡Sensible desgracia! Nosotros no éramos Robespierres ni Marats; nosotros no queríamos cortarle la cabeza a nadie, ni aun al marqués de M•••, ni hacer horrores; queríamos sencillamente adaptar la revolución a nuestra voluntad, aprovecharnos de ella, encauzarla en el lecho de nuestras ideas, haciendo de la hidra espantosa una flexible y condescendiente cortesana que tuviese sonrisas para todo el mundo y no metiese miedo a nadie. ¡Y por torpeza de aquellos desdichados militares, el plan admirable iba a fracasar, y nos veríamos expuestos ¡oh funestos hados!, a quedar en la más crítica situación del mundo, mal con los liberales, mal con los absolutistas! ¡Esto no se podía sufrir! ¡Esto era el colmo de la injusticia y de la desgracia! Pensándolo, yo me volvía loco; invocaba el auxilio de mi ángel de la guarda, sin apartar la mente de Dios y de su Santa Madre, para que llevasen a seguro puerto el desmantelado bajel de la revolución.

Pero ¡ay!, Dios y su Santa Madre no me hacían caso. Sin duda protegían al Rey, como depositario en la tierra de la autoridad divina. ¡Horrible situación! ¡Contratiempo funestísimo! La revolución, aquella obra tan cariñosamente preparada por los conspiradores viejos y por los catecúmenos, que eran (testigo yo) los más diligentes; aquella semilla tan esmeradamente puesta en la tierra, y a la cual dieron riego abundante los liberales y abono fecundo los absolutistas convertidos, se malograba de día en día, se perdía, se secaba... ¡Oh desesperación! ¡Y el país consentía tal cosa! Y el país, contemplando las marchas y contramarchas de aquellos soldados, no profería un grito, ni se levantaba en masa, ni hacía disparates, ni echaba el Reino por la ventana, sino que, indiferente, frío y mano sobre mano, esperaba que se lo dieran todo hecho... ¡Qué país, señores, pero qué país!

Pasaban los días todos de enero, sin que tal situación variase. Cundía el desaliento entre los revolucionarios, y los absolutistas, reponiéndose de su susto, sonreían con la vanagloriosa sonrisa del triunfo y la venganza. Véase, pues, lo que los hombres de orden y de ideas templadas sacaban de meterse en aventuras con los liberales. ¡Cuando más!... Era una ignominia que aquellos holgazanes dejados de la mano de Dios nos hubiesen comprometido de tal manera, exponiéndonos a ser ahorcados juntamente con ellos... ¡Ya, como si todos fuéramos unos; como si un Gobierno pudiera medir por el mismo rasero a jacobinos desharrapados y a hombres rectos y prudentes que solo por amor al orden habían auxiliado a la revolución!

Yo renegaba de los masones y del liberalismo y de la Carta y de la Constitución del 12, y de los derechos del pueblo, y de toda la monserga con que en las reuniones me volvieron loco, haciéndome cómplice de tales extravagancias... Yo estaba furioso; maldecía los clubs y quien los inventó; maldecía también a Ugarte que me catequizó y a Monsalud que me bautizó; y me arrancaba los cabellos pensando en el instante de mi primera entrada en aquellos oscuros antros de necedad y jacobinismo.

La revolución fracasaba sin remedio; sucumbía al nacer como un engendro enteco y miserable a quien hace daño el primer aire que respira fuera del claustro materno... Llegó febrero. En febrero, como en enero, la revolución moría... Era forzoso tomar precauciones contra el chubasco, abrir apresuradamente el paraguas de la más exquisita prudencia. ¿Necesito decirlo palabra por palabra?... Pues era preciso volver al redil, echar tierra a lo pasado y conducirse como si nada hubiera sucedido; hacer pedazos la nueva casaca, cuidando de esconder estos donde nadie los viese, y meter el cuerpo en la antigua...

¡Ay!, mi pobrecito corazón afligido necesita desahogarse con alguien; era un vaso lleno, próximo a desbordarse. Mi alma, agobiada por la pesadumbre, necesitaba otra alma amiga con quien comunicarse; otra alma que recogiera parte del enorme fardo que sobre la mía gravitaba. Me hacía falta un amigo generoso, un hermano, un padre. Tomando una resolución súbita, alcé la calenturienta cabeza que durante largo rato había tenido apoyada en las palmas de las manos, y tomando capa y sombrero, y me fui a ver al marqués de M•••, a mi generoso amigo don Buenaventura. La turbación del criminal llenaba mi alma; pero un arrepentimiento sincero me fortalecía.

Contra mi creencia, recibiome con agrado. Estaba contentísimo, y su semblante era todo felicitación. La alegría daba como una luz singular a su arrebolado rostro, y aquel Sol de Gracia y Justicia parecía puesto en el zenit de la Administración para repartir calor y vida a todos los confines de la vida burocrática. Su sonrisa pregonaba el fracaso de la insurrección. Llevábase el tabaco a la nariz, aspirándolo con la voluptuosidad a que el alma se entrega cuando no tiene nada que temer y todo es rosas y paz y claridad en torno suyo.

—¿Ya estás aquí, perillán? —me dijo, señalándome una silla—. ¿Qué te parece el famoso pronunciamiento de las Cabezas? ¿Hemos triunfado o no? Ya estarás convencido de que España no quiere revoluciones, sino paz. ¡Ay!, este gran pueblo celtíbero, romano, gótico, musulmán, es muy sensato... Ama el sueño y aborrece a todos los que meten ruido... Ya ves cómo la revolución se ha enredado en sus propios lazos. Ni siquiera ha esperado a que la aplastáramos; se ha muerto ella sola, dañada por la podredumbre que al nacer trajo en sus entrañas. Aquí están tan bien dispuestas las cosas y tan bien equiponderadas las fuerzas sociales, que cuando estalla un pronunciamiento, el Gobierno no tiene que hacer más que cruzarse de brazos y dejar a los revolucionarios entregados a su tontería y frivolidad, que es su muerte y nuestra venganza.

Yo dudaba si hacer mi reconciliación con arte hipócrita o entregarme sin condiciones, como el hijo pródigo que vuelve al hogar paterno. Después de pensarlo, me decidí por lo primero, y hablé de este modo:

—A mí no me coge de nuevo el fracaso de la revolución; a todo el mundo lo dije. Cuando le vi a usted muerto de miedo, bien claramente le expresé mi creencia de que todo vendría a parar en nada. Pero por eso no es menos cierto, señor don Buenaventura, que lo que ha pasado debe considerarse como una lección, como una advertencia de Dios, para que se reparen los males causados por la arbitrariedad. No me canso de repetírselo a usted —añadí con aplomo ciceroniano—; el Gobierno de estos reinos necesita prudentes reformas. ¿No recuerda usted lo que le dije el otro día? Es preciso que quitemos a los trastornadores de la paz pública todo pretexto de trastornos... Lo estoy diciendo hace tiempo; lo estoy pregonando en todos los tonos y nadie quiere hacerme caso... ¡Pero qué obcecación, Dios mío! ¡Aquí están, aquí están los resultados!... ¡Es particular que entre tanta gente, yo solo haya tenido penetración suficiente para ver el peligro!

—¡Oh, tú eres muy listo! —dijo don Buenaventura, moviendo la cabeza con una expresión que me pareció algo irónica.

—Eliminado de la Administración, apartado de la política —proseguí con llorona sensiblería—, he servido siempre al Gobierno absoluto en mi humilde esfera. ¿Y qué pago se me da? ¡Horroriza el pensarlo! Calumnias, inicuas sospechas de mi honradez y consecuencia. En verdad que se necesita tener un corazón muy recto para no dejarse arrastrar por el despecho y hacer cualquier tontería. Pero, ¡ay! yo quisiera que se pudiese hacer una investigación irrecusable de la conducta de todos los hombres notables que usted y yo conocemos. Yo quisiera que existiese un ojo milagroso para leer en el corazón de cada uno de ellos. Entonces se vería quiénes son los buenos.

—Vamos, Pipaón, no te enfades —me dijo don Buenaventura con bondad—, ya sé que eres hombre honrado. Cierto que me han dicho de ti algunas cosillas; pero la verdad, no les he dado crédito.

—Gracias, gracias —dije, cobrando nuevos bríos—, yo no esperaba otra cosa, y cuando el otro día me acusó usted de no sé qué monstruosa infidencia, mi alma se llenó de angustia... Yo lo olvido, señor don Buenaventura, yo perdono a los que me han calumniado, y en vista de los peligros que corre el Gobierno absoluto, elevo como siempre mi voz amiga para predicar la concordia... Unámonos, señor don Buenaventura; unámonos hoy, como nos unimos hace seis años para salvar a la Nación del abismo a que corría. Cesen los chismes ridículos, las hablillas malévolas con que se han querido manchar reputaciones como la mía... Por mi parte todo lo olvido; no veo más que a nuestro querido Rey, a nuestra querida patria, a nuestras adoradas prácticas de gobierno, a las cuales falta poco para ser las más sabias del mundo... Pero ese poco que falta debemos dárselo para aplastar de una vez al jacobinismo insolente, a las logias inmundas, y a los liberales soeces que quieren cubrir de ruinas el suelo de España. Quitémosles todo pretexto para nuevas insurrecciones; reformemos el Gobierno; ocupemos los hombres de bien todos los puestos que insolentemente usurpan los pillos, y constituiremos una Nación feliz, y legaremos a nuestros hijos, si los tenemos, toda clase de prosperidades y bienaventuranzas.

Don Buenaventura me oía con admiración profunda. Concluido mi discurso, estrechome la mano, y con benevolencia más ardorosa que lo que el caso exigía, me dijo:

—No he dudado de ti. Eres un hombre excelente. Verdad es que tuve sospechas; pero las he disipado. Soy todo tuyo.

—Unámonos, señor marqués...

—Unámonos, sí. Reconozco que se te ha postergado con injusticia. Eras de los primeros y se te puso en las últimas filas. El puesto que tú debías ocupar en el Consejo se ha dado a hombres nulos que han trabajado descaradamente por la revolución.

—Yo no guardo rencor a nadie —dije con hipocresía perfecta—. ¿Querrá usted creer que no me había vuelto a acordar de la tal plaza de consejero, ni de la incalificable ofensa que me hicieron? Yo soy así: el primero para agradecer, el último para odiar.

—Pero aún es tiempo de repararlo todo —dijo el ministro atracándose de tabaco—. Hay otra vacante, y anoche me acordé de ti.

—No, no, de ninguna manera. Hágame usted el favor de no dármela; se lo suplico... Vamos, que me pondrá usted en el caso hacer renuncia.

—Bueno; veremos si te atreves a desairarme. Es preciso hacer reparaciones, reunir toda la gente buena alrededor del Trono. Convengo contigo en que es preciso hacer alguna cosa para normalizar el Gobierno.

—Por mi parte, señáleseme un puesto de peligro, un puesto en que solo haya trabajo y no beneficios, un puesto que permita manifestar la diferencia que existe entre los aventureros sin conciencia y los hombres honrados que se desviven por el Rey y por la patria.

Asuntos urgentes reclamaban la atención de Su Excelencia, y despidiéndome, me dijo con muchísima amabilidad:

Queridito Pipaón, vete a tu casa. No llegará la noche sin que recibas un recuerdo mío. No salgas en todo el día de tu casa, y espera.

Retireme lleno de gozo... ¡Fuera revoluciones!, ¡fuera clubs!, ¡fuera trastornos políticos que alteran la santa armonía de la vida!, ¡fuera jacobinos y logias!... Como el que ha vivido algún tiempo en poder del Demonio y se ve libre de la terrible obsesión, así yo renegaba de mis veleidades revolucionarias, haciendo voto de no prevaricar más en mi vida.

Pero me aguardaba un golpe terrible, uno de esos golpes que anonadan, que hunden, que matan, arrojando a un hombre en los abismos de la desesperación. Como me había mandado el marqués, aguardé en mi casa todo el día. Al fin sintiéronse pasos en la puerta: yo creí que me visitaba un ordenanza de Su Excelencia, portador de pliegos en que se me notificase algo lisonjero, cuando mi criado me dijo que gran numero de alguaciles preguntaban por mí.

¡Traición inconcebible! don Buenaventura había determinado prenderme, y con su hipócrita zalamería alejaba de mí toda sospecha. Al decirme que no saliese de mi casa, su intención era que me pudiesen coger fácilmente sus miserables sayones. En aquel trance supremo, vacilante entre el miedo y el peligro, pude tomar una determinación salvadora, y corrí a la puerta interior. Por fortuna, fueme fiel mi criado. Doña Fe ya no estaba allí. Escurrime por la escalera con tanta presteza, que cuando los alguaciles registraban mi casa ya estaba yo en el lóbrego aposento del señor Mano de Mortero, a quien con las más patéticas razones pedí hospitalidad.

Temí que los tunantes me siguieran, pero el buen gitano me ofreció que en tal caso me ocultaría en lugar más seguro.

Mi angustia era inmensa. Contemplé con el alma destrozada el sitio en que me hallaba, mientras Mortero decía:

—Por sí o por no, apaguemos la luz.

Antes de que la soplara, mis ojos se extendieron por la habitación, y vi que sobre el lecho del señor Mano yacía tendido y como soñoliento un hombre. La luz se apagó y no pude verle; pero en el mismo instante sentí pronunciar mi apellido, y por la voz conocí que estaba en compañía de Salvador Monsalud.

XXII

La pena y furor que yo sentía no dieron lugar por algún tiempo a la sorpresa que el encuentro inesperado de mi amigo debía producirme. El tío Mano, seguro de que no había peligro, encendió de nuevo la luz, y diciéndome algunas palabras festivas y tranquilizadoras, puso sus manos en la obra interrumpida. Estaba haciendo un ejército. Yo alcé la vista; contemplé la bóveda bajo la cual estaba, las macizas paredes, y me creí sepultado para siempre. Parecía que había caído sobre mi corazón una losa enorme. La Inquisición, o si se quiere la autoridad, ponía sobre mí su pie y me aplastaba como a un insecto. Una aflicción inmensa llenó mi alma, asemejándose a una irrupción de tinieblas que entraban en ella, ocupándola toda para nunca más salir. Yo no podía formar otra idea que esta.

—¡Adiós carrera, adiós porvenir, adiós posición mía!

¡Debilidad pueril! Ocultando el rostro entre las manos rompí a llorar como un chiquillo.

—No hay cuidado ninguno —dijo Mortero—. Aquí no vendrán los mochuelos. Esto es un sepulcro. Y si vinieran, señor mío, todavía están ahí los calabozos, y si entraran a registrar los calabozos, todavía nos quedaba la cisterna.

—Fíate de los amigos querido Pipaón —dijo Monsalud sacudiendo la pereza—. Pero aquí puedes estar tranquilo.

—También a ti te han querido prender —exclamé con furia—. ¿Has conocido hombre más infame que ese don Buenaventura? ¡Miserable mastín del absolutismo! Dios poderoso: ¡permite que se desborden sobre España las revoluciones más horrendas; permite que se alce una guillotina en cada calle y que rueden por el suelo las cabezas de todos esos bárbaros tiranuelos que envilecen el país!! ¡Sí, sí, vengan los disturbios con sus cuadrillas de asesinos, levántese el pueblo y arrastre a esos menguados ídolos; ardan España y Madrid!!... ¡Pero qué detestable Gobierno! ¡Qué infames ministros! De modo que a un vecino honrado, a un hombre de bien, se le pone preso sin más ni más, porque a un ministro se le antoje... De modo que no hay seguridad... ¡De modo que la libertad y la vida de los españoles están a merced de un vil delator!... ¡Esto no se puede sufrir, esto es inicuo! Es preciso que esto concluya. ¡Salvador, venga la revolución, venga una y mil veces! Abajo todo esto y venga lo que saliere.

—Vamos: se conoce que te duele. Pues hay que tener paciencia, amigo —contestó Salvador fríamente—. La revolución no viene.

—¡No viene!

—Se ha constipado en el canal de Santi-Petri.

—Pues debe venir —repuse con furor—. Tú y tus amigos sois unos menguados cobardes. ¿Por qué no tenéis más energía?, ¿por qué no atropelláis por todo?, ¿por qué no subleváis en masa al país?, ¿por qué hacéis las cosas a medias?, ¿por qué andáis con paños calientes?, ¿por qué no matáis?, ¿por qué no incendiáis?... ¡Horrible estado es el nuestro! ¡Horrible situación la de España, entregada a un espantajo como don Buenaventura, y sin encontrar media docena de hombres valerosos que me salven!

La cólera mía no encontraba otro lenguaje. Mi pecho era un volcán y mis palabras fuego.

—¡Jacobino estás! —me dijo Monsalud riendo, más sin abandonar su calma.

—Pero, hombre, ¿no bufas como yo?, ¿no te indignas?, ¿no deseas ver al infame marquesillo asado en parrillas?... Yo quisiera tener cien bocas para gritar con todas ellas: *¡Viva la libertad! ¡Viva la Constitución!*... Si no alcanzo cómo hay absolutistas en el mundo... Si no se comprende cómo no son liberales hasta las piedras de las calles... Si no se concibe cómo estas no se levantan solas y van corriendo por los aires a destrozar a esos miserables verdugos... Si no se concibe que doce millones de españoles consientan ser tratados como una manada de carneros... Si no se comprende cómo hemos vivido tanto tiempo en compañía de esa vil canalla sin hacer una revolución cada día y un motín cada hora... Salvador, tú no tienes sangre en las venas, cuando estás ahí tan tranquilo, y no te irritas al oírme, y no rechinas los dientes y no maldices a nuestros bárbaros enemigos, y no echas hiel y fuego y veneno por la boca.

—Sigue, sigue —dijo—. Te oigo con gusto.

—¡De modo que estoy perdido para siempre! —exclamé cruzando las manos con angustia—. ¿De modo que esa endiablada revolución no triunfa ya? ¡Qué inicua farsa! Nos comprometéis a tantos hombres honrados y luego lo perdéis todo por vuestra cobardía... Y heme aquí perdido para siempre, sin carrera, sin más porvenir que el destierro... porque es claro, tendré que emigrar, si no me ahorcan antes... Hombre, horrorízate... ten lástima de este desgraciado... Consuélame, amigo, dime alguna palabra que alivie mi angustia... por Dios, Salvador, por Dios vivo, ¿no habrá todavía ninguna esperanza?

—Ninguna —contestó secamente mi amigo.

—Pero hombre, ¿es eso verdad?, ¿ninguna, ninguna? ¿Ha fracasado la revolución?

—Por completo.

—Quizás te engañes. Puede que todavía...

—Ya no hay remedio.

—¿Qué sabes tú? Todavía...

—Vengo de Andalucía.

—¿Cuándo llegaste?

—Hoy. Nadie sabe mejor que yo lo que allí ha pasado...

—Y dices que... ¿Pero qué haremos ahora?

—Nada; tener paciencia —repuso con una flema imperturbable que me exaltaba más.

—¡Tener paciencia! Eso está bueno para ti que nada pierdes, porque nada tenías; para ti que tan poca cosa eras antes como ahora; mas ¡ay!, yo estoy arruinado, yo estoy perdido. ¡Adiós carrera, posición, porvenir!... Pero cuéntame. ¿Qué ha pasado en esa fatal Andalucía? ¿Dices que has llegado hoy? ¿Por qué te has metido aquí?

—Porque el señor marqués no se duerme ahora en las pajas. Me han seguido la pista todo el día; me he visto muy apurado para escapar. Hoy no se encuentra un amigo por ninguna parte. Los Villelas y comparsa, en vista del mal éxito, adulan al Gobierno. Después de recorrer varios albergues, he creído que en ninguna parte estaba tan seguro como aquí. No he confiado el secreto de este escondrijo ni a mis más íntimos amigos. ¿Qué habrá sido de ellos?, en el aciago día de hoy, querido Pipaón, se han hecho más de doscientas prisiones. No hay compasión ni para los arrepentidos.

—¡Nos hemos lucido! Pero ¿no habrá alguna esperanza? Dime, por Dios, que sí.

—No, no hay ninguna. Los insurrectos vagan a estas horas por los llanos de Andalucía, medio muertos de hambre y de cansancio, sin encontrar apoyo en ninguna parte, viendo disminuir rápidamente su número en vez de aumentar; y gracias que los últimos consigan llegar vivos a la raya de Portugal. Ni Riego ni Quiroga valen más que para un momento de esos en que solo se necesita arrojo. Cuando el primero arengó a sus soldados en las Cabezas y les dijo: *Basta de sufrimientos, valientes camaradas; hemos cumplido con el honor; más larga paciencia sería vileza y cobardía*, parecía que aquel hombre iba a imprimir a la insurrección impulso poderoso; pero después le hemos visto perplejo, vacilante, dejando pasar todas las buenas ocasiones, y corriendo de aquí para allí como un recluta al cual de golpe y porrazo se le pusiera en la mano el bastón de general. Tuvieron la mejor coyuntura para batir uno a uno los batallones que no habían querido insurreccionarse, y la dejaron perder. Rechazados en la Cortadura, salió Riego de la Isla con mil quinientos hombres y marchó hacia Algeciras, movimiento cuyo objeto no se alcanza a nadie. Cuando quiso regresar, supo que Freire bloqueaba la Isla, donde estaba Quiroga, y corrió a Málaga. Perseguíale don José O'Donnell sin conseguir derrotarle ni tampoco ser derrotado por él. La insurrección hasta entonces no era más que un marchar continuo, sin aliento, sin entusiasmo, sin espíritu, porque en todos los pueblos del tránsito no había más que frialdad, indiferencia... De Málaga pasó Riego a Córdoba, donde entró con quinientos hombres.

—¿Y los otros mil?

—Habían desertado, y aprovechándose de la revolución, se iban tranquilos a sus casas.

—¡Canallas!... ¡Pero qué falta de entusiasmo y de patriotismo, sí señor, de patriotismo! —dije yo, no comprendiendo cómo había quien desmayase, tratándose de derribar al Gobierno absoluto.

—En Córdoba no fueron hostilizados por la tropa; pero tampoco vitoreados ni agasajados por el pueblo. No he visto frialdad semejante. Parece que esto no es Nación, sino un pueblo de sombras.

—¡Qué país! —exclamé con desesperación—. Con que mientras nosotros trabajamos por variar la forma de gobierno; mientras nos exponemos a perder las ventajas de una brillante carrera y sufrimos persecuciones, el bendito país se está mano sobre mano, sin decir esta boca es mía... ¡Pero qué horrible ingratitud, hombre! Lo que tú dices, un pueblo de sombras.

—Lo que más me ha afligido en este fracaso, no es la mala suerte de los militares sublevados, sino la apatía del país, su poltronería política, pues no merece otro nombre. Ve que se levantan unos cuantos hombres proclamando la libertad para todos, los principios de justicia, el gobierno ilustrado, y se cruza de brazos, no comprende nada, sonríe al ver pasar la insurrección, cual si fuera cabalgata de Carnaval. Esto hiela el corazón...

—¿Pero qué es esto, pues? Explícamelo.

—Esto es un triste desengaño; esto significa que España no nos entiende. Conoce su gran pobreza y envilecimiento; quizás comprende que otros pueblos viven mejor; pero no se le ocurre que en sí misma tiene los medios para salir de tal estado. Tres siglos de absolutismo no podían menos de

146

producir esta modorra intelectual en que el país vive. Duerme: sueña tal vez. Sufre un encantamiento parecido al de aquellos caballeros a quienes un mago convertía en estatuas. Es verdad que en este león encantado hay una cabeza que piensa, la idea que está en la flor de la sociedad, en algunos centenares de hombres escogidos... pero estos pueden poco. La cabeza viva, puesta en un cuerpo inerte, no sabe hacer otra cosa que atormentarse con su propio pensamiento. Eso hacemos nosotros: atormentarnos, discurrir, creer. Tenemos fe, tenemos ideas; pero iay!, queremos tener acción, y entonces empieza el desengaño; queremos movernos... iCómo se ha de mover una piedra!

—Desconsolador cuadro me pintas, Salvador.

—iOjalá no fuese verdadero! En mí notarás una transformación tan rápida como triste. Mi pensamiento tiñe de negro todo aquello en que se fija. Ayer estaba lleno de luz, y hoy no hay más que tinieblas dentro de mí. No tengo ya esperanzas; he perdido todas las ilusiones. Parece mentira que se pierda todo esto y siga uno viviendo. He visto por mí mismo la apatía nacional, una congelación lamentable, una incapacidad absoluta para apropiarse la idea política y los sentimientos que con ella se relacionan, fuera del sentimiento de la patria y del sentimiento religioso, concebidos en bruto, a lo salvaje. Aquí el pueblo no entiende de ideas: solo los sentimientos enormes del amor al suelo y a Dios le pueden mover. Hablarles otro lenguaje es hablar a sordos... Nosotros somos muy torpes: confundimos deplorablemente la conspiración con la revolución; creemos que la connivencia de unos cuantos hombres de ideas es lo mismo que el levantamiento de un país, y que aquello puede producir esto. Vemos el instantáneo triunfo de la idea verdadera sobre la falsa en la esfera del pensamiento, y creemos que con igual rapidez puede triunfar la acción nueva sobre las costumbres. Las costumbres las hizo el tiempo con tanta paciencia y lentitud como ha hecho las montañas, y solo el tiempo, trabajando un día y otro, las puede destruir. No se derriban los montes a bayonetazos.

—Siempre creí que España era un pueblo de costumbres absolutistas —dije yo—, y que la revolución y el liberalismo estaban solo en las cabezas exaltadas de cierto número de caballeretes, un tanto avispados por el alcohol de las lecturas... Por eso yo, al conspirar, no contaba con que se hiciera ninguna revolución verdadera, sino simplemente una mojiganga de revolución, una cosa teatral y de mentirijillas, que no alterara nada en el fondo, sino en la superficie, y que contentándose con fórmulas, verificase un razonable y justo cambio de personas, que es al fin y al postre lo más conveniente.

—Como tú piensan muchos, muchísimos de los que más han bullido en las logias, y esta es una de las causas del fracaso. Aquí no hay más que absolutismo, absolutismo puro arriba y abajo y en todas partes. La mayoría de los liberales llevan la revolución en la cabeza y en los labios, pero en su corazón, sin saberlo se desborda el despotismo.

—¿De modo que, según tu frase, España seguirá andando a cuatro pies por mucho tiempo?

—Por muchísimo tiempo.

—¿Y qué piensas hacer ahora?

—Nada: renunciar a un trabajo que creo no ha de tener resultado alguno. Yo empecé con mucho ardor; tenía una fe profunda; creía que por tales medios podía adquirir gloria para mi país y para mí; trabajaba a ciegas sin ver el material que tenía entre las manos. ¿Me preguntas lo que pienso hacer? Renunciar a un papel que empieza a ser criminal y hasta ridículo desde el momento en que solo puede servir para ayudar a vulgares ambiciones. Estoy convencido de que la revolución tiene que ser vana por ahora. Lo he visto por mis propios ojos; lo he tocado con mis manos... Con su nombre pueden elevarse y luchar facciones miserables, y a facciones no sirvo yo. He sido durante algún tiempo aventurero, pero en mis aventuras entreveía un hermoso ideal. Mientras duró el engaño, mi conducta no podía dejar de ser noble. Pero, amigo mío, ya he visto que los que creía gigantes eran molinos de viento, y aquí concluye mi caballería andante. Felizmente no he perdido el seso. Si pude un día aceptar lo que hay de generoso en el papel del gran caballero de la Mancha, renuncio ya a lo que en él hay de ridículo, y arrojadas las inútiles armas me vuelvo a mi aldea.

—¿A tu aldea?

—Al extranjero, quiero decir; o a América, qué sé yo... En mi horrible descorazonamiento, amigo Bragas, yo conservo una serenidad notable, y no tomaré resoluciones atropelladas. No hay que apurarse... Calma. Durmamos ahora tranquilamente y mañana se pensará lo que se ha de hacer.

—Parece mentira que puedas dormir una noche de desgracias como esta. ¡Qué calma tienes!

—Estamos caídos —dijo con voz que se extinguía poco a poco a causa del sueño—. Algún día nos levantaremos. Dicen que no hay mal que cien años dure.

—¿Y serás capaz de dormirte así... Dejándome solo, sin consuelo?...

—¿Consolarte yo? —repuso dormitándose, sin consideración a mi soledad—. ¡Pobre Pipaón, pobre cortesano!, le han quitado su destino... le han dado un puntapié con sandalia de rosas... Eso no es nada, amigo. Con unas cuantas sonrisas recobrarás tu favor... y si no con un par de lágrimas. El chubasco pasará y... Al cabo de cierto tiempo... Como si tal cosa...

Durmiose el infame, dejándome entregado al sombrío martirio de mis pensamientos... ¡Dormir cuando yo estaba perseguido, dormir cuando el orden natural de las cosas se había alterado! Encontreme enteramente solo, porque el señor Mano de Mortero había salido poco antes. Estuve meditando y cavilando con tal laberinto en el cerebro, que al fin deliraba. Creo que hablé solo largo rato y una visión extraña atraía la atención de mi espíritu. ¿Qué era aquello que yo contemplaba, Dios mío? Yo veía un ejército poderoso que avanzaba en gallarda formación. Las filas de hermosos caballos corrían las unas tras las otras tan matemáticamente alineadas, que no discrepaban una línea. Los jinetes todos esgrimían sus sables, y a igual altura se elevaban empenachados morriones... Pasaban, pasaban fila tras fila, escuadrón tras escuadrón, sin acabarse nunca y sin variar nunca. Era el ejército infinito, siempre el mismo, siempre marchando y nunca concluido. De las apretadas y correctas filas salía sin cesar un grito majestuoso, que penetraba en mi alma como un rayo de luz. El grito era: «¡Viva la libertad!»

No sé cuánto tiempo duró este fenómeno; pero al fin entró el señor Mano de Mortero, hizo ruido y me moví. En el rincón frontero y sobre el banco del taller, continuaba el ejército; más era un escuadrón de groseros muñecos mal tallados y peor pintados... Sin embargo, siempre me parecía que gritaban con sus bocas de palo: «¡Viva la libertad!»

El señor Mano de Mortero dejó a un lado el farolillo con que se alumbraba, la capa y el sombrero, y en voz alta nos dijo:

—Buenas y frescas, señores.

Monsalud despertó.

—¿Hay noticias? —pregunté con ansiedad.

—Y buenas. La Coruña ha proclamado la Constitución.

—¿Pero es verdad? ¿Lo dicen por ahí?

—Lo dicen por ahí y es verdad. Y el Ferrol y Vigo también se han sublevado. Dicen que los ministros están que se les puede ahorcar con un cabello.

—¡Dios mío, Virgen Santísima!, que sea verdad lo que dice este buen hombre —exclamé juntando las manos—. ¿No has oído, Monsalud, lo que cuenta el señor de Mano? ¿Qué te parece?, ¿será verdad?

—Puede ser verdad —dijo Salvador con mucha calma.

—Con que la Coruña, el Ferrol, Vigo; es decir, toda Galicia... Principio quieren las cosas. Si saldremos al fin con que triunfa la marimorena y arde toda España.

—El ejército nada más... —dijo mi amigo fríamente.

—Señor de Mano, quién sabe, quién sabe todavía... Oye, Salvador, me ocurre una idea.

—¿Qué?

—Que imploremos de la Divina Misericordia...

—¿El perdón de nuestros pecados?

—No, el triunfo de la sedición. Pidamos a Dios con todo fervor y recogimiento... que sea verdad lo que ha dicho este buen hombre; que sea verdad el levantamiento de la Coruña...

Monsalud estaba echado boca arriba en actitud de tranquilidad perfecta. Había extendido sus dos brazos formando arco alrededor de la cabeza, y miraba al techo.

—Hombre, no seas impío —añadí—, ¿por qué no hemos de impetrar de la Omnipotencia Divina lo que deseamos? ¿No piden pan los hambrientos y salud los enfermos? Pues pidamos nosotros revolución. El Evangelio dice: «pedid y se os dará.»

Monsalud reía.

—Señor de Mano —añadí yo—. Aquí veo unas hermosísimas imágenes de la Virgen y del Señor. ¿Por qué no les pone usted una vela?

Salvador no podía tener la risa.

—Hereje, empedernido hereje, calla, calla. Cada uno tiene sus ideas. Yo soy religioso, yo soy creyente y tú eres un perro judío. Querido señor de Mortero, encienda usted un par de luces en ese altar que está junto a la cama.

Mortero encendió las luces.

—Ahora —dije yo—, que la Santísima Madre de Dios, Nuestra Señora del Rosario, nos dé el inefable beneficio de un pronunciamiento en cada ciudad de España; que sea un volcán Galicia y otro volcán Aragón; que caigan por tierra el absolutismo y don Buenaventura.

—Me parece que se sienten pasos arriba —dijo Salvador en voz muy baja.

—Es que andan por allá el señor secretario y un señor inquisidor —repuso Mortero—. No hagan ustedes ruido. Están sacando papeles del archivo.

—Es que ven la cosa negra —afirmé yo—. Sin duda temen que el pueblo penetre en la casa y descubra alguna picardía. Señor Todopoderoso, Creador del cielo y de la tierra...

—¡Es gracioso! —dijo Monsalud mirando la imagen, que era la Virgen del Rosario con Santo Domingo de Guzmán arrodillado a sus pies—. Si a esos señores inquisidores que están arriba les dijeran ahora que en un sótano de la Santa Casa arden velas ante las imágenes cristianas para implorar de Dios el triunfo de la revolución...

—Si se lo dijeran... Seguramente no lo creerían.

Mi amigo se volvió hacia la pared, y al poco rato dormía.

Yo no cesé de rezar en toda la noche.

XXIII

Al día siguiente muy temprano, Mano de Mortero, que había salido a sus quehaceres, entró diciendo:

—Gordas y frescas.

—¿Qué, qué hay?

Que lo de Galicia es tremendo. El Rey y la Corte están muy asustados... Toda la noche han estado los ministros en Palacio... Quieren contemporizar... les ha entrado el destemple... Desconfían de la guarnición...

—¡Desconfían de la guarnición! ¿Oyes, Salvador; oyes, hombre? —exclamé con exaltado júbilo.

—Oigo —repuso mi amigo secamente.

—¡Y de la Guardia de la Real persona! —añadió Mano.

—¡También desconfían de la guardia! ¿Oyes, Salvadorillo de mi alma?

—Oigo.

—Señor de Mano, traiga usted cuatro velas; yo las pago.

—Con esa condición, aunque sean ocho —dijo Mortero, abriendo el cajón de una cómoda.

—No quepo dentro de mí —exclamé saltando del jergón—. Voy a salir a la calle, aunque me exponga a ser cogido. Me pasearé, comeré en casa de algún amigo... Señor de Mano, ¿tiene usted algunas ropas con que disfrazarme?

—Tengo vestidos de cómicos. ¿Quiere usted ir de rey turco?

—Hombre, no.

—¿Y de senescal de Polonia?

—¡Qué majadero!

—¿Y de majo? Sombrero ancho, capa encarnada, marsellés...

—Venga, venga. Me embozaré hasta las cejas.

Mano sacó unos vestidos, que yo me puse, acomodándolos lo mejor posible a mi cuerpo. Peíneme a lo majo, tízneme el rostro, y quedé convertido en chispero, tan al vivo, que era muy difícil conocerme. Con tal pergenio, guiado por Mortero, que me llevó por oscuros laberintos, salí a la calle, embozado hasta las cejas. Monsalud no quiso seguirme. Pasé por Palacio, y vi que entraban y salían muchos coches; recorrí, luego la calle mayor hasta la Puerta del Sol; pero aunque encontré en este sitio muchos conocidos, no me atreví a hablar a ninguno; tanta era mi cobardía aun bajo el disfraz de chispero. Estábamos en los primeros días de marzo.

Ya conocí en la actitud y semblante de las personas, y en las palabras que al vuelo cogía, que era ciertísima la alarma anunciada por Mortero. Sin cesar herían mi oído las voces *Coruña, Ferrol, Junta Revolucionaria, Don Pedro Agar*, volviéndome loco de alegría. Recorrí la población sin descubrir mi cara, atendiendo, disimuladamente a todos los grupos, huroneando, atisbando, olfateando la revolución. ¡Ay!, la revolución palpitaba; yo la sentía. Quien había puesto tantas veces la mano sobre el pecho de la sensible villa no podía engañarse.

En estas exploraciones empleé toda la mañana y parte de la tarde. No me había descubierto a nadie. Llegó por fin una hora en que me picó el hambre con alarmante viveza; porque el júbilo y esperanza no me alimentaban; que esto corresponde a las magras y otros condimentos, y de ningún modo a las sensaciones agradables del alma. ¿Qué hacer? El señor Mano no podría ofrecerme sino un guisote grosero. ¿Entraría en algún café o figón? No, porque mi pusilanimidad veía alguaciles en todas partes, y se me figuraba que ni siquiera me dejarían llevar la cuchara a la boca. ¿Iría a casa de algún amigo? Ugarte estaba fuera de Madrid, y quizás perseguido también. De Villela y otros personajes no me fiaba más que del Demonio. Pensé ir en busca de don Gil Carrascosa, hombre que me debía muchos favores, o de don Bartolomé Canencia; pero luego discurrí que las casas de donde más rápidamente debía huir eran las de aquellos que me debían beneficios.

De pronto vi a cuatro personas que me inspiraron una idea felicísima. Eran Carlos Navarro y don Miguel de Baraona, que iban por la calle de la Montera hacia la Puerta del Sol, acompañados de los dos zafios amigos que con el primero vinieron del Norte. Antes me metiera yo mismo en la cárcel que presentarme ante aquellos hombres fanáticos, capaces de hacer conmigo una felonía; pero teniendo la certeza de que estaban ambos fuera de casa, bien podía pedir amparo a la señora doña Jenara, que de fijo no me lo negaría ni me vendería.

—Si Jenarita está en su casa —me dije corriendo en dirección de la calle Ancha—, comeré, y comeré bien.

Poco después entraba yo en la calle de *Enhoramala vayas*, para pasar a la de *Sal si puedes*. Esta tenía poco que andar. Componíanla dos casas humildes, otra suntuosa, y una tapia de corrales o jardines. La suntuosa, como muchas personas, tenía mejor alma que cuerpo; es decir, que su aspecto vetusto y feo no correspondía a su comodidad interior. De poca fachada, extendíase mucho en el fondo de la manzana, y lo mejor de ella era la crujía de Poniente, que daba a un patio donde estaban las cocheras. Este patio tenía la salida a la calle de *Aunque os pese*. Aquel pequeño barrio de nombres tan extraños, era entonces más solitario aún que ahora.

Entré resueltamente. Por fortuna Jenara estaba, y estaba sola. Tan solo su doncella tuvo noticia de mi visita.

Expuse a la generosa dama la aflictiva situación de mi estómago, rogándole encarecidamente que si me daba de comer lo hiciera pronto para evitar el peligro de un encuentro con los feroces Navarro y Baraona. Ella se rió mucho de mi extraña facha, y me dijo:

—Hace usted bien en temer a mi marido y a mi abuelo. Ellos no disculpan ni perdonan. Están furiosos contra usted y si le encontraran aquí, serían capaces de entregármele atado de pies y manos a don Buenaventura.

—¡Miserable sayón!

—Anoche estuvo aquí, y dijo de usted mil picardías. ¡Pero qué atrocidades ha hecho usted, Pipaón!... Conspirar así; escribir cartas; juntar dinero... qué sé yo... Es usted un Robespierre. Dice el marqués que no se consolará en toda la vida de que se le escapara usted, y que daría un ojo de la cara por atraparle.

—¡Bandido!... Pero si usted tuviera la bondad de darme de comer... Ahora o nunca: me muero de hambre.

—Al momento —repuso riendo—. Pero van a decir que soy encubridora de revolucionarios y el marqués querrá prenderme también.

Inmediatamente dio órdenes a su doncella para que me trajese lo que tan imperiosamente pedía mi pobre cuerpo. Ella misma tendió un pequeño mantel en el velador de aquella estancia que era la suya, y me iba poniendo delante los platos, amenizando el festín con discretas observaciones y celestiales sonrisas. Yo caí sobre los manjares como el tigre sobre su presa.

—Perdone usted, si como groseramente —le dije—. Un condenado a muerte tiene derecho a prescindir de ciertas reglas.

—¡Parece mentira! —exclamó—. ¡Usted revolucionario, usted liberal!...

—Señora, no haga usted caso de infames calumnias. Mis enemigos discurren infernales embustes para perderme. Ya disiparé yo las nubes que empañan el limpio Sol de mi reputación. Deje usted que pase este chubasco...

—Triunfen o no los revolucionarios —dijo ella sentándose frente a mí y apoyando el codo en la misma mesa donde yo comía—, lo cierto es que los conspiradores lo pasarán mal. Casi todos están presos, ¿no es verdad?

—Creo que sí.

—Sin embargo, no se oye decir que ajusticien a ninguna persona conocida.

—Incomparable está esta gallina —repuse, más atento a la reparación de mis fuerzas que a la suerte de los conspiradores.

Cuando empecé a reponerme y a sentirme dueño de mí mismo, fijáronse mis ojos con singular deleite en la hermosísima figura que tenía delante de mí. Nunca me había parecido Jenara tan bella. En la nueva mansión su hermosura soberana se realzaba con el lujo que el generoso marido había acumulado allí, labrando de este modo el único estuche digno de alhaja tan preciosa. Fuera por una irradiación admirable de la privilegiada naturaleza de Jenara, fuera porque la casa era en realidad muy linda, todo lo que veían mis ojos tenía el más puro sello artístico. Cuadros, tapices, muebles, cornucopias, ofrecían mil formas encantadoras que extasiaban la vista. El oro y los pastosos tonos, las tintas brillantes admirablemente armonizadas, llevaban los ojos de sorpresa en sorpresa. Los excesos del lujo, que generalmente traen el mal gusto, eran allí, o al menos a mí me lo parecía, un esfuerzo sublime de la imaginación, comedida siempre en su delirio.

En su propia persona, los encantos de Jenara eran, como siempre, superiores; pero allí su grave y patética sencillez brillaba más que cuando vivía en mi casa. Siempre tuvo el raro instinto de ataviarse elegantemente, y la no aprendida ciencia, en virtud de la cual una mujer privilegiada sabe estar preciosa con el adorno más insignificante. Aquella tarde en que me dio de comer, estaba vestida con la negligencia cuidadosa que parece han de emplear las que siempre quieren estar bien, aun sabiendo que nadie las ha de ver. Sobre su cuerpo no había más que dos colores, el blanco y el negro; este en una copiosa sarta de cuentas que pendían de su cuello, adorno muy usado entonces. Su traje blanco, conjunto delicado de graciosos caprichos de aguja, de pliegues y rizos, era un plumaje maravilloso, que a causa de la estrechez de los talles de entonces cubría delicadamente sus incomparables formas sin desfigurarlas, respetando cuanto el divino cincel modeló en aquel hermoso barro humano, es decir, no aplastando ningún bulto, ni llenando ningún hueco, ni alterando con importuno arte la más acabada estatua en cuyo tibio mármol han vibrado nervios y corrido, por las azules venas, menudas venas de impetuosa sangre.

Cuando se movía de aquí para allá trayéndome lo que yo había de comer, parecía una hechicera de leyenda que cuidaba de mí, niño extraviado en la caverna de magia, entre maravillosas transformaciones; primero maltratado por ogros horribles, después mimado y agasajado por las blancas manos de las hadas. Caía la tarde, y la dulce luz crepuscular que entraba en la estancia por las ventanas abiertas al patio y a la calle de *Aunque os pese*, derramaba en torno mío, entre ella y yo, una dulce onda de tristeza. Cuando yo concluía de comer, sentose como he dicho, frente a mí, apoyando el codo en la mesa y la mejilla en el puño. En primer término yo veía un brazo que a ningún otro puede compararse, blanco, torneado, de una pureza y corrección admirables. Distinguíanse en la suave penumbra de lo interior de la manga las morbideces del ante-brazo que se perdía al fin entre la batista, seguido hasta lo último por mi ansiosa vista. Tenía los ojos medio cerrados. No sé por qué todo allí era tristeza. Yo exhalé un suspiro tan hondo, que Jenara se conmovió cual si oyese un grito.

—¿Qué tiene usted? —me dijo.

Estaba pensando, señora mía, que el señor don Carlos, mi antiguo amigo y esposo de usted, es el hombre más feliz de la tierra.

—¿Por qué?

—Porque es dueño de tanta hermosura.

Jenara hizo un gesto de desdén.

—Pero no sabe apreciar su felicidad, señora mía —añadí—, y con sus ridiculeces y manías mortifica a este ángel de gracia y de bondad.

—Galán está usted —me dijo sonriendo—. No extraño que usted hable así de Carlos. Todo el mundo conoce lo mal que me trata. Ni siquiera tiene el tacto de guardar para mí sola sus impertinencias, sino que delante de los amigos me suele ofender...

—Él mismo confiesa que es un bruto; pero su alma y su corazón son excelentes. Procure usted domesticarle, y...

—No sirvo para domadora —me contestó, moviendo con insistencia su linda cabeza—. Él se cansará o se corregirá. ¿Qué puedo hacer para convencer a un hombre que se encariña con sus errores y con sus sospechas? Cuando alguien intenta quitárselas, Carlos se enoja como si le quisieran robar un tesoro.

—Sí, muy bien dicho. Es avaro de sus tenacidades y equivocaciones. ¡Cabeza de granito! Se estrellará, pero no dirá jamás: «me equivoqué.»

—Esto tiene que concluir de un modo o de otro —afirmó—. Es imposible vivir así. Cada día una cuestión, cada hora una disputa. ¿Y por qué? Por nada, por fantasmas. Sepa usted que el cerrar los ojos y el abrirlos es en mí un indicio de infidelidad, según mi marido. Aprenda usted a tener perspicacia.

—¡Detestable sistema es ese! Conozco algunos maridos que por buscar tres pies al gato, han hallado los cuatro. Mucho cuidado, señor Garrote, vais por mal camino... No crea usted; yo le reprendí y le dije media docena de verdades... pero no hace caso. Tiene a gloria el equivocarse. En disparatar consiste su orgullo.

—Ahora, con estas cosas de la revolución que viene, está insoportable —dijo la dama con ademán ponderativo—. No se le puede resistir... Ahora paso los días entre el temor y la tristeza, asustada cuando le espero y creo que va a llegar, triste cuando estoy sola. Con él tiemblo; sola me aburro. ¿Puede haber situación más horrible? ¡Ha de saber usted que Carlos, con sus impertinencias ha llegado a lo que nunca creí, a malquistarme con mi abuelo, que también sospecha, también! Figúrese usted si será deliciosa mi existencia. Ellos dos, es decir, toda mi familia, están contra mí. A mi lado no hay nadie más, ni hermanos, ni hijos, ni siquiera amigos... Las amistades, cualesquiera que sean, me están prohibidas... ¿No es verdad que soy digna de envidia? La cabeza hecha un volcán y el corazón vacío, enteramente vacío.

—¡El corazón vacío!, es decir, holgazán... ¿Qué de cosas no discurrirá el muy tunante para poder entretenerse?... ¿eh?

En el mismo instante sentimos ruido de voces y pasos en el interior de la casa.

—¡Carlos! —exclamó Jenara con el mayor sobresalto.

—¡Jesús, María y José! —dije yo sintiendo que flaqueaban mis piernas—. ¿Dónde me escondo, dónde?

—Váyase usted. Está usted perdido si él le ve.

Jenara y yo, llenos de confusión, no sabíamos qué partido tomar.

Escóndase usted aquí —me dijo la dama, mostrándome un armario, que abrió precipitadamente—. Después saldrá usted.

Escurrime dentro. Yo no era hombre, yo era un papel. Creo que me hubiera metido entre dos platos. De tal modo me hacía flexible el miedo.

Poco después de esconderme, entró Carlos. Yo no le veía; pero le sentía. El resoplido de la fiera, llegando a mis oídos, me ponía los cabellos de punta. Acompañábale uno de sus amigos, el llamado Zugarramurdi, que era el más bruto. Estuvieron los tres en silencio durante breve rato. Sin duda Carlos estudiaba el semblante de su mujer.

—Jenara —dijo al fin—, el portero me ha dicho que entró hace poco un hombre y que no ha salido.

—¡Un hombre!... —repuso Jenara—. No sé...

Su voz temblaba.

—¡Es singular cosa! —dijo Carlos con marcado acento de ironía—, pero como en estos tiempos hay tantos ladrones...

—Se registrará la casa —indicó con bronca voz el amigo.

Yo me quedé yerto; yo era un cadáver.

—Como no sea... —dijo Jenara—. Sí... hace poco estuvo aquí un señor, preguntando...

—¿Preguntando qué? —vociferó Garrote—. Sosiégate, mujer... te doy tiempo para que medites lo que quieras decirme... No se ocurren siempre buenas ideas para ocultar la verdad. Los más listos se turban... Con que entró uno preguntando...

Sentí el chasquido de los maderos de la silla en que la bestia se sentó.

—Un hombre, no sé quién... —continuó Jenara en tono más tranquilo y algo altanero—. Si no lo quieres creer, no lo creas. Me parece que era el que anoche fue contigo en busca de Pipaón.

Hubo una pausa. ¿Le convencería?

—¡Pipaón! —dijo el amigo—. Juraría que le encontramos hoy en la calle.

—¿Y por qué no me lo dijiste? —repuso Carlos con violencia—. Crees que me importa pescar en medio de la calle a un sapo, liarle una cuerda a los brazos y llevarle a la superintendencia de policía.

Yo daba diente con diente.

—Pues sí —dijo Jenara con voz serena—, ese creo que era...

Y deseando variar de conversación, repuso:

—¿En dónde has dejado al abuelo?

—Fue solo al príncipe, a comprarte billetes para esta noche.

—¿Qué función es?

—Una ópera nueva, una sandez, qué sé yo —dijo Zugarramurdi.

—Se llama *La inútil presunción* o *El barbero de Sevilla*, por un tal Rufini o Rossini —gruñó Carlos con malísimo humor.

—Anoche se estrenó: es un sainete ridículo, según me han dicho —añadió el amigo—. Un tutor estúpido, un barbero sin vergüenza, una pupila descocada, un amante que se finge soldado borracho para meterse en la casa, después se hace maestro de música, y luego entra por el balcón.

—Por el balcón —repetí yo, apropiándome con calenturiento afán aquella idea.

De repente Carlos, que sin duda no estaba para pensar en óperas, dijo levantándose:

—¿Cerré yo la puerta interior al marcharme?

—Creo que sí —dijo el amigo—. Lo mejor sería registrar la casa. Hay ahora tantos ladrones...

Carlos y su camarada salieron.

Jenara, al verse sola, abrió precipitadamente el armario, y me dijo:

—Esta farsa no puede seguir... ¡qué compromiso!... Es preciso que yo diga la verdad a mi marido... Ya no es fácil que usted pueda marcharse...

—¡Señora!... ¡por compasión!

—La verdad, más vale decir la verdad... ¿a qué vienen estos enredos?... Bastantes tengo con los que él inventa...

—¡Señora!... ¡por piedad! —exclamé de rodillas.

Y me dirigí al balcón que daba al patio.

—Por aquí —dije, asomándome para medir la distancia.

—Se va usted a estrellar.

Felizmente el descenso era muy fácil. Había bajo el balcón una alta ventana con reja de hierro, que casi era una escalera. No lo pensé más.

—Se puede, sí, se puede —dijo Jenara—. ¡Pronto abajo! Por fortuna no hay nadie en el patio ni en las cuadras... La puerta que da a la calle de *Aunque os pese* está siempre abierta.

Lieme la capa en la cintura, y con presteza sin igual me deslicé, sin más contratiempo que algunas rozaduras en las manos. Embozándome hasta los ojos, salí sin obstáculo a la calle; pero no había dado dos pasos, cuando vi al señor de Baraona que atentamente me observaba. No quise detenerme y apreté a correr, diciendo para mí lo de marras:

—Ahí me las den todas.

XXIV

—Salvadorillo, albricias —dije a mi amigo, entrando en la cueva del señor Mano—, todo va bien, la revolución marcha. Madrid ofrece un aspecto imponente... ¡Si vieras qué cosas me han pasado!... ¡qué aventuras!... ¡qué peligros!... Soy un héroe. Pero en fin, he comido como un príncipe. ¿A que no sabes dónde? Pues en casa de tus amigos los Baraonas. Jenara, con sus propias manos divinas, me sirvió de comer.

—¿En dónde viven ahora? —me preguntó Salvador con indiferencia.

—En la calle de *Sal si puedes*... bonito nombre... Aquí cerca.

—Te lo pregunto porque quizás me dé una vuelta por allá.

—Me alegraré de que busques camorra a esa canalla. Pero aguarda a que triunfe la revolución. Entonces les meteremos en un puño. Cuando la policía sea nuestra, es preciso tomar venganza. Enviaremos a Garrote a presidio y a Baraona a una casa de locos.

Monsalud se estaba arreglando y vistiendo. Habíale proporcionado Mortero un vestido de majo, como el mío, pero mucho más elegante: marsellés nuevo, calzas y pantalones negros, capa de grana y sombrero redondo. Su figura no podía ser más hermosa.

—¿Vas a salir esta noche? Te acompañaré. Me aburre este agujero. En Madrid se respira, amigo mío, el aliento sulfúreo de la revolución. La conmoción viene, el trueno retumba ya muy cerca.

Salimos juntos. Habíase disipado en gran parte mi miedo, y la compañía de Monsalud infundíame valor. Desde los primeros encuentros con varias personas conocidas, comprendimos que no corría ya gran peligro nuestra libertad. Las noticias eran tremendas para el absolutismo, y según dijeron, se preparaba para el día siguiente un decreto haciendo concesiones y prometiendo reunir Cortes. Tanta cobardía inflamaba más a los revolucionarios.

Visitamos aquella noche con el mayor descaro algunas tertulias, que no eran otra cosa que las mismas reuniones perseguidas por don Buenaventura; pero con la súbita esperanza de triunfo, la revolución había arrojado la máscara y se burlaba del Gobierno. En este no había un solo ministro propio para la gravedad del caso. Hombres todos de miserable espíritu, no servían más que para la adulación. Todo Madrid se reía de ellos. Los conspiradores que no estaban presos afectaban en las calles y en sitios públicos un desprecio a la autoridad que rayaba en desvergüenza.

Al día siguiente, tranquilos ya con el aspecto que tomaban las cosas, abandonamos Salvador y yo el escondrijo del señor Mano de Mortero, y tuvimos hospitalidad en casa de un amigo.

Era el 6 de marzo, cuando llegó la noticia de la sublevación de las tropas que estaban en Ocaña. El júbilo y osadía de los revolucionarios eran tan grandes, que por momentos se temía en Madrid un alzamiento popular. La atención de todos se fijaba en la guarnición de Madrid, formada de algunos regimientos de la Guardia y de otros de línea. En Palacio, según me dijo el señor Villela, a quien encontré en un estado de indecisión extraordinaria, todo era tumulto y azoramiento. La reina Amalia lloraba, el Rey bufaba de ira y los palaciegos iban y venían consternados, sin saber si pondrían la vela al santo o al demonio, o a entrambos a la vez, que era lo más seguro. Escondíanse el duque de Alagón y los demás favoritos, y diversos personajes, oscurecidos u olvidados por la corte, se presentaban llamados por el Rey o espoleados por su propia ambición.

Desde que amaneció el día 7, Madrid ofrecía el aspecto propio de los días en que va a pasar algo extraordinario. Inútil es decir que desde muy temprano recorrí yo las principales calles, en unión de algunos individuos que iban sembrando la semilla del tumulto de barrio en barrio. Recordaba yo las escenas famosas del 1.º de mayo de 1814, y me parecía que nada había cambiado. Las caras eran las mismas, los gritos parecidos. Ciertamente que la idea era distinta; pero como la idea no se ve, de aquí la ilusión.

No hay cosa más parecida a un motín absolutista que un motín revolucionario. Se asemejan como una calabaza a otra. No trabajar, cerrar las tiendas, salir chillando, derribar lápidas y letreros, injuriar a los caídos, proclamar nombres nuevos, levantar ídolos, mezclar tal o cual arranque generoso a salvajes actos, esto fue lo que vi en 1814, y lo que se repitió ante mis ojos en 1820. En una y otra época, por rara coincidencia, fui agente eficaz en el movimiento, y las dos veces mi astuto aguijón pinchó a la bestia feroz para que gruñese. Antes había gruñido en las Cortes; ahora debía gruñir en Palacio.

Comprendiendo la gravedad del asunto y la conveniencia de que el trabajo de seis años no se malograse, desplegué aquella mañana facultades verdaderamente maravillosas que llenaron de asombro a los revolucionarios viejos. Ya se comprenderá que los nuevos éramos atroces. No perdonábamos.

Debo advertir que en marzo de 1820 yo notaba en la población un movimiento mucho más espontáneo y general que en mayo de 1814. Todos los tenderos, todo el comercio alto y bajo de los barrios del Sur y del Centro se asociaba al impulso con una franca y natural alegría que me llenó de admiración. En los empleados, en todo el personal de la clase media, había un sentimiento de simpatía que más tarde llegó a manifestarse en hechos. Había, pues, en aquel día dos corrientes, la corriente natural de la gente de buena fe que se alegraba del cambio previsto, y la corriente del tumulto, que tenía encargo de vociferar y hacer demostraciones locas. Ambas se mezclaban y juntas invadían las calles, llenando los aires con sordo mugido, sin que se pudiese determinar dónde acababa el oro y empezaba el plomo. En la generalidad de la población resplandecía la más franca hombría de bien, una especie de candor revolucionario, si así puede decirse, un júbilo patriarcal que era del mejor augurio.

Por la tarde la muchedumbre formaba una apretada masa en los alrededores de Palacio. Escenas bulliciosas de animación, de risas, de plácemes, de gritos, de palabrillas un poco jacobinas alegraban las calles del Arenal y mayor.

«Que el Rey juraba.

»Que el Rey no deseaba otra cosa que jurar.

»Que los ministros y palaciegos eran unos tunantes, pero que Fernando el hombre mejor del mundo.

»Que, a Dios gracias, nos íbamos a ver libres de pillos.

»Que en aquellos momentos se estaba formando un nuevo Gobierno.

»Que por la noche la guarnición de Madrid, incluso la guardia real, debía apoderarse del Retiro, para desde allí enviar una diputación al Rey pidiéndole el juramento consabido.

»Que la reina decía entre lágrimas y suspiros que la habían engañado, y que se quería volver a Sajonia.

»Que Ballesteros, recién llegado por mandato del Rey, había dicho que nada se podía hacer ya.

»Que los hombres de la corte opinaban que no era cosa de trastornar al Reino y de pasar sustos por un juramento de más o de menos.»

Esto y otras cosas que omitimos decía la gente. Yo no quise hacer demostraciones en público; pero me daba a conocer a todos mis amigos, no recatándome de nadie, porque ya no había para qué. Con los liberales me hacía el exaltado y con los templados el indiferente.

Cerca de Palacio, la multitud prorrumpía en desaforados gritos: allí estaba nuestra gente pidiendo a voces la Constitución y el juramento con tanto ardor, que parecía no poderse pasar ni un momento más sin ello. Pero los balcones de Palacio permanecían cerrados; no se veía ni aun la nariz del Infante don Carlos, generalísimo de los ejércitos.

Iba cayendo la tarde, y no había novedad. Algunos jinetes de la guardia decían al pueblo que se retirase. Su actitud no era hostil, sino tan conciliadora, que despertaba general simpatía. La guardia, que tanto dio que hacer después, estaba aquel día como un guante. Verdad es que aquel día era un fenómeno por la generalización súbita de los sentimientos liberales. Había contagio sin duda. Los exaltados contagiaban a los tibios; los tibios a los indiferentes; los hombres contagiaban a las mujeres, las mujeres a los niños, y los niños a los pájaros, que de rama en rama piaban *Constitución*.

La noche enfrió el entusiasmo de muchos; pero exacerbó más el furor de otros. Aquellos que a toda costa deseaban una escena y la pedían y la estaban buscando, no querían irse a sus casas sin saber la determinación de Su Majestad. Diversas comisiones entraron en Palacio, pero el pueblo ignoraba todo. Por eso cuando corrieron voces de que era inútil esperar nada positivo hasta la mañana siguiente, un bramido de despecho circuló de un cabo a otro. Gracias a que nuestro pueblo es dócil, poco exigente, humilde, y conserva sentimientos de profundo respeto al Trono en medio de sus más soeces expansiones, que si no fuera así, algo grave habría ocurrido aquella noche.

Mientras los vecinos se iban a sus casas o a las tertulias o a los cafés, los que mangoneábamos en la maquinaria oculta del alboroto popular, azuzábamos a los beneméritos patriotas para que manifestasen sus altas dotes, ora rompiendo algunos vidrios absolutistas, ora entonando canciones que a toda prisa improvisaron ramplonas musas. Todo lo hicieron a pedir de boca; pero aquello donde más lució su destreza fue la algazara que armaron en la Plaza mayor al poner una lapidilla provisional, que más tarde fue sustituida por otra de mármol. Diversas turbas, roncas a fuerza de gritos y aguardiente, daban vivas a la Constitución, y había grupos carnavalescos, semejantes a los que forman los gallegos la víspera de los Santos Reyes.

Aquella vez, entre lucientes antorchas no llevaban escaleras, sino el libro de la Constitución, abierto e izado en un palo. La gracia de esta apoteosis consistía en hacer que todo transeúnte besase el libro, previa inclinación del palo hacia el suelo. Se obligaba a los transeúntes a ponerse de rodillas, siendo de notar que la mayor parte lo hacían de muy buen grado. Fuera de este inocente desahoguillo, no hubo ningún exceso aquella noche, ni se vertió sangre, ni nadie fue arrastrado, ni se realizó ninguno de aquellos siniestros augurios que en tiempo de la conspiración se hacían. Todo era una especie de juego de chiquillos.

Así pasó la noche. Ya no tuve recelo de entrar en mi casa, en la cual encontré aún dos o tres polizontes, que me recibieron sombrero en mano, con exagerados cumplidos y servilismo. Yo les mire de un modo altanero, y entonces cada uno de ellos me rogó que le proporcionase un ascenso, puesto que ya de vencido me trocaba en vencedor e iba a estar pronto en candelero. Prometiles a tan guapos chicos mi favor, y se despidieron diciendo que si el nuevo Gobierno les mandaba prender a don Buenaventura, lo harían de mil amores. Por último, les recomendé que al día siguiente muy de mañana saliesen por las calles dando vivas a la Constitución y a la libertad, que vigilasen la casa de Baraona por ver si entraban en ella gentes sospechosas, y que se pusiesen en todos los sucesos del día al lado de los buenos y ardientes patriotas.

El 8 fue día de júbilo, de triunfo, de algazara, de expansión incomparable. El pueblo, más niño en las buenas que en las malas, parecía haber recibido un juguete por mucho tiempo deseado. Viendo tanto entusiasmo, ¡quién creería que bien pronto el muñeco había de ser hecho pedazos por las mismas manos que entonces le recibían! Todo estaba consumado; la revolución estaba hecha; lo de arriba había pasado abajo y lo de abajo arriba; la cabeza era pie y el pie cabeza; la soberanía del pueblo, representada en un papel escrito, había subido al majestuoso zenit del Estado, echando de allí a la soberanía real para ponerla debajo. La gran jugarreta que hacen los siglos a los siglos estaba consumada, y el hoy había triunfado sobre el ayer. El Monarca de derecho divino, el escogido de Dios, se había prosternado moralmente ante los gallegos, que, cual comparsa de noche de Reyes, recorrían las calles con escobas encendidas, y había besado de rodillas el libro puesto en un palo. Ya era público el famoso decreto del 7 de marzo, y desde muy temprano no había ciudadano de la improvisada nación constitucional que no repitiese el *me he decidido a jurar la Constitución promulgada por las Cortes generales y extraordinarias de 1812. Tendreislo entendido... Etc...*

XXV

¡Cobardía y debilidad!... Pero a mí no me importaba averiguar los sentimientos que dictaron aquella resolución, y salí gritando como todo el pueblo, como los discretos y los ignorantes, como los ancianos y las mujeres, como las viejas y los chiquillos de escuela:*¡Viva la Constitución!...* Era una fiesta nacional, un desbordamiento impetuoso de alegría: ¡la mayor parte no sabían por qué! Se alegraban por el gozo extraño.

En todos los balcones pendían cortinas, las famosas y eternas y apolilladas guirindolas que habían festejado la primera entrada de Fernando en abril del año 8, la entrada de Wellington después de Arapiles, la proclamación de la Constitución en agosto del 12 y su caída en mayo del 13, la segunda arrebatadora entrada del ídolo al volver de Valencey, la entrada de Isabel, que había pasado por el Trono como una sombra simpática y bienhechora, y la de Amalia, que, rosario en mano, sustituyó a Isabel. Las cortinas se iban ya poniendo algo viejas. ¿Qué dirían ellas de tantas y tan repetidas ventilaciones como recibían por distintos motivos? El viejo y miserable caserío de entonces, no renovado completamente todavía, cubierto de harapos rojos y blancos, tenía perfecta similitud con una risueña cara de vieja emperifollada. La gente invadía las calles. En estos días el vecindario, con irresistible impulso de bullanguería, siente un aguijón que lo expulsa de las casas. Hay necesidad absoluta de salir, de preguntar lo que ya se sabe, de comunicar las impresiones, los sustos y las alegrías. Al mismo tiempo y mientras se empavesaban los balcones, mil candilejas, puestas en los antepechos y goteando su aleve aceite sobre los transeúntes, amenazaban con una iluminación general en la próxima noche. Lozano de Torres hubiera creído que la reina estaba de parto.

Imposible es para mí describir las manifestaciones cariñosas de que fui objeto. La gratitud, llenando mi corazón, ahogaba mi voz. Todos me felicitaban, me estrechaban la mano, dándome parabienes por mi libertad y por el fin de la horrible persecución que había sufrido. Rogábanme otros que les tuviese presentes; los liberales me ponían en las nubes, y los absolutistas, buscando el modo más decoroso de elogiar la revolución, decían: «Es preciso confesar que se ha hecho muy bien; ni una gota de sangre, ni un atropello. En verdad que no me asusta la revolución. Yo pensé que era otra cosa.»

Todo era abrazarse y congratularse. ¡Qué hombres tan negros blanquearon su semblante con la sonrisilla del regodeo liberal! ¡Qué trasmutación de rostros, qué quitar y poner de caretas, conforme el caso exigía! Muchos derramaban lágrimas.

En la calle mayor encontré a Salvador Monsalud, a quien no había visto desde la noche del 6, y al punto corrí a abrazarle. Estaba regocijado sin exaltación.

—¿Qué te parece —le dije—, el hermoso, el ejemplar espectáculo que están dando Madrid y la Nación? Esto es un modelo de pueblos sensatos. Di ahora que no sabemos practicar la libertad.

—El primer día —repuso—, todo es concordia y festejos. No quiero decir que no sea muy satisfactorio. Estoy contento, y este espectáculo llena mi alma de alegría.

—Y disipará tus dudas ridículas.

—Eso no; las conservo —repuso—. Aquí, todo lo que pasa tiene un sello oficial que destruye la espontaneidad. Yo he visto los pueblos del campo y las pequeñas ciudades, que es ver la Nación desnuda y entregada a sí misma obrando por su propio impulso; y lo que he visto me ha infundido ideas que tus banderolas no pueden disipar.

—¿Asegurarás que no hay aquí un verdadero amor a la Constitución?

—Aquí sí, aunque ese amor no será tampoco muy firme... Sin embargo, fuerza es aprovechar lo que existe, poco o mucho, y trabajar sobre ello.

—Pues a trabajar. Has de saber, amigo, que aún falta mucho que hacer. Todavía puede volverse la tortilla. No nos fiemos de promesas. Es indispensable que el Rey nos dé una garantía sólida. ¿Vienes conmigo? Es preciso alborotar mucho esta tarde.

—Pues entonces no voy. Alborota tú.

—¡Vaya un revolucionario!

—Cada uno lo es a su modo. Si la mudanza deseada está ya hecha, ¿a qué más ruido?

—Amiguito, es que todavía falta lo mejor —contesté con mucho apuro—. Estamos en el momento crítico. Se ha de nombrar una junta, ayuntamiento, autoridades, cualesquiera que ellas sean. Si no acudimos en el primer momento de la marejada, y metemos ruido y nos ponemos en primer lugar, es fácil que nos quedemos fuera. ¿Vienes?

—No quiero ser autoridad.

—¿Pero qué hay en ti? ¿Qué calma es esa? ¿A dónde vas?... Ya... perplejidades de hombre enamorado, que no piensa más que en su dama. Salvador, ten juicio, sé al fin un verdadero y grave hombre político, un hombre de orden, un padre de la patria, un sostén del Estado...

—Adiós —me dijo riendo.

—Pero ¿a dónde vas?

—A prepararme. Saldré mañana de Madrid.

—¡Ahora! —exclamé en la mayor confusión—. ¡Salir de Madrid, es decir de Jauja!...

—Voy a Logroño a reunirme con mi madre, que debe de estar libre. Después iremos a la Puebla. Volveré a Madrid.

—Volverás. No creas que me olvidaré de ti. Al contrario... Yo te aconsejo que optes por *Paja* y *Utensilios*. Ahí empecé yo... Puedes ir descuidado. Yo velaré por ti, Salvador. Dale expresiones a Doña Fermina... ¡apreciable señora!... ¿Sabes —añadí riendo—, que los Baraonas y Garrotes habrán tragado a estas horas mucha hiel? Infames servilones... ¡Qué bien merecido les está!... Dime, ¿piensas sentarle la mano a Carlos, como dijiste?

—Tal vez no —repuso Monsalud con tristeza—. Están caídos y les perdono.

—¡Generosidad ridícula!... ¿Sabes lo que me han dicho esos guapos chicos de la policía? Que ayer y anoche han entrado misteriosamente en casa de Garrote algunos pájaros gordos, Eguía, el marqués de M•••, Alagón. Me parece que traman algo. ¡Qué buena ocasión para darles un susto! Yo estoy muy ocupado; encárgate tú. Me alegraría de que les pusieras las peras a cuarto. Yo te proporcionaré media docena de ciudadanos que te acompañen con buenos garrotes... Anda, hombre, anímate.

—En caso de ir, iría solo... Pero hemos vencido; basta ya de violencia. El derrotado bastante amargura tiene en su derrota. Seamos generosos.

—Pues adiós. Voy a ver lo que se hace esta tarde. Que escribas... Pídeme lo que quieras. Aunque nunca me has dicho nada... En fin, por algo se empieza. Haré por ti lo que pueda... habrá tantas solicitudes, tantas pretensiones, serán tantos los que abran la boca... pero no te olvidaré, no.

—Adiós —me dijo estrechándome la mano cordialmente y sin hacer caso de mis últimas palabras.

XXVI

El Rey había prometido jurar; pero no juraba, ni se nombraba nuevo Gobierno, ni siquiera nuevo Ayuntamiento. Estábamos a merced de un golpe de mano, y si el ejército había dado al país la libertad, el ejército podía quitársela de la noche a la mañana. Las reuniones secretas, que ya eran públicas, trabajaron toda la tarde y parte de la noche, mientras seguían las demostraciones populares, juego inocente que nos daba risa.

Amaneció el día 9, el gran día. El pueblo, aguijoneado por quien sabía hacerlo, se reunió en los alrededores de Palacio, puso su planta en la puerta y dijo que quería entrar. La guardia callaba y dejaba hacer. El pueblo entró en el patio grande y se paseó de un extremo a otro, dando gritos y entonando las canciones de aquellos días. Por los vidrios de la galería alta asomaban las caras pálidas de medrosas damas y tímidos palaciegos que preveían un desastre. Cansado de esperar en el patio, el importuno visitante bramaba de impaciencia. Era aquella una visita que no se hace todos los días, y como cosa nueva carecía de reglas de etiqueta. El pueblo, pues, anhelaba subir antes de que se lo mandasen, o antes que lo echaran a la calle. El amo de la casa, sintiendo desde su gabinete el resoplido del animal que tan descortésmente quería penetrar hasta él, se sentaba y se levantaba, reía y bufaba, y a ratos pálido, a ratos rojo, dirigía preguntas a todos. Hubiera deseado que su mirada fuese un rayo que desde arriba, traspasando las paredes, cayese sobre la bestia y la aniquilara.

Al mismo tiempo el amo de la casa forjaba proyectos de venganza y estudiaba un papel, papel difícil que rara vez se desempeña bien ante el peligro. No es lo mismo recibir al cuerpo diplomático entre sonrisas de oficio y estudiadas fórmulas, que recibir al pueblo entre rugidos.

Fernando no se atrevía a formular el terrible *que pase adelante*. Pero el pueblo parecía dispuesto a colarse sin que se lo mandaran. Inquietos pero decididos los de abajo, inquieto y vacilante el de arriba, no era fácil prever en qué iba a parar aquello. ¡Si hubiera habido un batallón de la guardia dispuesto a desafiar las navajas!... pero los emperejilados guardias se mantenían tiesos y hermosos, empuñando sus armas como empuñaban sus palitos blancos las figuras del tío Mano de Mortero.

Por último, todos tomaron una resolución, los de abajo y el de arriba. La visita quería posesionarse del estrado; el señor había dispuesto enviar un mensaje a los del patio, rogándoles y prometiendo. Estos habían nombrado una comisión. La comisión y los mensajeros del Rey se encontraron en la escalera. Allí hubo expresiones benévolas, un cambio feliz de sentimientos conciliadores, y el asunto empezó a tomar aspecto risueño. Subieron al fin los comisionados que eran seis, y al poco rato bajaron con la noticia de que Su Majestad había mandado al marqués de Miraflores que estableciese el Ayuntamiento del año 14.

El Palacio quedó poco a poco libre y el movimiento del pueblo era en dirección a la Casa de la Villa. Los que deseaban mangonear en los primeros momentos y coger para sí los primeros peces del revuelto río, no tenían tiempo que perder. Yo fui de los más veloces en invadir las Casas Consistoriales, en ocupar las oficinas, en apoderarme de una resma de papel de oficio, en expedir órdenes menudas a los subalternos. Así es que cuando Miraflores llegó, ya estaba yo allí dictando leyes, como un déspota, expidiendo órdenes y preparándolo todo para el gran acto que se iba a realizar.

De buena gana me hubiera nombrado alcalde a mí mismo; pero yo no era del 14. Con aquella presteza febril y verdaderamente maravillosa que yo tenía para las improvisaciones oficinescas, me impuse desde el primer momento, y a los diez minutos de intrusión, ya no podía hacerse nada sin mí. Yo solo sabía dónde estaban los pliegos, yo solo sabía en qué términos debían hacerse los oficios, cómo se había de ordenar lo que entonces se llamaba la *Tabla del Excelentísimo Ayuntamiento*.

También salí al balcón con otros, teniendo la suerte de enjaretar unos parrafillos tan bien dichos, tan conmovedores y del caso, que me aplaudieron frenéticamente. Yo fui quien inauguró los abrazos que tanto entusiasmaron a la generosa muchedumbre. Sin más ni más abracé al que tenía a mi lado, un liberalote furioso de toda su vida; este abrazó al vecino, y entre lágrimas y patrióticos pucheros nos abrazamos todos repetidas veces. Yo gritaba: «¡Se acabaron las discordias, se acabaron los odios! ¡Ya no hay más que españoles leales y amantes de la Constitución! Todos son hermanos. ¡Viva España, que es la Nación más sabia y más gloriosa del mundo! ¡Viva la Constitución! ¡Viva el Rey!»

¿Quién puede olvidar aquellos sublimes instantes? ¡Inefable día!

El marqués de Miraflores iba pronunciando los nombres de los individuos del Ayuntamiento. El pueblo aplaudía o denegaba, gritando: *bien, bien*, o *ése no, ése no que es servil*. Concluido esto, dirigiose a Palacio el Ayuntamiento recién establecido, para recibir el juramento de Su Majestad, y por el tránsito todo fue bullicio, loca alegría, vivas roncos, embriaguez indescriptible. Poco después, Madrid entero sabía que Fernando VII había jurado la Constitución.

¡Viva el Rey! Ya todo estaba hecho. Ya podían venir las iluminaciones, los festejos, las alegrías, las ceremonias llenas de exaltación política mezclada de religioso entusiasmo. Una nueva era se presentaba, una nueva era, sí, vasto campo a la actividad de los hombres listos. Yo no salí aquel día del Ayuntamiento y trabajé con ardor en diversos asuntos.

El 10 apareció el Manifiesto en que están las célebres palabras: *Marchemos francamente, y yo el primero, por la senda constitucional.* El 14 dio don Carlos su programa al ejército, congratulándose del juramento de la Constitución. El mismo día 9 nombró Su Majestad la Junta provisional consultiva que debía suplir al Ministerio mientras este se formaba, y tuve tan buena mano y tacto, que me congracié soberanamente con todos y cada uno de los esclarecidos individuos de ella, en tales términos, que no sabían cómo recompensar mis servicios. Estos eran importantísimos. Yo estaba siempre en primer término; yo salía siempre al encuentro de todo; yo era la previsión, el cálculo, la prudencia. Híceme de tal modo necesario, que mi nombre sonaba aquí y allí donde quiera que ocurrían dificultades. Debía esto a mi tino para todo, a mi destreza y experiencia suma de los hombres y las cosas. Por eso supe encaramarme dentro de la revolución a puestos tan altos como los que ocupé dentro del absolutismo, y en uno de los primeros consejos de ministros que se celebraron se acordó darme la plaza de consejero, *en premio de los servicios que había prestado al liberalismo, y como compensación de las horribles persecuciones de que había sido objeto.*

¡Ventura incomparable! ¡Qué bien sentaba a mi gallardo cuerpo la nueva casaca! ¡Cómo me reía yo de don Buenaventura y de todos aquellos vanidosos prohombres que me habían postergado en 1819! Ellos purgaban sus culpas con la ignominia que les resultaba de humillarse ante la revolución, después de haberle combatido hasta el último momento. Verdad es que pronto le declararon nueva guerra; pero fue porque la revolución, despreciándoles, no quiso nada de ellos ni con ellos.

Largo tiempo estuve en gracia con la revolución, la cual no era tan fiera como nos la pintábamos los absolutistas cuando la combatíamos. ¡Matrona más condescendiente no la vieron mis ojos! ¡Qué excelente señora! En muchas, en muchísimas cosas del Gobierno apenas se conocía su existencia. Verdad es que sus noveles servidores hacíamos lo posible por ponerle una venda en los ojos para que nada viese y renunciase a la fatal manía de innovar, que era su flaco. Con mi nuevo y flamante destino renació la dicha en mi alma y la holgura en mi casa, que ya se iba desmejorando con el largo vagar; me vi de nuevo favorecido y adulado por grandes y chicos, y

Su Majestad me mandó asistir a sus tertulias. El pobrecito no podía pasarse sin mí.

....

No puedo seguir, no puedo hablar más, porque la alegría embarga mi espíritu y ahoga mi voz. Aunque algo sé digno de contarse, lo entrego a otro narrador para que con más aliento que yo lo continúe; y postrado y sin fuerzas doy fin aquí a mis curiosas *Memorias*, encargando al copista de ellas que me sustituya en las últimas páginas de este libro.

XXVII

Concluidas las *Memorias* que por dichosa casualidad vinieron a nuestras manos, seguimos contando por cuenta propia.

El 8 de marzo, uno de los tres días de bulliciosa huelga que sirvieron de introito a la revolución, un anciano avanzaba al caer de la tarde por la plazuela de Santo Domingo, en dirección a la calle Ancha de San Bernardo. Su paso era vacilante; su actitud la de un descaecimiento lamentable. Fijaba la vista en el suelo y movía la cabeza, cual si no tuviera en su cuello fuerza suficiente para mantenerla derecha. A ratos hacía con los brazos y las manos súbito movimiento, como el de quien se ocupa en cazar moscas. Hablaba consigo mismo y daba bastonazos en el suelo tan fuertemente como los ciegos que reconocen el terreno. Su cuerpo encorvado tropezaba a menudo con los transeúntes, sin que el choque le distrajera de su penosa marcha meditabunda.

Al llegar a la entrada de la calle Ancha, un obstáculo que no podía vencer le detuvo. Tropezó con una muralla. Había allí tanta gente reunida que no se podía seguir.

—¡Otra pared de carne!... —gruñó el viejo con impaciencia—. ¡Y no hay quien la derribe a cañonazos!

Trató de abrirse paso, pero no pudo. Se abría ante él un boquete; pero al punto se volvía a cerrar, dejándole tapiado dentro de una ardiente mampostería de brazos, muslos y espaldas. El viejo movía sus codos y avanzaba la mano y el palo como una cuña. En una de estas, dos piedras enormes se juntaron, cogiéndole en medio y exprimiéndole sin piedad.

—¡Mil demonios! —chilló el viejo con voz angustiosa—. Que me aplastan ustedes... Atrás, animales... Dejen pasar a un hombre de bien, que no se mete en estas danzas y aborrece la bullanguería... ¡Eh!, so bruto que me destroza usted con su anca.

—¡Maldito viejo! —gritó uno de los más cercanos—. ¿Para qué se meterán entre el gentío estos escarabajos? ¡Hermano, váyase al hospital!

—Si todo el mundo estuviera en su casa —dijo el anciano—, si el Gobierno no permitiera estas atrocidades ridículas, no se obstruirían las calles.

—¿Quién es ese cernícalo que grazna?

—Señor abate, señor capellán, señor sepulturero o lo que sea —dijo un individuo en tono compasivo—, sálgase usted de este laberinto, porque le van a hacer tortilla.

—¡Paso, paso! —gritaba el viejo con un arranque de cólera y de energía que contrastaba extraordinariamente con su miserable cuerpo—. ¿No hay quien meta en cintura a esta canalla?

En torno al anciano se elevó un murmullo siniestro, entre burlón y hostil, que hubiera asustado a otro, pero que a él no le alteró; tan grande era su ánimo.

—Sí, lo repito —añadió echando fuego por los ojos—, estas borricadas existen, porque no hay un Rey que tenga calzones.

Diciendo esto, el sombrero del anciano voló por los aires, y unas manos vigorosas, cogiéndole ambas orejas, le hicieron dar grotescas cabezadas. Risas generales celebraron el hecho. El pobre viejo rugía como un noble animal prisionero e insultado. Todo cuanto la lengua contiene de festivo, de grosero, de ignominioso y de mordaz resonó en las insolentes bocas. El anciano fue empujado, estrujado, arrastrado y su endeble cuerpo, escurriéndose dolorosamente por una grieta, erizada de agudos codos y de crueles manos, fue a chocar contra una pared de la calle de la Inquisición. Pegado a ella, con las manos cruzadas, la boca espumante; llenos de luz y de ponzoña los ojos vengativos, parecía una pantera vieja, que en su agonía estaba resuelta a hacer estragos.

—¡Miserables!, ¿pensáis que os temo? —exclamó más bien rugiendo que hablando—. Yo no temo a nadie, yo no temo a indignas sabandijas que huyen del peligro y se ensañan picando a los débiles; yo temo a hombres valientes; no a una vil chusma gritona.

—Es un demente —repitieron varias voces.

—Es un hombre de bien —gritó él—, es un buen patricio, es un cristiano, es un español. Cáfila de rateros y farsantes, respetad a los que nunca han robado, ni conspirado, ni maldecido a Dios, ni hecho revoluciones; respetadle o no faltará quien os enseñe a hacerlo.

Una mano cogió el cuello del frenético viejo, y otra mano le golpeó.

—Está bien —dijo con voz ahogada cuando quedó libre—. De este modo abofetearon a Cristo. Escúpeme también, sayón.

Le golpearon de nuevo, y el anciano añadió:

—Está bien. Burro, acepto tus coces.

—Dejarle; es un pobre viejo inofensivo —indicó una voz—. ¿No veis que está demente?

—Desprecio tu misericordia —gritó el inexorable hombre caído—. Si no insultarais, si no escupierais, si no deshonrarais, si no rebuznarais, no seríais lo que sois: masones, revolucionarios, ateos, jacobinos.

—Vamos, padrito; levántese usted y se le dará un vaso de agua.

—Aparta tus manos de mí —repuso con desprecio—, y ve a coger las tijeras, sastre. No abras tu boca para hablarme, y ve a mascar la suela, zapatero. No me toques y ve a espumar los pucheros, pinche. Soy un caballero. Señores sastres, zapateros, pinches y albéitares, que hacéis revoluciones y quitáis al Rey sus derechos y enmendáis la obra de Dios, buscad para vuestra miserable obra un Reino que no sea este Reino de España, esta tierra de caballeros, de santos, de soldados...

¡Cómo se reían al oírle!

—Haced revoluciones —prosiguió—, degradad más el suelo que pisamos; manchadlo todo, imbéciles. Haced un estercolero con las banderas gloriosas, con los laureles, con las coronas de santos y reyes, y el Demonio estará contento... Poned la historia toda bajo vuestras patas y bailad encima, acompañados del Cabrón. El Infierno triunfa.

Dicho esto lanzó una carcajada siniestra.

—Es un servil —dijeron algunos.

—No hacerle daño —añadió un compasivo.

—Colgarle de una reja de la Inquisición —añadió un cruel.

En aquel instante todas las miradas se fijaron en un edificio, a cuya puerta el gentío se apretaba, cual si todos quisieran entrar a un tiempo. Era la Inquisición de Corte, cuyo frontispicio, marcado hoy con el número 4 de la calle de Isabel la Católica, nada tenía de particular. Componíase de algunas ventanas y una puerta grotesca en el piso bajo, de una serie de balcones en el piso principal y de varios huequecillos enrejados en el sótano. Los balcones estaban llenos de paisanos. En la calle y arriba el general bramido de triunfo e impaciencia formaba una algarabía infernal. Un hombre echó el cuerpo fuera en el balcón principal, y sacudiendo las manos arrojó una gran masa de papeles que cayeron a la calle. Multitud de hojas quedaban suspendidas y flotando de aquí para allí, llevadas por el viento. Iban y venían como pájaros que han recobrado la libertad. Eran las causas de la Inquisición. El pueblo soberano estaba inventariando a su modo el archivo.

Casi todos querían entrar para ver los terribles calabozos. Penetraron muchos; pero salían descorazonados, diciendo que todo había sido ocultado a tiempo y que no restaba nada. Quién sacó una tarima de brasero, quién un fuelle roto; este una sartén vieja, aquel un cazo. No se encontraron otros instrumentos de tortura. De repente un individuo apareció en la puerta principal. Venía cargado de extrañas cosas. Arrojolo todo en el suelo, diciendo así:

—Ahí están las picardías.

Una lluvia de soldaditos a pie y a caballo, de muñecos articulados, de peones, de animalillos de cartón, de reyes magos, de pastores de Belén, de panderetas y rabeles, cayó sobre las cabezas y los hombros del gentío. Carcajadas generales acogieron el regalo.

Después de esto despejose un tanto el terreno, y una turba de chiquillos cayó, cual manada de lobos, sobre tan rica presa.

Poco después oyose un rumor de júbilo. Por el portal grande apareció un grupo de gente gritona, que sobre sus hombros, a manera de trofeo glorioso, sacaba tres personajes, nada flacos ni extenuados. Eran los únicos presos que se encontraron en el piso alto del edificio; uno de ellos, don Luis Ducós, rector de Hospitalarios.

Tras la procesión siguió toda la muchedumbre, dando vivas a la libertad, y la calle de la Inquisición empezó a despejarse, mientras se llenaba la de Torija, junto al edificio de la Suprema.

Era ya completamente de noche, y el infeliz viejo a quien dejamos rugiendo de cólera entre un grupo de ciudadanos, continuaba en el mismo sitio, arrojado en el suelo, con la espalda y la cabeza apoyadas en la pared. No hablaba ya ni se movía. Un hilo de sangre corría por su rostro, desapareciendo por el cuello entre la ropa. En derredor suyo había nuevo corro de ciudadanos, pero de ciudadanos prudentes y compasivos, que en silencio le miraban, guardando religiosa compostura en torno suyo, sin atreverse a tocarle, llenos de curiosidad y aun de respeto. Eran Currito el de la carbonera, de ocho años; Joselito González, el del covachuelista, de siete; Paco el de don Robustiano, de diez; Isidorillo, el de la tía Rampiosa, de seis y medio, y otros que la historia y la tradición no recuerdan bien. Entre todos eran una docena. Cada cual llevaba en su mano un objeto de los que estaban desparramados en la calle ante la puerta de la Inquisición.

Acercábase uno a mirar de cerca el rostro del anciano, y con ademán pavoroso decía: «Está muerto.» Reían todos, mirándose unos a otros, y ya se disponían a retirarse juntos, cuando Isidorillo el de la tía Rampiosa, que por ser el más chico era el más travieso de todos, tuvo una feliz idea, que al instante puso en ejecución. Llevaba en la mano una varita delgada y larga, y con la punta de ella exploró por dentro la nariz del desgraciado anciano. Este hizo una mueca, se movió, y un coro de risas infantiles acompañó a su movimiento.

Abrió el anciano los ojos, miró a todos lados, pasose la mano por la frente, dio un suspiro...

—¡Qué buena turca ha cogido usted, hermano! —dijo Currito el de la carbonera.

El anciano revolvió sus ojos a todos lados, amedrentando con la fiereza de ellos al regocijado concurso, y en voz ronca, habló así:

—¡A esto llamáis una revolución! Menguados, si queréis hacer una verdadera revolución, hacedla; alzad la guillotina; cortadnos la cabeza a todos los que tenemos en ella la idea de Dios, la idea del deber, la idea de la justicia, la idea del honor y de la hidalguía... ¿Queréis acabar con los buenos?, pues a ello. Combatidnos y se os vencerá. Matadnos y resucitaremos en otra forma. Pero no, no llaméis revolución a este conjunto de graznidos y patadas... Sois miserables y grotescos bufones que deshonráis el suelo de la patria. Apartaos de mí, despreciables bailarines. ¿Creéis que una Nación es el tabladillo de un teatro?... Inmundos tiples, no chilléis más en mi oído... Mi voz atruena.

Una algazara de risas siguió a estas palabras. Los pajarillos piando con alegría en torno al buitre moribundo, no se hubieran expresado de otro modo. El anciano hizo esfuerzos por levantarse; sus huesos crujían; pero al fin lo consiguió y se puso derecho, apoyándose en la pared. Los ciudadanitos, agrupándose en torno de él, no le dejaban dar los primeros pasos.

—Fuera de aquí, hombres pequeños —dijo el viejo empujándoles a un lado y otro—. Queréis hacer revoluciones y ninguno de vosotros alza una vara del suelo.

Cuando los muchachos se oyeron llamar hombres pequeños, redoblaron las risas. Siempre con las manos en la pared, siguió andando el viejo. Los chicos le seguían, tirándole de la ropa e impidiéndole el paso. Él observaba las fachadas de las casas, como para orientarse; doblaba todas las esquinas que encontraba al paso. De este modo recorrió lentamente varias calles, y después de muchas idas y venidas, entró en la de Amaniel. Los chicos habían ido desertando poco a poco. Al fin Joselito González, que era el más pesado, le dejó solo. El anciano se detuvo, reconoció la calle, y con voz débil murmuró: «no es por aquí.» Volvió atrás, dobló varias esquinas, siguió a lo largo de la pared apoyándose en ella... pero sus pies vacilaban, temblaban sus piernas; su cuerpo abatiose rozando el muro y cayó al suelo sin sentido.

XXVIII

Estaba en la calle de Eguiluz. No pasaba nadie por allí. Poco después, al extremo de la calle abriose una puerta y aparecieron en un oscuro hueco dos personas, hombre y mujer; el uno despidiéndose de la otra, a juzgar por las breves palabras cariñosas que en el silencio de la calle resonaron sin que ningún extraño las oyera. Después de confundirse los dos bultos en uno, efecto sin duda de la oscuridad de la noche, se separaron; la mujer desapareció, y el hombre echó a andar por la calle adelante, hasta que el obstáculo de un cuerpo atravesado en la acera le detuvo. En el mismo instante una vieja, llegando por el otro lado, se detenía también. Inclináronse ambos, examináronle el rostro, le palparon, le movieron, y el joven dijo:

—Es el señor don Miguel de Baraona.

Trataron de reanimarle. Respiraba, pero no se movía. El joven, después de un rato de vacilación, se terció la capa, enlazó con sus brazos vigorosos el desmadejado cuerpo del anciano, y se lo echó a cuestas como un saco.

Felizmente el peso del *Patriarca del Zadorra* no era excesivo, ni el humanitario joven tenía que andar mucho para llegar a la calle de *Sal si puedes*. Los curiosos que en el camino se le unieron quedáronse a la puerta de la casa, y él subió solo. Ni porteros ni criados salieron a su encuentro en la escalera. Abrió la puerta una criada, y bien pronto sonaron en la casa gritos y lamentos de mujer, angustiosos diálogos, preguntas, órdenes rápidas.

Baraona fue puesto en el suelo. El que le había llevado permanecía en pie. Jenara miraba al uno y al otro con muda sorpresa; pero el dolor no dejaba lugar en su corazón a otro sentimiento. Las dos mujeres, azoradas, llamaron; acudió un criado; entre todos trasportaron al enfermo a su cuarto, tendiéndole de largo a largo en la cama. Abrió, al sentirse en ella los ojos, y lanzando un hondo suspiro, dijo:

—¡Me muero!

—¿Pero está herido? —exclamó Jenara—. Esa sangre... ¿Qué le han hecho? ¡Dios mío!... ¡Abuelo!

Interrogaba con los ojos al portador de tan gran desgracia; pero este, alzando los hombros, decía:

—No sé una palabra. Así le encontré en la calle.

Salió del cuarto, y en el laberinto de los pasillos medio oscuros preguntó que por dónde se salía.

—Por allí —le indicó Jenara, que a su lado pasó rápidamente, corriendo en busca de remedios caseros.

Dirigiose el joven a la puerta en el momento en que, abierta por fuera, daba paso a tres hombres. Carlos avanzó el primero, y tras él sus inseparables amigos. Vieron a aquel hombre, y la sorpresa les detuvo y les inmovilizó un instante, como cuando se ve lo imposible.

—¿Qué buscas aquí? —gritó Navarro, mirando colérico a Salvador.

—¡Has entrado aquí! —rugió destempladamente el que llamaban Zugarramurdi, asiendo al joven por el brazo.

El que llamaban Oricaín corrió a asegurar la puerta.

—¿Qué haces en esta casa? —repitió Navarro con mirada furibunda y amenazadora.

—Nada —respondió Monsalud, dando un paso hacia la puerta—, y por eso, me marcho.

La voz de Jenara, que llegó volando más bien que corriendo, puso término a aquella escena.

—¡Carlos, Carlos! —gritó—. El abuelo enfermo... herido... ¡Se muere!... Este... Este buen hombre le ha traído de la calle... Un accidente desgraciado, un atropello... qué sé yo. Ven al instante...

Navarro miró a Monsalud, como pidiendo más explicaciones.

—Estaba en la calle de Eguiluz, arrojado sin movimiento ni sentido, sobre la acera —dijo Salvador—. No sé más.

Navarro tomó una determinación súbita.

—Yo averiguaré lo que hay en esto —afirmó—. Oricaín cierra esa puerta. Zugarramurdi, detén a este hombre.

Y corrió hacia dentro.

Carlos y Jenara se acercaron al lecho del enfermo, e hiciéronle mil preguntas; vendáronle su herida, le abrigaron, tratando de reanimarle por todos los medios. Baraona sufría un temblor convulsivo.

—La canalla me ha insultado —murmuró—. Pero les dije cuatro verdades... No pudo conmigo... ¡Conmigo no puede nadie!, ¡nadie!

—¿Pero quién, pero quién?... Dígame usted quién ha sido —vociferó ciego de ira Carlos, cerrando los puños—. ¡Dígame usted quién ha sido!

—Muchos, muchísimos. Los revolucionarios —murmuró el enfermo—. Sus manos inmundas me golpeaban... Está bien: ¿no abofetearon los judíos al Señor?...

Carlos rugía como un león y sus dedos se clavaban como garras en los colchones de la cama.

—Maldito sea yo si no me vengo —gritó—. ¿Y usted no recuerda quién le trajo aquí?

—¿Quién me ha traído? —dijo el anciano con la mayor sorpresa, abriendo mucho los ojos—. Nadie: he venido yo solo; he venido por mi pie.

—No sabe lo que se dice —indicó en voz baja Jenara.

—Pero ¿por qué gritáis tanto? —murmuró Baraona cerrando los ojos—. ¿Qué ruido, qué algazara infernal es esa?... Callad por Dios... Necesito descanso, necesito dormir... ¿No habrá nunca silencio en esta casa?

Cuando esto decía, el silencio era profundo en la habitación. Jenara y su marido observaban fijamente la fisonomía del enfermo.

Mientras esto ocurría en la alcoba, el señor Zugarramurdi, que era un hombrazo corpulento, de espesa barba rubia, frente estrecha y miembros poderosos, se acercaba a Salvador Monsalud en la antesala, y dejando caer sobre el hombro de este una de sus gruesas manoplas, le decía con voz áspera y cavernosa:

—¿Sabes quién soy?

—Sí —repuso Salvador mirándole con desprecio—. Ya sé que eres un bruto.

Oricaín, pequeño, regordete, de ojos negros, cubiertos por una sola ceja pobladísima y corrida de sien a sien, guardaba la puerta.

—Soy Zugarramurdi —dijo el de este nombre—. Estuve en la batalla de Vitoria. ¿Te acuerdas de la retirada, juradillo?

—Sí; me acuerdo. Tú estabas entre los mulos.

—¿Te acuerdas del que hirió a nuestro amigo y jefe Carlos Garrote? —prosiguió el vizcaíno—. ¿Recuerdas que yo te guardaba y que te me escapaste, porque una señora compró a los centinelas?

—¡Déjame! —gritó con violencia Salvador apartando bruscamente el brazo del guerrillero—. Oricaín, abre esa puerta.

—Ven a abrirla —repuso imperturbablemente el navarro—. ¿Sabes quién soy?

—Sí; ya lo sé: ladrabas en la jauría de Garrote. Abre esa puerta, o pasaré por encima de ti.

—Ya te espero... —dijo Oricaín—; como no me coges de espaldas, no hay que temerte.

—Abusáis de mí, porque veis que no llevo armas —dijo Salvador conteniendo su ira—. Estoy indefenso, porque yo no muerdo como vosotros.

Carlos se presentó en el mismo instante, fruncido el ceño, pálido el rostro, con un visible sello de dolor y de desesperación en su grave persona.

—Carlos —dijo Monsalud—. ¿He entrado en una guarida de lobos?

—Es espía de los ateos —dijo Oricaín clavado siempre en la puerta—, y viene a saber lo que hacemos para contárselo a esa canalla.

—Ha venido a provocarte y a desafiarte —dijo Zugarramurdi—. Nosotros le enseñaremos a ser comedido.

—¡Carlos! —gritó Monsalud perdiendo toda prudencia—. ¡Mira que no tengo armas!... ¡Esto es una infamia!...

—¿A qué has venido aquí? Lo mismo te desprecio amigo que enemigo; lo mismo te desprecio espía que servidor. Vete y di a los revolucionarios que mañana salimos para Navarra a levantar partidas.

—Yo no soy espía... ¿Pagas con tan vil sospecha el servicio que acabo de hacerte?...

—No sé si te debo un servicio o una nueva ofensa.

—Yo no me ocupo de ofenderte —dijo Monsalud con desprecio—. Has sido conmigo cruel, implacable y sañudo como una fiera. Tu corazón de piedra no se ha movido al ver los tormentos de una pobre mujer inocente; te has opuesto a que la pusieran en libertad; has redoblado el furor de los inquisidores, verdugo. Y sin embargo de esto, cuando ha concluido el martirio de mi madre; cuando ha venido la revolución, y triunfábamos, y tenía yo todos los medios para tomar venganza de ti; cuando me era fácil prenderte, molestarte, denunciarte a los vencedores, nada he hecho contra ti, Carlos, y no queriendo abusar de la gran ventaja adquirida, te he perdonado.

—¡Dice que me ha perdonado!... ¡que me ha perdonado! —exclamó Garrote, con el rostro encendido.

—Sí, te he perdonado; he tenido lo que tú no conoces: generosidad.

Navarro permaneció un momento en extraña perplejidad.

—Vamos —dijo al fin con desdeñoso acento de ironía—, es un modo raro de pedir misericordia. Salvador, tu odio y tu generosidad, tu venganza y tu perdón, son igualmente despreciables para mí... No quiero hacerte el honor de mirarte. Zugarramurdi, Oricaín, registradle bien, y si veis que no tiene armas, dejadle salir.

—Sí, eso, eso —dijo Oricaín con pena—, para que nos denuncie a los ateos, y vengan acá y nos prendan.

—Y nos impidan salir mañana para Navarra —añadió Zugarramurdi.

—Que vaya... que lo diga... que vengan esos cobardes bullangueros a detenernos —dijo Navarro—. Ya sabía yo que algunos polizontes atisbaban estas noches mi casa.

—No hay duda de que es espía —gritó Oricaín—. Me consta.

—No se burlará de nosotros, ¡con cien mil demonios!

Zugarramurdi asió con violencia los dos brazos del joven, que se estremeció al sacudimiento de aquellas tenazas, sin poder desasirse de ellas. Oricaín acudió en auxilio del otro sayón; vino también un criado, le sujetaron, le contuvieron, le amordazaron, le liaron una larga cuerda en brazos y piernas, y llevándole a una habitación cercana donde había un pie derecho a manera de poste, resto de un tabique antiguo recién derribado, le sujetaron a él tan fuertemente, que el desgraciado joven no podía mover ni un dedo. Palpitante, sofocado, rugiente, como un volcán obstruido; amenazado de violenta congestión, Salvador veía a sus enemigos delante de sí, y no se podía defender sino mirándoles... La rabia de sus ojos era su única arma. Se contraían sus músculos: la prisionera sangre hinchaba sus venas.

—¿Qué pensáis hacer? —preguntó Carlos a sus amigos, cuando concluyó la operación, sin que él se dignara tomar parte en ella.

—Cuando nos marchemos —repuso Oricaín—, le ahorcaremos.

En aquel instante Jenara pasaba.

—Es demasiado —dijo Navarro—. Le dejaremos así. Basta que no pueda hacernos daño de aquí a mañana... ¿Sabes que esa postura es buena para conspirar contra el Trono? —añadió, contemplando con hosca serenidad a la víctima—. ¿Por qué no vas ahora de Herodes a Pilatos, comprometiendo oficiales, repartiendo proclamas, engañando al país, difundiendo la rebeldía contra Dios y contra el Trono? ¡Miserables conspiradores! Ve y di a tus revolucionarios que vengan a sacarte de aquí. Llámales, invoca, la libertad, los derechos del hombre. ¡Que vengan Riego y Quiroga a desatarte!... ¡Oh!, si desde un principio hubieran puesto a la masonería y al ateísmo como estás ahora, ¿habría revoluciones? Que me den el mando un solo día, y verás qué gran soga lío alrededor del gran cuerpo. ¿Por qué no conspiras ahora? ¿Por qué no sublevas regimientos? Abre la boca y predica libertad y jacobinismo... ¡Ah!, tú creerás que eres un mártir digno de lástima. ¿No lo has de creer, si en ti y en esta canalla que acaba de triunfar no hay idea de justicia?... ¡Justicia! ¡Castigo del crimen! ¡Qué sublimes ideas! En medio de la impunidad espantosa que invade el reino todo como una plaga, aquellas grandes ideas se ven realizadas en un rincón de Madrid... En un rincón de mi casa...

Cuando esto decía, Jenara volvió a pasar.

—¡Bonita imagen de la revolución tenemos delante! —prosiguió Carlos con amarga ironía—. ¡Qué emblema tan hermoso del sistema curativo de una Nación revolucionaria! En esa postura se olvida el modo de andar y se pierden los deseos de agitarse mucho; se puede meditar tranquilamente en Dios y reconocer las ofensas que se le han hecho... La voz se olvida de que ha dicho herejías e infamias. Se aprende a obedecer y a callar, y el que manda, manda... Yo querría que toda España fuera pasando por esa puerta y viera a su revolucionario... El pobrecito no mueve brazo ni pierna; no habla ni gruñe. Está convertido, y ya no hace daño ni con su lengua ni con su brazo... ¡Qué lección, señor Monsalud!... ¡Si esos locos o imbéciles que chillan por las calles vieran esto!... Si estoy por abrir entrada pública y exponerte como una cosa rara, anunciando «el gran fenómeno de la justicia», o sea «la revolución en la soga...» Esto abriría los ojos a muchos... Tal idea debe cundir y propagarse; es admirable. Todos los que han atentado contra su Rey deberían atravesar ese pasillo y mirar adentro... Se te pondrán luces...

Jenara pasó de nuevo.

—Mi opinión —añadió Garrote—, es que no se te quite la vida, a no ser que resulte que has maltratado a mi abuelo, como sospecho. Si eres inocente, no te haremos daño. La enemistad privada que tenemos tú y yo, me obliga a ser generoso. Ni aun consentiría la violencia que sufres si yo y mis amigos no estuviéramos en peligro de ser denunciados por ti; pero es preciso asegurarse, señor masón... ¡Cuánto me alegraría de tenerte así el día del triunfo de mis ideas para soltarte y decirte: «Ahora, los dos a solas, arreglaremos una cuenta antigua!...» Pero yo estoy caído, y tus amigos son poderosos... Es preciso tener algún rigor con los vencedores, mientras se puede; que tiempo tienen ellos después para abusar de su victoria. Cuando esto pase, cuando yo y mis amigos no corramos riesgo de ser denunciados a un partido vengativo, nos veremos, ¿eh?... No haya miedo que se te aten entonces las manos. Al contrario, te las multiplicaría si en mi poder estuviese... ¿Me buscarás tú? ¿Será preciso que yo te busque? ¿Entrarás entonces furtivamente en mi casa para espiarme? ¿Golpearás en la calle a mi infeliz abuelo, con el fin de encontrar después, socolor de ampararle, un pretexto para meterte en el domicilio de un hombre de bien? Esto se averiguará... Me parece que penetro tu intención... Eres astuto... Sabías que aquí se conspiraba... Sabías que aquí nos reunimos en estos días algunos hombres del partido del Rey. Sin duda les viste entrar. Bien, señor Salvador; todas esas cuentas se arreglarán después... Hasta la vista.

Cuando Carlos salió, Jenara pasaba otra vez.

Cerraron la puerta y Monsalud se quedó solo. Los rumores de la casa sonaban a lo lejos. En su desesperación sentía transcurrir el tiempo sin darse cuenta de él, y pasaron minutos que le parecieron horas. Cualquiera que fuese el delirio de su mente y la exagerada proporción que daba a todo, ello es que pasó mucho tiempo, y un reloj cercano le iba marcando los plazos solemnes de su agonía. Imposibilitado de moverse, luchaba con extraordinaria fuerza del espíritu y del cuerpo; pero no le era posible vencer. Su sangre era una corriente de fuego: sentíala en el palpitar de las sienes, semejante al golpe de un hacha. Al fin perdió el sentido claro de las cosas.

A hora bastante avanzada creyó sentir mayor intensidad en los ruidos de la casa, el ir y venir y el precipitarse, que indican la gravedad de un enfermo y la consternación de una familia. Constantemente subía y bajaba gente por la escalera principal, que cercana de su prisión estaba. Sintió al fin gran rumor de pasos, como si subiera mucha gente a la vez, y acompañaba a este rumor el triste son de una campanilla y rezos en latín. El Viático entraba en la casa. Monsalud distinguió lejano resplandor de faroles; después de un gran silencio, solo interrumpido por algunas voces que en lo más hondo de la casa sonaban, semejantes a los tristes ecos del coro de un convento. Luego se oyó el estrépito de los pasos, la misma campanilla, los mismos rezos. Dios salía.

No supo apreciar bien el tiempo que trascurrió después. Su pensamiento estaba fijo en la idea terrible de que después de entrar Dios en la casa, continuase la iniquidad que en su persona se cometía... La fiebre empezó a trazar sus vertiginosos y atormentadores círculos dentro del cerebro del infeliz; pero al fin, trascurrido un plazo de difícil apreciación, distinguió una claridad que parecía la de la aurora; vio claramente que la puerta se abría, que alguien entraba sin hacer ruido, más semejante a una sombra que a una persona, y por último, que unas manos blandas y frías tocaban su cuerpo.

XXIX

El señor de Baraona pasó muy mal la noche. El médico dijo que no saldría de la madrugada. A esta hora la claridad de sus facultades mentales le permitió hacer sus disposiciones y recibir a Dios, lo cual verificó con piedad suma y unción evangélica, que fue causa de gran emoción entre los circunstantes. Su aplanamiento fue después muy grande, y todo hacía presumir rápido desenlace. Sin embargo, hablaba el enérgico anciano todavía, y dando explicaciones del triste accidente, aseguró no conocer a ninguno de los que le maltrataron. No hacía memoria de que un extraño le había traído a su casa, y con toda firmeza aseguraba haber venido por su pie. Carlos y Jenara no se apartaban de su lado. Zugarramurdi y Oricaín, que salieron en compañía del Viático, tardaron bastante en volver.

Principiaba a lucir el día, cuando Baraona dijo:

—Tengo que hablarte, amado Carlos; tengo que decirte dos palabras. Sentiría llevármelas conmigo y no poder soltarlas... ¡pesan tanto!

Carlos y Jenara se inclinaron hacia él, a un lado y otro del lecho.

—Lo que tengo que decir —indicó el patriarca mirando a Jenara—, tú no debes oírlo. Querida nieta, sal de aquí por un momento. Carlos y yo debemos estar solos.

Jenara salió: el moribundo y Carlos quedaron solos.

—Hijo mío —dijo Baraona expresándose con dificultad—, en esta hora suprema me veo obligado a hacerte una revelación penosa. Mucho me cuesta, pero la verdad es lo primero... Hace tiempo que me has manifestado dudas y sospechas acerca de la fidelidad de tu esposa, mi querida nieta.

—Sí —repuso sombríamente Navarro.

Reinó por breve rato un silencio tal, que los dos parecían muertos.

—Sabes que yo la he defendido —añadió Baraona—, aunque al fin la fuerza de tus argumentos y la evidencia de ciertos síntomas, me han hecho dudar también, hasta que al fin...

Carlos miró al moribundo con terrible ansiedad.

—Hasta que al fin... —repitió el anciano haciendo un esfuerzo—. No puedo acusar terminantemente a mi adorada nieta; pero sí te diré que al anochecer del sábado vi a un hombre que se descolgaba al patio por el balcón del cuarto de tu mujer.

—¡Un hombre!

—Solo los ladrones y los amantes salen de este modo de las casas. He estado dudando si te lo revelaría o no... Creo ya que en conciencia debo decírtelo... ¡Averigua... indaga! Quién sabe... quizás sea inocente...

—¡Un hombre! —repitió Carlos ahogando un bramido.

—Un hombre vestido con el traje de la gente del pueblo... Capa de grana, sombrero redondo... Calzón negro... De su cara nada te puedo decir. Ya sabes que la puerta del patiecillo estaba siempre abierta; desde entonces la cerré y guardé la llave. Bajó del balcón, apoyándose en la reja. Mi primera intención fue gritar y echarle mano; pero no quise dar escándalo ni comprometer la honra de Jenara hasta no hacer averiguaciones. Bien podía ser algún enredo de la criada... Carlos, con un pie en el sepulcro, te pido que no condenes a mi pobre nieta sin oírla. Ten prudencia, calma y tino, y no seas arrebatado ni ligero. Si Jenara es inocente, pídele en nombre mío perdón de esta sospecha. Si es culpable... ¡que Dios tenga misericordia de ella!... Ahora puedes llamarla. Me parece que ya me apago... ¡Dios sea conmigo! Quiero despedirme de todos. ¿Dónde están tus buenos amigos? Jenara, Carlos, venid todos.

Carlos salió de la habitación. Bajo el fruncido ceño, sus negros ojos, despidiendo rayos, exploraban en la penumbra de la casa con feroz curiosidad. Pasó por el cuarto oscuro y miró hacia adentro. Monsalud no estaba allí. En el suelo se veían los pedazos de la cuerda y el cuchillo con que acababan de ser cortados.

Garrote dio un rugido y saltó afuera.

Deslizose por el corredor hacia el cuarto de su mujer. Entró. El balcón estaba abierto, y Jenara, asomada en él, se inclinaba hacia fuera, diciendo: «¡pronto, pronto, que puede venir!»

El rencor de Carlos era mudo porque era inmenso. Abalanzose hacia el balcón y hacia Jenara, que sintió el bronco resuello de su marido, semejante a una llamarada de volcán que le quemaba el rostro. Volviose y su grito de espanto aumentó el furor de Carlos. Este pudo ver claramente a un hombre en el momento en que se desasía de la reja del piso bajo, y envolviéndose rápidamente en su capa de grana, echaba a correr hacia la puerta.

¡Instante más breve que la palabra, acción más breve que el pensamiento!... Jenara y Carlos se miraron. En el semblante de ella brilló de súbito una serenidad profunda. El hombre que huía se detuvo un instante en la puerta del patiecillo, porque al entrar en la cerradura la llave, esta y aquella no obedecían.

—¡Dos vueltas a la llave y tirar hacia adentro! —gritó Jenara con verdadero acento de inspiración.

La ira del esposo estalló como un trueno.

—¡Traidora! —gritó agarrando a Jenara por un brazo y apartándola del balcón.

Su mano de hierro, tirando fuertemente del brazo y del cuerpo de la mujer, hízola dar rápida vuelta en torno suyo. Las flotantes faldas describieron, arremolinadas, un disco blanco, en cuyo centro el busto admirable de Jenara, al caer de rodillas, se alzaba con el semblante vuelto hacia el esposo, los cabellos en desorden, la mirada ardiente. De su pecho contraído y sofocado por la veloz caída, salió una voz que dijo:

—¡Salvaje, haz de mí lo que quieras!... ¡Ya sabes que te aborrezco!

Carlos alzó con movimiento brusco a la infeliz mujer, y de nuevo la dejó caer o la impulsó contra el suelo. Una imprecación horrible sonó en la sala, y en el mismo instante sonaron también las palabras angustiosas de una criada, que súbitamente entró diciendo:

—El señor se muere.

Navarro llevó, mejor dicho, arrastró a su esposa hasta la habitación del enfermo.

Baraona respiraba con dificultad. Sus ojos, medio apagados ya, se fijaban en un Santo Cristo que frontero de la cama había. Jenara, puesta de rodillas junto al lecho y apoyada el rostro en él, ocultaba sus lágrimas. Los dos amigos de Carlos entraron en aquel instante, y con la cabeza descubierta se acercaron al moribundo. Carlos, lívido y terrible, estaba en pie, la vista fija en el suelo.

Baraona recobró de repente la energía. Una llamarada, último esfuerzo del vivir que se despedía, inflamó con fugaz esplendor su naturaleza. De los hundidos ojos brotó un rayo, y la lengua articuló palabras claras.

—Hijos míos, amigos míos —dijo dirigiéndose a todos—. Adiós; ahí os queda el mundo. Tal como hoy está, no es gran regalo... Muero en Dios, muero proclamando la justicia y la ley. Sed buenos. Hija mía querida, ama y obedece a tu esposo... Amado hijo mío, respeta y dirige a tu mujer.

Los sollozos de Jenara le hicieron callar un momento.

—A todos perdono —continuó poniendo la flaca mano sobre la cabeza de Jenara—. Si alguno hay con mancha de pecado, que mi perdón sea la señal de su arrepentimiento... Y vosotros, valientes amigos, y tú, noble hijo mío y de aquella tierra de Álava que no ven mis ojos en este triste momento, recibid mi bendición, recibidla todos. Valientes jóvenes, muero aborreciendo la revolución, muero abofeteado, escupido, azotado, inmolado por ella, como Jesús por los judíos. ¿Qué mayor gloria?... ¡Gracias, gracias, Dios mío!

Entusiasmo y gozo vibraban en su voz.

—Valientes jóvenes, mirad la imagen del Dios-Hombre, que está frente a mí; mirad ese cuerpo bendito puesto en la cruz. Juradme ante él que derramaréis hasta la última gota de vuestra sangre en defensa de los buenos principios, de la justicia, de la ley de Dios. Jurádmelo, si queréis que muera contento, y que mi alma angustiada se arroje libre de toda zozobra y desconsuelo en los inmensos, en los infinitos brazos de Dios.

Los tres jóvenes miraron la sagrada imagen. Estaban juntos en imponente grupo. Los tres extendieron el brazo derecho hacia la efigie, alzaron orgullosamente la cabeza, y con voz entera y solemne dijeron a un tiempo:

—¡Lo juramos!

Los tres brazos continuaron alzados breve rato, y en el trágico grupo reinó el silencio de las grandes emociones.

Carlos dijo:

—¡Que mi alma arda en el Infierno eternamente si no lo cumplo!

—¡Muerte a los infames! —bramó Zugarramurdi.

—¡Muerte! —repitió Oricaín.

Los sollozos de Jenara se confundían con los terribles juramentos.

La energía de Baraona se extinguió de improviso. Empezó a apagarse, a pestañear, a oscilar tenuemente, como brillo del ascua que va a ser tragada por las lóbregas fauces de la oscuridad.

—Júramelo otra vez —murmuró en voz queda y con los ojos cerrados, hablando desde el fondo de su agonía.

Los tres repitieron, alzando el brazo:

—¡Lo juramos!

Al bronco sonido del juramento, los enormes cuerpos crecían. Todo tomaba proporciones enormes. Las manos del Crucifijo parecían tocar a Oriente y Occidente.

En aquel momento se oyó un rumor lejano, el resuello profundo del pueblo, que volvía a invadir el recinto de la Inquisición, gritando: «¡Viva la Libertad!»

Baraona abrió los ojos, y señalando con el dedo al punto por donde parecía venir el discorde ruido, murmuró:

—La ola de estupidez se acerca.

Después se estremeció, y cruzando las manos, exhaló un hondo suspiro. En su pecho cavernoso retumbaron estas huecas palabras como un ronquido:

—¡Hasta la última gota de vuestra sangre!

—¡Hasta la última! —repitió Navarro sordamente.

El mugido de Baraona se repitió más lento, más apagado, más lejano.

Parecía una voz que se alejaba de caverna en caverna, y decía:

—¡Acabar con todos ellos!

—¡Con todos ellos! —dijo Oricaín.

—¡Hasta el último! —dijo Navarro.

Baraona, después de ligera convulsión, había abierto desmesuradamente los párpados, y sus pupilas, semejantes a insensibles globos de vidrio, continuaban fijas en el Santo Crucifijo con aterradora insistencia. Su alma navegaba ya por la inmensidad de las olas eternas.

El rumor de la calle se acercaba, y el solemne reposo de la estancia era turbado por este grito:

—¡Viva el pueblo! ¡Viva la libertad!

Carlos dirigió a la calle una mirada terrible. Mientras Jenara cerraba los ojos de su abuelo, los tres jóvenes juntaron espontánea e instintivamente sus manos, y alzando con insolente soberbia la cabeza, gritaron:

—¡Viva el Rey! ¡Viva la religión!

FIN DE LA SEGUNDA CASACA
Madrid, enero de 1876.

Libros a la carta

A la carta es un servicio especializado para

empresas,

librerías,

bibliotecas,

editoriales

y centros de enseñanza;

y permite confeccionar libros que, por su formato y concepción, sirven a los propósitos más específicos de estas instituciones.

Las empresas nos encargan ediciones personalizadas para marketing editorial o para regalos institucionales. Y los interesados solicitan, a título personal, ediciones antiguas, o no disponibles en el mercado; y las acompañan con notas y comentarios críticos.

Las ediciones tienen como apoyo un libro de estilo con todo tipo de referencias sobre los criterios de tratamiento tipográfico aplicados a nuestros libros que puede ser consultado en Linkgua-ediciones.com.

Linkgua edita por encargo diferentes versiones de una misma obra con distintos tratamientos ortotipográficos (actualizaciones de carácter divulgativo de un clásico, o versiones estrictamente fieles a la edición original de referencia).

Este servicio de ediciones a la carta le permitirá, si usted se dedica a la enseñanza, tener una forma de hacer pública su interpretación de un texto y, sobre una versión digitalizada «base», usted podrá introducir interpretaciones del texto fuente. Es un tópico que los profesores denuncien en clase los desmanes de una edición, o vayan comentando errores de interpretación de un texto y esta es una solución útil a esa necesidad del mundo académico.

Asimismo publicamos de manera sistemática, en un mismo catálogo, tesis doctorales y actas de congresos académicos, que son distribuidas a través de nuestra Web.

El servicio de «libros a la carta» funciona de dos formas.

1. Tenemos un fondo de libros digitalizados que usted puede personalizar en tiradas de al menos cinco ejemplares. Estas personalizaciones pueden ser de todo tipo: añadir notas de clase para uso de un grupo de estudiantes,

introducir logos corporativos para uso con fines de marketing empresarial, etc. etc.

2. Buscamos libros descatalogados de otras editoriales y los reeditamos en tiradas cortas a petición de un cliente.